홍승주 회혼식 기념문학집

사랑하는 말로
시작해서

홍 승 주

A Diamond Wedding Anniversary
Commemoration Anthology

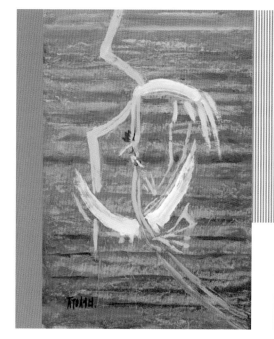

푸른사상
PRUNSASANG

회혼식을 맞은 홍승주 · 최연순 부부 크루즈 여행에서

손녀들과 함께

가족 모두와 함께

사랑하는 말로 시작해서

홍승주

푸른사상
PRUNSASANG

서시(序詩)

이 한 권의 책을
사랑하는 당신, 백년해로의 짝꿍
60년의 찰떡궁합,
금실 좋은 원앙의 잉꼬부부
사랑하는 아내에게 바치며 오늘,
회혼식을 맞아 감사와 은혜의 감미로운 윙크
짜릿한 내조와 눈부신 노고에 감사와 치하
위로의 축배를 올리나니

숱하게 많이도 오래 길게 사무치게 여기까지
어디서부터 무슨 연유, 누구의 소명으로
구름처럼 둥둥 바람처럼 훨훨 물 따라 철철
산 넘어 굽이굽이 여기까지 왔을까.

수령 87년, 당신도 어쩔 수 없는 팔순의 춘추
슬하에 기라성 같은 자손들을 거느린
이 넘치는 아름다운 인연의 행복.
영욕의 고개를 무수히 넘어온 질곡의 세상사
눈 감고 주마간산처럼 둘이서 돌아보네

일제하 피도 눈물도 마른 쪽발이 조선총독부 시절

해방되자 새파란 청년 김일성의 공산 적화시대

마의 삼팔선 넘어 이승만의 자유 천지 찾아

6 · 25 터져 국군 따라 평양에서 희천까지 북진

독재 무너진 4 · 19와 장면의 민주화시대

총칼 든 쿠데타 박정희의 군사 혁명시대

대를 이은 전두환, 노태우의 군사 정권

김영삼의 문민정부 인권 만능시대

김대중의 햇볕정책, 김정일과 야합시대

노동자 같은 귀여운 노마, 노무현의 종북 좌파시대

이명박의 4대강, 청계천 문화, 비즈니스 정부시대

돌아온 '민생, 복지, 문화' 지상의 박근혜 정부……

한 몸으로 많이도 보고 겪으며

별 탈 없이 그저 그냥 그렇게 장구한 세월, 물 흐르듯

초 · 중 · 고 대학을 거친

초가 훈장에서 선생, 교수, 작가에까지 무난히 지냈네

국민훈장 동백장에서 대통령 근정훈장 외 숱한 표창장

대한민국문학상, 한국문학상, 현대문학상, 펜문학상, 예술대상 줄줄이

마침내 60년 문학의 결실, 총집대성

『홍승주 문학전집』(전 12권) 출간의 빛을 보네

장하구나, 미련도 하구나, 곰 같은 놈
평안북도 산골 강계에서 서울로 피난 온 삼팔따라지
다시 통 크게 태평양 건너 미국에까지 왔네
구곡간장 만리장성 같은 긴 여로
내 고향 강계에다 사랑하는 부모형제 무더기로 팽개치고
어찌 홀로 여기까지 와서
먹을 것, 입을 것, 잠잘 곳, 걱정 없이 잘도 사네
불효 망측한 놈,
뭐, 회혼식을 차린다고……
자다가 벌떡 일어나 허허 배꼽이 웃네.

1954년 1월 14일, 그날을 회상하며
2014년 1월 14일 회혼식에 부치다.

❖ 서시(序詩) • 3

◆ ◆ ◆ 시 ◆ ◆ ◆

제1부 여기는 무엇이고 저기는 어딘가

제2부 날이 새기엔 아직도 먼

❖ 사민방 특별 헌시

◆◆◆ 단편소설 ◆◆◆

◆◆◆ 희곡 ◆◆◆

◆◆◆ 수필 ◆◆◆

◆◆◆ 평론 ◆◆◆

시

제1부

여기는 무엇이고 저기는 어딘가

더러 아내의 근황이

더러 아내의 근황이 걱정이 돼서
한집에 살면서
2층에서 아래로 내려와
아내의 방문을 살며시 밀고
문새로 가만히 들여다보면
아내는 맥 놓고 꽃잎 벌리고 자거나
어떤 땐 우두커니
불 밝히고 성경책을 읽는다.
신랑 온 줄도 모르고

이러나저러나
늙은 서방은 더 할 일이나 할 말이 없어
도로 발소리 죽여가며
내 방 2층으로 올라가는 계단
아들네 가족 사방 문도 불이 다 꺼지고
세상이 있는 둥 마는 둥
방에 돌아와 천장만 바라보다
어느새 나도 늙음을 가누지 못하고
새우처럼 꼬부라져 밤을 샌다.

— 2012년 3월 14일

여보, 사랑하는 말로 시작해서

— 사랑하는 아내에게 바치는 시

여보,
사랑하는 말로 시작해서
내후년이면 결혼 60주년 회혼식
사랑하는 일로만
당신과 나 여기까지 왔구려

사랑에 굶주려 보채던 외로운 소년 신랑도
어언 팔순 너머 망구(望九)의 세월
갓 스물에 시집온 꽃 같던 당신도
흘러가는 세월, 바람 따라 구름 따라 물 따라
회갑도 고희도 살피고 돌볼 겨를 없이
이제사 오늘 잊은 듯이 겨우 생각나
사랑하는 당신의 일흔 일곱의 희수 잔치 여네요

얼마나 고되고 힘들었소, 긴 세월
얼마나 당차고 장한 결심을 했소
미안해요, 명문 부호, 천석꾼의 셋째딸
아무것도 없는 혈혈단신, 불알 두 쪽
삼팔따라지 더벅머리 총각 믿고
겁도 없이 일생을 의탁했으니
그 용기, 그 감사, 그 감동, 그 사랑, 그 은혜 하나로
여기까지 손잡고 뜻 세워 자수성가

기라성 같은 오 남매를 거느리고
미국에 와 백만 불짜리 저택에 사는
남부럽지 않은 이 눈부신 조그마한 영화(榮華)
돌아봐도 눈물, 바라봐도 눈물
온통 피와 땀과 눈물의 역사

살아가면서 세월이 가면서 나이를 먹으면서
오로지 당신과 나
앞으로 남은 창창할 여명(餘命, 黎明)의 길
수복무궁 노익장, 경건한 영육 일체로
주 안에서 내내 사랑과 은혜, 평강 받으소서

숱한 굴곡, 삶의 고비 고비
적수공권으로 희비애락 함께 돌며
현모양처의 길 다한 내조의 귀감
교장에서 교수로 작가에로
슬하에 황금 같은 오 남매, 밤낮으로 치다꺼리
참 고생 많았소, 감사해요, 미안해요
지나간 것은 쓰든 달든 모두 아름다운 추억
노령의 빈손에 꽉 쥔 사랑과 은혜의 문고리

여보,

당신은 참말로 보기 드문 아름다운 여자
맘씨, 말씨, 솜씨, 맵시 사덕(四德)을 갖춘 규수(閨秀)
오늘 산 것만큼 앞으로 더 다복하게 삽시다.
60주년 회혼에 더블 120주년 중회혼식(重回婚式)까지
성경 말씀 따라 삽시다.

여보,
이제 할 말이 뭐가 또 있겠소, 끝으로 한 마디
애썼어요, 힘들었죠, 더러는 야속했죠…?
영원한 홍승주의 아내 최연순 여사님
죽도록 미치도록 사랑해요, 사랑했어요
철따구니 없는 이 노년의 일곱 살 터울
아직도 젊고 예쁜
어디 나가도 빼어나게 자랑스러운 아내
오늘, 벅찬 당신의 희수의 날에
못난 남편의 웃으며 무릎 꿇은 수줍은 절 받으세요
우리 더 늙지 말고 내내 오늘처럼만 삽시다.

— 2012년 1월 27일 당신의 나신 날에
남편

친구들

요새 와서 부쩍
죽은 친구들이 자주 꿈에 찾아오는 것은
살아 있는 사람들보다
그쪽과의 연분, 관계, 친분, 일화들이 많아
연연하기 때문이리라

지금 내가 노년에 만나는 사람들이야
생전이라 하지만 노루 꼬리만 한 잔세월
그저 그런 의례적인 것
별로 속 주고 깊이 사귈 만한
건더기가 없지 않은가

용케도 그들과의 일사(一事), 일물(一物)들이
하나도 잊혀지지 않게
꿈에라도 살아오는 것은
아무래도 내 하찮은 전성기에
공노(共怒), 공락(共樂)했기 때문이리라

노쇠해 떨어지는 석양 같은 인생에
하물며 고국산천을 버리고
꿈꿀 일, 생각할 일, 할 일이 도통 두절된 이역 땅
지루해서 나와 앉아도 생판 모르는 사람들
초저녁에 불을 끄고 일찌감치 꿈을 청하자.

나, 어쩌다 여기까지 와 버렸나

나, 짊어지고 나온 소명의 긴 시간,
어느새 덧없이 많이도 까먹고
앞에 얼마만 한 잔량(殘量), 잔형(殘刑)이 남았을까…….

참빛은
칠흑의 어둠 속에서
비로소 빛나는 불빛이나니
이 먼 이국땅, 이방인 목에 걸린 가시 면류관
장엄한 낙조(落照), 여명(餘命)의 부스러기
서산에 드리운 황망한 노을 속에
누군가의 못 견디도록 그립고 따가운 시선
어딘가로 미치도록 달려가고 싶은 충동
목마른 만남, 기다림의 그날은 잡힐 듯 부질없는 신기루

길은
떠나기 위해서 있는 것이 아니라
돌아오기 위해서 존재하는 것이나니
나, 한정 없이 뒤돌아보지 않고 똑바로
앞으로만 내쳐 달린 돌개바람
동이 트기 전 새벽이 더 한층 어둡다 해도
지금쯤 귀향의 돌아가는 돛대를 올려도 좋으나니

열아홉 나이에
청운의 망망대해 꿈의 깃발을 꽂고
눈에 걸리고 성가신 장벽 하나 없이
인정사정없이 아깝고 애잔한 고향산천
먼지처럼 훌훌 털고 버리고 팽개친 미련

내 유년, 소년 시절을 키우고 간직한 요람
만년에 내게 의지할 육친, 내 어머니와 아버지
사랑하는 형제자매, 소맷귀를 마다하고
혈혈단신, 적수공권으로 미친 듯 잘난 듯이
뒤돌아 석별의 눈길 한번 맞추지 않고
매정하게 뿌리치고 떨구고 삼팔선을 넘어온
박정하고 겁 없이 무서운 아이.

백발이 성성, 이젠 출입의 문턱이 아물거리는
망팔 나이에 이르러
비로소 지각으로 깨어나 참회록을 쓰네
나, 어쩌다 남산에 뜬 허황한 무지개
칠색에 현혹되어 꿈 따라 바람 따라
구름처럼 물처럼 정처 없이 예까지 흘러왔나…….

조선 팔도 유람 삼천리라면야
비극의 분단조국, 삼팔선을 넘은 것쯤

모지락 세상 탓, 용서가 된다 해도 여기가 어딘가…….
태평양을 건너서도 한참
하마 꿈에도 생소하고 생전에 엄두도 못 낸
콜럼버스의 아메리카 대륙에 오다니
이 무슨 해괴한
이것도 동양 철학의 운수소관
주역(周易) 안에 두는 일이랴

타관에 와서 뜻 이루어 억만금을 쌓고
고관대작이 되어 그 이름 천추에 빛나서도
천직의 문학이 고금에 창연하다 해도
고향으로 돌아갈 길, 기구한 사면초가
사고무자(四顧無子), 무의탁 독거 부모님을
거기, 풀도 안 돋는 동토(凍土)에 남겨두고 온 죄야
무엇으로 갚고 어디다 속량하리

어쩌다 힘 빠진 노년에 와서야 겨우 뜨거운 회한
늦철이 들어 북녘땅, 천지를 향해 국궁배례
불효와 진혼(鎭魂)의 즈믄 가야금을 켜나니
천지신명이시여,
나, 어쩌다 다 두고 잊고 등지고 멀쩡하게
내 밑, 핏줄만 달랑 챙기고 홀랑 예까지 흘러와 버렸나…….

— 2010년 세모에

이런 때 1

이런 때 오면 좋은데
이런 때란
턱없이 외롭고
누군가가 그립고
이유 없이 슬프고
어딘가 가고 싶을 때

이런 때
누구라도 오면 마른 섶에 불
사리라도 몇 알 건질까…….

이런 때 2

이런 때
뜨끈뜨끈한 라면이라도 끓여 먹을까
온몸의 땀을 걸레처럼 쥐어짜서
오물이 뚝뚝 떨어지게……

이런 때 3

이런 때
나는 어떻게 해야 할까
무얼 먹어야 속이 풀릴까

강철이라도 녹일 것 같은 이 허기
지구라도 찢어발길 것 같은 이 광기
아무것도 아닌 자의 이 요사한 지랄증

이런 때
나는 냉수를 한 대접 벌컥 들이마시고
잇새가 없는 잇몸을 쑤신다.

살아가면서 1

살아가면서
사랑하는 사람이 있다는 것은
행복한 일이다
살아가면서
그리운 데가 있다는 것은
참 좋은 일이다
살아가면서
기다리는 사람이 있다는 것은
더 고마운 일이다
살아가면서
보고 싶은 사람이 있다는 것은
얼마나 신나는 일인가

아무것도 없다면
무얼 보고 무얼 믿고 무얼 바라고
살 수 있단 말인가

사랑하는 사람끼린
이 세상의 아무리 작고 세세한
하찮은 일이라도
모든 것에 의미를 붙이고 사연을 달고
새로운 것처럼 신나게

뜨거운 입김을 불어넣을 때
사랑하는 사람이 있다는 것에
생명의 만족을 느낀다.

살아가면서 2

어디엔가 한두 군데
누군가 한두 사람
수없이 많으면 좋겠지만
헤프면 사랑이나 정이 무르고 갈라져
역시나 깊은 한 곳
조그마한 한 사람이면 족하겠나니……

속속들이 내 태곳적부터 유년, 요즈막까지
다 꿰뚫고 아는 사연
깊은 마음 골짜기로 터놓고 들어가
흉금 없이 기대고 힘이 될 수 있는
그런 사람을 옆에 두고 있다면
아, 얼마나 복되고 고마운 일이랴……

살아가면서
청춘이 비뚤어 말라지면서까지
어느 한 곳을 주시하고
어는 한 사람을 지켜보면서
생각하고 사랑해야 할 대상이 있다는 것은
더없이 행복한 일이다

아픔도 나누고

즐겁고 기쁜 일마다 서로 알리며 눈물 찔끔
진주알 같은 어쩜 풀 이슬일지도 모를 한 방울
아, 살아가는 그날 생명이 멈출 때까지
사랑할 수 있는 힘이 남아 혼불이 꺼질 때까지
사랑의 양에 끝이 있으랴,
떠나지 않게 오래 붙들어 매어두자.

아침 풍경

희수가 내일 모레
늙지도 않은 젊고 고운 아내가
새벽
꽃시장에 나가
꽃모종을 한 차 가득 사 싣고
거름 한 포대 날름 안아 얹어놓고
돌아와
커피 한 잔 흑흑 들어 마시자
옷소매 걷어붙이고 손 장갑 끼고 호미 들고
뒤뜰에 나가 구덩이 파고 한 웅큼씩 거름 나눠주고
한 그루씩 사랑의 모종 심네

아침 햇살에
분홍빛 물든 노처의 꽁무니 졸졸 따라
팔순 넘은 늙은 남편이 어쩔 수 없이
호스 잡고 물을 뿌리네

일자리로 학교로 다 빠져나간
텅 빈 고요한 집안
둘만 남은 아침.
희죽 웃으며
되지도 않는 눈 사인만 껌벅껌벅 송신하는 노남편

시효가 한참 지난
오늘 아침, 절호의 기회에도
찬란한 회춘의 불은 붙지 않는다.

당연한 것처럼 날마다
하나씩 잊고 잃고 버리고
그러다 어느 날 다 놓고 가리다.

— 2011년 3월 21일

어떤 행위

만년의 노부부가
새벽녘에 잠이 깨었다
신문도 아니 오는 날
소피 보는 시간띠도 같아서
영감이 다녀온 후
마님도 덩달아 뒤를 따른다

동창이 훤한데
침대 옆구리를 비우고
아내의 손목을 잡아끈다
벌리면 양팔이 맞닿을
두 양주 간의 싱글 베드
가뭄에 콩 나듯한 불망의 원앙침

피안을 건너 멀어져간
청춘의 노을을 잡기 위해
꺼진 불씨를 지핀다
마르고 닳도록 하던 잊어버린 행위
차곡차곡 일깨우며 더듬으며
사랑의 풍무질을 한다

구름을 타는 황홀도

풍우가 벼락 치는 흥분도
불발이거나 불시착이어도
노부부의 마음은 마냥 즐겁고 편안하고
폭풍처럼 흘러간 세월을 그리며
아, 이 아침, 노부부의 사랑은 유별나다.

낮에 걸린 달

광활한 우주
밤새도록 해를 따라가다가
발병 나서
하늘 한복판에 뿌옇게 주저앉은
실연에 우는 여자

밤새 잠 못 이룬 얼굴
그립고 못 잊어
누렇게 뜨고
곰 혓바닥에 핥였나
호랑이 발톱에 뜯겼나
하얗게 찌들고 질린 얼굴

화장도 바래 지워지고
환하게 청명하던 얼굴
창연하게 도도한 빛깔 다 어디 두고
어쩌다 저리 풀죽은 모습
부끄럼도 팽개친 꿈 잃은 여자가 되었나

하늘에 한처럼 떠서
쨍쨍한 뙤약볕 한나절 한더위
한 자리에 박혀

산정에 앉은 잔설을 보면서 동병상련
만인의 수모를 겪는 아픔
지구에서 쬐끄만 내 가슴이 포개지듯 찢어진다.

나

나는 가끔
저만치 나를 액자처럼 벽에 걸어놓고
나를 감상하는 때가 있다

어느 땐
아주 삭막한 광야의 노송이었다
미풍에도 흔들리고

어떤 땐
태양이 작열하는 비치 파라솔 안에서
비키니 스타일의 여체를
소년처럼 그리워하고

더러는
지나가는 비바람에게 청원
한때 매정하게 떨구고 온 내 사람들을
한 사람만이라도 돌려줬으면

저물어가는 모래 장에
바라크를 세워놓고
비속한 이발소 같은 내 그림 속에
떨어지는 해를 붙들고 늘어지지만

갈 것은 가고
올 것은 오는
천지조화의 불변의 이치

나를 돌려주지 않는
내가 돌아오지 않는
세월의 강가에 나를 세워놓고
언젠가는 멈출 부실한 바람개비를 본다.

— 2013년 1월 10일

어치구니 없는 허상

손수레를 끌고
마켓을 빙빙 돌면서
눈이 화경처럼 돌아가는 것은
이러다 진짜 뜻밖에 미국에서
반가운 사람 하나 만나는 것이 아닐까…….
꼭 부딪힐 것만 같은 어치구니 없는 예감

어쩌다 한 번씩 카지노에 가면
이러다 어느 날 갑자기
대박이 와르르 터져 쏟아져 나올 것 같은
어치구니 없는 횡재
정성을 쏟아 자질구레한 밑천 꽤나 부어 쏟았으니
지성이면 감천

잡화상에 둘러 네다섯 장씩 부질없이
로또를 사는 것은
이러다가 우연히 정말 터무니없이
벼락처럼 1등 당첨이 되어
수억 달러가 떨어지지 않을까
미국에서 열심히 사는 아이들에게 나누어주고 싶은
허상

길을 가다가도 엉거주춤 두리번거리는 것은
어느 날 길가의 석괴가 금괴로 변해 있지 않을까…….
사실 맹랑하고 허황한 것 같으면서도
귀여운 작은 꿈
서산에 기울어지는 황혼을 보면서
씩 웃는 어치구니 없는
망상

어느 날 언제 어느 그물코에서든지
생각도 없이 잡혀 올라올 것 같은
어치구니 없는 이 대어(大魚)의 행운.

언제든 가리다

— 고향 친구 신중규 회장에게 보낸 구정 인사

60년 너머
노래처럼 잠꼬대처럼 부르던 내 고향
만포선 구불구불 한만 국경선
종착역 100리 앞둔 강계역

떠나서 한 세상
언제든 갈 날이 있으리라
요원한 꿈 미련한 소망
마지막은 고향에 가서 누우리라

이른 봄에 개나리 진달래 철쭉
잔설이 깔린 남산 등성이에 피고
압록강으로 가는 독로강엔 흰 돛배
인풍루 아래 뗏목이 흐른다

조밥에 강된장 푸른 고추 찍어 먹고
단옷날에 사각골 씨름과 그네
환성에 다락이 무너진다
머루 다래가 그리운 전설 같은 고향

진종일 밤새도록 내리는 폭설
동네 방방 횃불을 밝히고

지붕이 내려 앉을까 영마루에 올라타
서까래로 눈을 치던 아버지

동지섣달 긴긴 밤을
국수틀에 옹기종기 올라 앉아
빗줄기처럼 내리던 메밀 가락
설설 끓는 가마솥에 헹궈 내던 어머니

동동 뜨는 얼음 헤치고
어금니를 덜덜 마주 떨며
동치미에 말아먹던 밤참 맛을 어찌 잊으리
누이여 아우여 벗이여 상금 살아있는가

부질없이 세월이 간다 인생이 간다
동토의 강계 땅에도 가고
서울의 자유 땅에도 가고
이민 온 외로운 미국 땅에도 간다

너도 가고 나도 가고 다 가도
내 고향 강계는 영원히 역사에 남아 흐르리다
창가에 하염없이 뜬 정월 대보름달
망향제의 향불 사르며 고향 벗님에게 안부를 전한다

—2010년 정월 대보름 밤에

누군가 하고

가랑잎 굴러가는 소리에도
귀뿌릴 세우고
지나가는 바람소리
누구의 노크소린가
화들짝 문을 여는 초겨울 밤.
어둠은 왜 이리도 깊고 앞이 보이지 않는가

날이 새기엔 아직도 먼
안 올지도 모를 여명
10년을 여섯 바퀴 넘게 돌아
강산도 변하고
세상도 돌고 인심도 조석변
이만큼 기다렸으면 지성이면 감천인 것을

기다려본 사람은 안다
그리움에 뼈가 얼마나 삭아 들어가고
싯멸건 피가 어떻게 말라가는가를
당해보지 못한 사람의 말은 그림의 떡
가도 반갑게 맞잡을 피붙이가 다 간 고향
이렇게 한 세상 한(恨)으로 맺혔다 가는가

세상에 기다리는 일처럼 혹독한 벌이 있을까

가고픈 사람이야 체제에 묶여 못 간다 한들
언 땅에서 행여 올라올까 이제나 저제나
가슴을 녹이며 안으로 멍이 든 형제자매들
죽어도 눈을 못 감으리 막역한 불효의 죄
어쩌다 굴러 굴러 살려고 미국까지 왔는가…….

사민방의 세월

— 2009년 세모에 부치는 경인년의 연하장

내 빈약한 세월
끄트머리 어디쯤 사양의 언덕
좁쌀알만 한 잔광
눈부신 무지개 드리우며
물소리 바람소리
와작와작 여명의 살얼음 깨는 소리
저벅저벅 달려오는 사민방 숨소리

내 고독과 미련의 어두운 끝자락
누가 이 늦은 빈 하늘에 활활 불을 지폈을까…….
산이 타고
속마음 시든 수풀이 올올이 일어나
벌겋게 피어 번지는 불티
하늘이 소리치고 바다가 설설 끓네

사랑이 솟아오르는 애천의 뜨거운 옹달샘
마음이 피어오르는 훈훈한 심천의 깊은 샘
향기가 진동하는 향천의 포근한 인정샘
구슬에 빛나는 옥천의 해맑은 유리샘
글귀에 밝은 문천의 소리치는 천리샘

청룡이 여의주 물고

백호 경인년 잔등에 올라 일갈 포효
한반도에서 미주 본토에로
시의 소명, 영혼을 흔드는 애환의 파장

내 가난한 늦세상 늦세월 늦하늘
사민방으로 세워진 사천성의 신기루
참다워라 진의 샘
착하여라 선의 샘
아름다워라 미의 샘
슬기로워라 지의 샘
정다워라 덕의 샘
새해,
연두 유정무한 찬란한 꿈의 사다리를 놓는다.

다 간다는 것은

다
간다는 것은
얼마나 고맙고 다행한 일이냐
너 나 할 것 없이
다 데려간다는 것은
얼마나 공평한 일이냐

태초부터
그 누구도 에누리 없는
이 하나님의 엄청 큰 법칙에 대하여
거스르지 못했다

귀하거나 천하거나
재물이 많거나 무일푼이거나
권력자이거나 무력자이거나
눈곱만큼의 사정을 두지 않는다

아무도 거역하지 못하고
온갖 차이가 하늘땅처럼 벌어져도
이것 하나만으로 세상은 평등하고 살맛 난다

다

늙는다는 것은
또 얼마나 대견한 복음이냐
양귀비도 늙고 죽고 진시황도 어쩌지 못한
이 진리, 이 은총 앞에 누가 감히 맞서랴

누군 안 죽고 누군 늙지 않고
나만 늙고 죽는다면 얼마나 비통하랴
정말 이를 갈고 피눈물을 쏟으며 눈을 감지 못하리라
다 간다는 것은 정말 시원하고 통쾌한 일이다

행복한 아침

눈 뜨면
풋풋한 새벽이슬, 희뿌연 안개
맨발, 팬티 바람으로 초원에 나가
조간 두어 종류 거둬올리고 침대에 올라오면
부부 찻잔에 커피 찰찰 받쳐들고
아직도 미모의 잔재가 노을처럼 타는
아내의 고운 태깔

세상 이야기, 고국과 세계 소식 잠시 밀어붙이고
찻잔엔 식은 향기, 미련처럼 솔솔 피어오르는
막간 사이
스테이지는 때늦은 사랑의 파라다이스 쇼
1막 서장, 레퍼토린 행복한 아침
2층의 아들 내외는 관광객처럼 새벽잠에 떨어지고

트레이닝복을 갈아입고 만보기 차고
두 손 잡고 살며시 사랑의 산책길 나서면
그제사 미국의 아침이 서서히 밝아온다
만나는 사람마다 하이 굿모닝, 미소를 뿌리고
400미터 트랙을 일곱 번 돌아
땀이 국부에 폭포처럼 쏟아진다

출근길, 등굣길, 배웅 못하고 동서로 헤어져 나간
부산한 아이들의 빈 보금자리
세상은 왕창 우리 세상, 노년의 스위트 홈
발가벗고 샤워한다, 소리친다, 킬킬 웃는다
식탁에는 베이컨, 토스트, 계란 프라이
우유와 야채와 과일, 음악 들으며 축배를 든다

아, 우린 천하의 자유인
오훈 걸어서 5분 거리 맥도날드
햄버그 둘 3달러, 콜라는 무한량 공짜
즐거운 하루, 정점에 선다.

천사의 얼굴

세상 근심 다 내려놓고
입 벌리고 맥 놓고 자는 얼굴
입으로
혼이 빠져나가고
생기가 새어나간다

아들딸 다 키워놓고
걱정 시름 다 벗어놓고
입 벌리고
세상 모르게 마음놓고
하얗게 자는 얼굴

아내도 늙었구나
속에서 탄 고생 다 씻겨내고
속에서 썩은 단내 다 걸러내고
속으로 끓던 열기
연기처럼 솔솔 코로 내몬다

세상 모르고
입 벌리고 자는 고운 얼굴에
평생 고생 다 묻혀나간다

얼마나 고단했을까
얼마나 힘겨웠을까
늙은 아내의 맥 놓고 한참 자는 얼굴
하염없이 시름없이 바라보는
무심한 늙은 남편

목이 탄다, 눈이 시리고 아프다
허리가 밸밸 꼬인다
행여 발소리에 바지런한 그녀 깰까
뒷걸음쳐 슬금슬금 눈치보며 실려나가는
속상한 노부, 석양에 운다

편지

어딘가에 소식을 전하는 누군가가
있다는 것은
얼마나 고마운 일인가

전화보다는
이메일보다는
더 시급하고 간절하고 다정하게
우표딱지를 침으로 붙이고
우체통에 집어넣을 때
그 순박하고 짜릿한 쾌감을 어디다 무엇에 비하리……

누군가로부터
오래 기다린 편지가 온다는 것은
또 얼마나 행복한 일인가
한 통의 전화보다
한 마디의 이메일보다
살아 있는 입맛 나는 신기한 비둘기가
산을 넘거나 바다를 건너거나
내게로 오고 간다는 것은 얼마나 은혜 받은 일인가

폭양이 내리쪼이는 날에도
편지를 기다리거나

육필로 편지를 쓰거나
행선지의 주소를 달고
우표를 붙여 우체통에 넣을 때의 진한 감동
가고 올 시간을 손꼽아 헤아리는
너와 나의 맘과 몸은 언제나 꿈꾸는
더벅머리 소년, 단발머리 소녀여라

마음의 깊이

물은 제아무리 깊어도 수심을 잰다
산은 제아무리 높아도 높이를 잰다
이 세상의 것은 다 잣대가 있다
물량에도 한이 있고 끝이 보인다
눈에 보이는 것은 다 유한(有限)

여자는 제아무리 어려도 어머니가 되면
속은 한없이 깊고 말이 없다
사랑은 눈에 보이지 않아 모양을 모르지만
눈빛으로도 나타나고 손끝에서도 우러난다
몸사려도 묻어 나오고 사시사방에서 쏟아진다.

여자는 어머니가 되면 강해진다
속마음으로 울고 기도한다
연약한 몸을 지니면서도 아이들을 끌어안고
깃으로 덮는다
제아무리 고닳다 해도 꽃처럼 웃는다

여자의 몸은 무광이지만 어머니가 되면
온몸에서 빛을 낸다. 북받이 유광체가 된다
얼굴에는 언제나 자상한 미소가 머물고
몸체는 마리아 상처럼 돋보인다

아이들은 그걸 모르고 자꾸자꾸 속마음을 태운다

어른이 되어도 한없이 푸르고 깊어지는
어머니의 마음을 모르는 채 간다
어머니는 힘이 들어도 역정난 표정을 않는다
오늘, 어린 딸이 남매를 데리고 나들이 가는
장한 어머니의 모습을 보면서 늙은 어미가
딸의 마음의 깊이를 들여다본다

세모에 서서

아직은 긴 하루같이 사랑의 분량이 남은

올 한 해의 마지막 아쉬운

제야의 종소리가 울리는 이지막까지 내내

사랑을 허락하고 따라와주신 당신에게 감사드립니다

사랑으로 해서 당신을 알고

온몸으로 당신을 내어주신 은혜에 감사드립니다

당신과 나 사이 흐르는 연면한 사랑의 강

이 세상에 아무도 모르는

당신과 나만이 아는 깊은 사랑의 숲속

온갖 세속 다 뛰어넘은 사랑의 양지

그 땅에 신뢰의 뿌리가 내리고

사랑의 싹이 커 자란 울창한 나뭇가지

소담한 사랑의 꽃이 주렁주렁 피웠음에 감사드립니다

서로 끌며 당기며 외로운 영혼을 진무하는

삶의 튼튼한 버팀목이 드리워진 생명의 등불

초여름부터 가으내 겨우내

당신 그리워 첫사랑처럼 보채고 기댄

사랑의 무리를 훈훈한 미소로 감싸 안은

당신의 아량에 감사드립니다

밝아오는 새해 기축년은 말없이 온후한 눈망울 큰 소

사랑의 정자나무 청명한 그늘 밑

당신의 풍요한 가슴 자락에서

한층 성숙한 사랑을 음미하고 겸허하게
몇 번이고 반추하고 찬미하게 하소서
새해 열두 달 내내
아름답고 정갈한 마음으로 당신을 사랑하고 염려하고
그리하여 속 깊이 도랑의 여울이 깊어가는
당신의 참사랑을 받아 나누게 하소서
작은 일에도 감사하고 감동하는 나날로 충만하게 하소서
온 누리에 우리의 사랑이 누구에게도 아픔이 되지 않고
축복 받는 보이지 않는 평화의 샘으로 흐르게 하소서
둘만의 깊은 규방의 밀실로 행복의 신방을 꾸미게 하소서.

제2부

날이 새기엔 아직도 먼

파도

파도는
한 치라도 더
육지에 가까워지려고
밀리는데

육지는
저만치서
항상 파도를 엿보면서
곁을 주지 않는다

파도와 육지가
항시
그 어느 쪽이든
하나가 되기 위해서
밀리고 썰리지만

그 아무것도
되지 못한 채
오늘도 파도는 진종일
밀리고 썰리고 하다가
종내 파도로 그치고 만다.

행복한 이별

비행기가 뜰 때
나는 비행장이 내려다보이는
산비탈에 서 있었다

조금은 높은 환송대에서
지정된 이별들이
열심히 오고 갈 때

나는 혼자서 들고 나온
국화 송일 뜯고 있었다

지금은
환송대에 나온 숱한 손과
마음들 때문에
눈이
이쪽으로 미치지 못하지만

일단은 비행기가 뜨면
당신은
두터운 창문을 비집고
어쩌면 찾지도 못할
산비탈 위를 날고 있을 거다

한 가닥 뜬구름처럼
일다가 사라져간
오늘
결별의 순간

저쪽 낯선 하늘
지붕 밑에서 시작될
당신의 전부를
돌아오지 않을지도 모를
귀국의 그날까지

우선은
행복한 이별이라고
챙겨두고 싶다.

회전목마

내가 이지막에 와서
어렸을 때 놀던 고향 꿈을
자주 꾸는 것은

내게
앞으로 많지 않을 살 날에
별로 신나게 올 친구가 없고
꿈꿀 만한 신통한 일들이 없기 때문이다

모두
지나가는 바람처럼
시시한 것들
예전 동산에서 뛰놀던
그런 화려한 일들이 오지 않기 때문에

꿈도
메마르고 인색하여
기똥 찰
미래의 꿈 부스러기를 보여주지 않고
자꾸 과거로 회전하는 것이다

꿈을 잃어버린 이지막에 와서

밤마다 가위 눌리거나
유령을 보듯 침대에서 떨어져
곤두박질 과거로 돌아간다.

나도 모르는 사이

내가 나에 대해 얼마나 알 수 있을까
지나온 것은 지나왔으니까 돌아보면 안다 치자
당장 앞을 못 보는 내가 모르는 내일
우리들이 보지 못한 사이
세상도 모르는 사이
시간과 세월
비어 있는 것 같은 공간들이
밤이든 낮이든
서두르거나 늦추거나 하는 일 없이
무엇인가 만들며 벌이며 간다
그 안에 희비애락이 일어나고
새로운 일이 터지고
누군가 죽든가 살든가 망하든가 흥하든가
행복이 생기고 불행이 생기고
천지 이변이 생기고
설상 그런 것들을 누가 일으키고
관장하는지조차 모르게
그저 남 보듯 저 보듯 지나간다
섭리라고도 하고 이치라고도 부르지만
그게 누구의 조화인지 도무지 알아야
머리를 끄덕거리지
그래서 할 수 없이 나는 하나님을 찾아 믿고

하나님께 기댄다
그러다 더러는 일정한 코스의 운명으로 돌리고
슬픈 눈을 뜬다
나서 간다는 건 참 공평하다
나서 가기까지 불공평하게 살다간다 쳐도
오면서 공수래 가면서 공수거
얼마나 고마운 일인가.

다음에 오는 것

삶, 다음에 오는 세상
육체들은 다 가고 영혼들끼리 만나는데
죽음, 이전에 있었던 관계들이 그냥 살아
투명처럼 속이 내비친다면
마음으로 간(姦)한 숱한 여자들
마음으로 미워 죽인 숱한 사람들
아무도 모른다고 훔치고 속인 숱한 일들
너 나 할 것 없이 수없이 행한 파렴치한 일들
다 활동사진처럼 보일 텐데
부끄러워 어떻게 넋을 들고 다니지……
그래도 한 가닥씩
숨은 아름다운 것들이 있었을 것을
하다 못해
지나가는 개미 새끼 밟지 않았다든가
목마른 자에게 물 한 컵 줬다든가
동전 한 닢 구세군 자선냄비에 넣었다든가
하찮은 일이지만 그런 것들이 적선이 되어
속죄 되고 감량 될지 모르겠다
다음 오는 세상에서 세상 산 것들이
멀쩡하게 살아 있다면
아, 생각만 해도 끔찍하고 무서워
이세상도 저세상도 모두 생사의 고해(苦海)다

또 날이 밝았다

어물쩍 어물쩍 밤을 새고
얕은 잠에 깼다 잤다
꿈은 이상하게도 죽은 친구들이 많이 오고
눈 감아도 어둠 눈 떠도 캄캄
화장실 변기에 앉은 정면 거울
희끄무레한 저게 누군가 낯설고 유령 같기도 하고
조간이 왔나 잠옷 바람으로 나가보면
그제야 겨우 또 날이 밝았다
오늘은 내게 어떤 날인가
황소 눈처럼 두 눈을 멀뚱하게 뜨고
오늘 아침의 모양을 본다
달팽이가 거품을 물고 지나간다
자동차가 헤드라이트를 켜고 달려간다
안 걷는 노년보다 걷는 노년의 수명이 90세
통계 믿고 할아버지가 걸어간다
아흔까진 아직 까마득한 장년도 걸어간다
대열에 낄까 말까 웃음이 난다
고맙다, 이것만으로도 내 아침은 행복하지 않은가
그만 넉살 떨고 그래도 건너뛰지 않고 날이 밝은
오늘 아침의 이 행운이 어디냐…….
잠자코 들어가서 잠자는 늙은 아내를 흔들어 깨워
부부 찻잔으로 모닝커피 나누자.

바람

바람은 보이지 않는다
스쳐가면서
가만히 있는 것들을 깨워 흔든다

바람은 소리도 내지 않는다
지나가면서
가랑잎이 부서지듯 비벼댄다

바람은 걸리는 것이 없다
촘촘한 그물코 바늘구멍도 뚫고
벽에 갇히면 말없이 비켜 돌아선다

바람은 우는 소리를 내지 않는다
바다 위에서도 산 밑에서도
포효나 파고가 높아도 그냥 보기만 한다

바람은 사랑 같은 것
목이 마르도록 소리쳐 울다가도
종내 돌아오지 않는 메아릴 탓하지 않고

사랑과 바람은 사이좋게 평행한다
마음에 지핀 쌈지 불 손등으로 가리며

꺼질세라 어디까지나 혹혹 불며 간다

바람은 하나도 외롭지 않다
사방의 잎사귀가 반기듯 손을 흔들다
하나둘씩 빨갛게 손님처럼 내려앉는다.

상사화(想思花)

마음
깊숙한 한 구석에
커튼 치고
한 포기
사랑의 묘목을 심어놓고
주야로 물 주고
거름 뿌리고
그윽한 향기 가둬놓고
바깥세상과 담을 쌓은 도화경

바람이 불고 눈보라가 쳐도
두터운 가슴 벽을 뚫고
세파는 침입해 들어오지 못하고
안에 켠
사랑의 등잔에 불꽃만 활활

하늘빛도 설고
땅 향기도 설고
구름도 멋없이 가고
바람 맛도 밋밋
사람 말도 설고
온통 천지는 외로운 일색

공원 벤치에 앉으면
상사화만 솔솔

상사병에 나무가 말라 시들고
애간장이 녹아
마음, 깊숙한 한 곳
아무도 모르게 가꾼
사랑의 화원에
숨넘어가는 은밀한 고요.
상사화

한 떨기…….

사랑이 지나가는 소리

당신은
언제나
누가 봐도 편안한 메시지를 띄웁니다
부드럽고 정갈한 꽃잎
당신의 글발은
나뭇가지를 흔들고 지나가는
고요한 바람
보는 이의 마음을 이내 감사와 축복으로
기도하게 합니다
훈훈한 미풍이 험준한 고개를 넘으며
갓 싹튼 봄풀을 일으키고 어루만지며
당신이 지나가는 발끝마다
한 가닥씩 고통의 장을 벗기며
푸른 사랑의 초원이 열립니다
잊을 만할 때
어느새 곁에 슬그머니 찾아와서
잠든 사랑의 영혼을 흔들어 깨웁니다
멀리 별처럼 흘러 사라져간
당신의 아득한 모습
언제나 어디서나 어찌도 그리 깊이
어떤 가뭄에도 마르지 않는 생명수
흥건한 사랑의 씨를 뿌리며 지나간

당신의 텃밭에
해마다 풍성한 열매가 주렁주렁 달리는 것을
당신은 보시나요…….
그런 밤이면 당신은 영락없이 꿈으로 와서
당신과 거닐던 신세계 백화점 로터리
흑장미가 핀 돌다실로 날 데리고 갑니다
되돌아올 수 없는 먼 기억들이
사막의 선인장 가시처럼
내 몸 심장에 따갑게 쑤시고 박힙니다.

아름다운 만남

하늘과 땅의 아득한 거리
보이지 않는 끈으로
이리저리 끌고 놓고 하다
어느 지점에서 너와 나를 적절하게 만나게 하여
하나의 인연을 갖게 한다
인생에서 제일 중요한 것은 만남
인간은 만남과 관계의 존재

나서부터 숱한 만남의 인연이
끊어졌다 이어졌다
희비를 교차하면서 운명처럼
오고 간다

아름다운 모습으로 만난 관계가
언제 어느 지점에서 뚝 끊어진 연처럼
사라진다 해도
앞모습도 옆모습도 뒷모습도 다 아름다운
너와 나의 만남으로 남고 싶다

하늘과 땅의 보이지 않는 힘이
어쩔 수 없이 끌어서 만나게 하고
피할 수 없게 관계의 끈을 밀어서

거둔다 해도
우주, 좁쌀만 한 우리의 이합
한 찰나 같은 시간을
영겁으로 치부할 수밖에 없지 않겠는가…….

꿈꾸는 시인

당신이 모는 차
운전석 옆구리 조수석에 앉아
이런 날은 어디든 가고 싶다

달리다 배고프면 먹고
졸리면 당신 한쪽 어깨에 기대어 자다가
목마르면 어디든 잠시 내려
초원의 찻집에서 커피 두 잔 시켜놓고
떠가는 구름
흐르는 개울에 하이얀 발 담그고
물고기 떼와 노닐다
흘러가는 물소리
지나가는 바람소리
풀피리 릴리리 노래 부르다
정 못 견디게 그리움이 차오르면
이름 모를 초가 객주에서 포개어 자고
눈 뜨면 조반 겸상으로 치루고
또 가며 구름에 달 가듯이 또 가며
기름이 떨어지면
차 팽개치고 다리병 날 때까지
두 손 마주잡고 걷고 걸어
사랑의 꼭대기까지 당신하고 가고 싶다.

운다는 것은

운다는 것은
슬픔 가운데서
가장 수준이 낮은 액체

영 슬프면
눈물도 말라 나오지 않고
숨구멍이 막혀 통하지 않는다

한참
슬픔이 지나간 후
그제야 생각나듯 눈물이 왈칵
갇혔던 제방을 뚫고 흘러내린다.

운다는 것은
한창 차원이 낮은 슬픔의 방편
눈물은 그저 그런 구실을 한다

눈물의 샘이 마르고
울 기력도 막힌 그러한 날
그런 세월을 우리는 살고 있다.

빙리화
— 얼음꽃

인생 망망 고해에 떠서
생전 녹지도 않고
한 덩어리
빙리화(氷里花)로 피어나
운명처럼 떠가는 얼음꽃

깊이를 가늠할 수 없는 슬픔의 호수
아무리 노 저어 가까이 가려 해도
갈수록 두터운 안개 더욱 자욱해
헤쳐가서 닿을 길 막막 천지
허송 반백년 곁을 주지 않네

잠수복을 입고 오뇌의 바다
최저의 원바닥까지 자맥질해도
깰 수 없는 천년 한의 고요
소중한 보석을 건져내지 못한
꽁꽁 닫아건 사랑의 문

표류하는 뱃길 머물러 쉬어갈 섬도 없고
먼 등대는 수평선 너머 빛만 아물아물
가슴팍을 찢어 구조의 백기를 휘둘러도
돌아오지 않는 구명보트

들에는 복수초(福壽草)가 비바람에 눕고
정원의 수목들이 홍수에 밀려 쓰러져
넋 잃은 가랑잎 하나
발을 동동 실려가며 소리치네

손길을 내밀지 못하고 얼어붙은 자석
또 한 잎의 낙엽이 빙원(氷原)에 떠서
얼음꽃 두 이파랑이 앞서듯 뒤서듯
쌍두화가 되어 떠내려간다.

막다른 데서

사랑하는 아이야
너 시방 거기서 뭘 하고 있니
어서 내려와 밥 먹지 않구……
이제 버틸 만큼 버텼구
소리칠 만큼 소리쳤으니
그만 하구 내려와도
너 할 일은 다한 셈
아무도 널 욕할 사람 없다

누구나 뭐든 한도를 넘어서면
눈에 보이는 것이 없단다
목숨도 저만치 밀려가고
애증도 물 건너가고
그저 악만 남아
눈에 보이는 것이 없고
귀에 들리는 것이 없고
마음에 걸리는 것이 없단다

사랑하는 아이야
이제 넌 할 만큼 다했단다
지금이 내려와 밥 먹고 잠잘 적기니라
이 시간 놓치면 쑥스러워 못 내려와

너 죽고 나 죽고 우리 다 죽는다
나갈 때 나가고
물러설 때 물러서고
쉴 때 쉬고
밥 먹고 자는 것이
사람 사는 세상의 속성이니라.

아이야, 그만큼 했으면 이제 막다른 데서 내려오너라.

꿈

이지막 꿈에
살아 있는 이쪽 사람들의 이야기보다
저쪽으로 넘어간 죽은 사람과의 사연들이
더 많이 나오는 것은
이쪽 산 사람과의 인연은
그저 오고 가다 만난
그렇고 그런 거
만년, 황혼의 별에 순식간에 붙다
저켠으로 사라져가는 바람 같은 것이어서
별로 인상에 깊이 패지 않기 때문에
꿈이 되지 않는다.

먼저 간 친구들과의 숱한 우여곡절,
파란만장한 이야기들이 얼마나 깊고 덧없이 많은가……
거기에 비하면
이지막 세상에
만나는 사람의 일들이야
얼마나 하찮고 부질없는가……
순간에 불시에 일어났다
불시에 꺼지는 불.

꿈도 되지 못하는 것들이

시방 내 둘레를

여름밤의 부나비처럼 앵앵거린다.

월견화(月見花)

밤에만 피는 꽃이 있다
아무도 모르게
삼라만상이 다 잠든 시간에 핀다

그것도 소리 안 나게
혼자 피었다
날이 밝으면 꽃순을 접는

꽃 피는 모습을 본 사람은 없다
천지간
달뿐

달만이 본다 해서 월견화
아침
해가 떠오르는 동시에
이슬처럼 사라져
가사의 상태에 들어간다

누구도 보지 않는 밤에
온 정성을, 사랑을 다하여 피는
월견화

사람이 보는 앞에서
환한 한낮이거나
햇빛 쏟아지는 양지에서
목을 빼고 부끄럼 없이 피는
세상 꽃들이
얼마나 지저분하고 황당한가

자지 못하는 밤에 일어나
보지 못하는 당신을 향해 나는 이 밤
혼신의 월견화를 피운다.

꿈도 늙는가

꿈도
나이를 먹는가

젊은 꿈은 하나도 안 보이고
도통 늙은 꿈만 꾼다

싱싱하고 푸른 초원
꽃사슴은 다 어디 가고
노상 서산에 지는 노을
싯누런 황야에 멧조만 운다

밤새
노쇠한 꿈 밭에서 호미질하다
겨우 허우적
캐낸 감자알엔 온통 씨눈이 빠져 있다

젊음도 가서 나이를 먹지만
꿈도 세월 따라 늙어간다
화려한 채색은 하나도 없고
온통 바래고 거무칙칙하게 죽은 그림

꿈은 가공의 다리

늙지도 젊지도 않게
진주도 캐고 우물도 파고 양수도 마시는
더러는 화끈한 것을 보여줬으면 하는데

꿈도 하는 수 없이 늙는가
암막에 스크린만 펼치다 간다

잃어버린 제목

진종일
별로 일 같지도 않은 일에
여기저기 끌려 쏘다니다 돌아온
날
밤엔
정신은 간데없고
육체도 죽은 듯이
함께 붙어 곯아떨어진다.

밤손님이 들어온대도
인기척이 없고
누가 업어간대도 업힌 채
비수로 찔러도 피가 난 채

내 영혼도
내 육체도
무책임하게 잠 속에 공멸

지금 남은 건
있는 건가, 없는 건가
어디에 속하는
누구일까

두 개의 공유물을 안팎으로 다 놓친

나는 뭘까

제목 잃은

실제(失題)의 시를 쓴다

기능 대체

내가 몸에 붙이고 다니던 기능이
하나씩 떨어져 나갔다
대체하는 데 나는 눈이 벌게졌다

처음에 깨알만 한 벌레도 놓치지 않던 눈이
침침해서 확대경을 달았다
바늘이 땅에 떨어져도 듣던 귀가
가는귀를 먹어서 확성기를 달았다
앞문이 무너지면서 깊숙한 성벽마저 넘어져
새로 견고하게 의치로 축성을 했다
갈대밭에 먹물을 뿌리고 춤추던 백발을 감추고
안면을 다림질로 밀어 주름을 펴고
검버섯도 도려내 사라진 백가면
차차 나는 잃은 오관의 기능을 회복해갔다

세월이 가면서 다른 기관들은 모조리 바꿔 끼어
새롭게 평상으로 돌려놨는데
한 가지 기능만은 원상으로 돌아오지 않고
날로 위축해갔다
바꿔 낄 대체물이 상금 발명되지 않아
사실은 그놈이 생명이고 상징이고 마지막 보루의 기능인데
이놈만은 어쩔 수 없이 퇴물 일로

현대 문명도 보청기 돋보기 의치 같은 대용물을 내놓았지만
이놈만은 천년이 가도 안 될 난공불락
발명왕 에디슨은 어디 갔나
대용물을 만들어 부착한대도 황홀감이 없는 나무토막

아직은 건재하지만 날로 쇠락해가는
마지막 기능을 붙들고
나는 오늘도
대체 기능으로 완전 무장한 기구를 달고
불편 없이 다니면서
영영 대용 기능이 나오지 않을
그놈의 불운을 슬퍼한다.

가려진 사각 1

죽음은
이 사람 저 사람 고르지 않고
누구에게나 똑같이 오는 것이기에
안심이 된다.

진시황도 죽었다.
김 추기경도 죽었다
오늘 교회 장로가 죽었다

장로의 아들인 상주 목사가
조문 온 문상객을 끌어안고
우리 아버지 천국 갔다고
킬킬 웃는다

도무지
애도하는 눈빛이 없다
죽은 장로의 아내도
또 다른 아들도 슬픈 기색이 없다

그럴진댄
차라리
더 빨리 일찍 천국 보낼 것을……

내 아이들아, 나 가거든
천국 갔다 하더라도
헤픈 웃음 좀 삼가하고
문상객 앞에서 애도의 빛을 띄워다오

가려진 사각 2

죽음,
그것은 나로부터의 해방
일체의 단절
완전무결한 해법
내가 잡았던 끈, 줄, 연을 다 놓는 거
우주에서 내가 사라져가는 거
내가 아무것도 아니게
나뭇잎처럼 떨어져나가는 거
내가 온 것도
내가 산 것도
내가 가는 것도 일장춘몽
아무하고도 관계가 없다
내 먼저 사람도 뒷사람도 그렇게 오고 가고
천연스레 오고 가고 오고 가고 끝이 없이 돌아간다.

제3부

일조권(日照權), 잔조록(殘照錄)

바람아 불어라

바람이 오지 않는 날이면
죽은 생명으로
창가에 돌부처처럼 박혀 있거나
눈부시게 햇볕이 쏟아지는 양지 바른 벤치에
허수아비처럼 양팔을 들고
날아가는 새를 쫓는다

흔들리지 않는 나뭇잎도 요사하고
수탉 같은 다람쥐도 나를 우습게 본다
온통 다 움직이지 않는
나 혼자만 살아 있는 것 같은 이 고요
낌새도 없는 바람을 찾아
들길에 나서면 그제야 바람이 좀 아는 척

바람아 불어라 소리쳐라 리어왕처럼
죽어 있는 혼들을 다 흔들어 깨워라
낙엽이 날아가고 휴지 조각이 흐느끼고
구름도 몰아내고 햇빛도 가리고
비라도 억세게 오면 대지가 젖어 울고
노년의 뇌성이 살판난듯 벼락소릴 친다.

어머니 1

어려서 고향에서 불러보곤
여태껏
소리내어 불러보지 못한
어머니라는 이름
소리쳐 불러도 대답이 없는 어머니
어머니의 연세보다 두 배나 더 먹은 오늘
미국 땅에 와서 어머니를 불러본다

약관 스물에 아직도 먼 미숙한 나이
륙색 하나 덜렁 메고
뭘 찾아 먹으러 무지개 등을 타고
생판 낯선 혈혈단신의 허허벌판
이남 땅에 내려와
어떻게 어머니를 잊은 사고무친의 고아로 살았을까
이게 허황한 자유라는 덫에 걸린 것일까

어머니, 아버지의 나이보다 더 오래 살면서
내 아이들이 나와 아내를 아버지, 어머니라 부르며
효도하는 것을 보면서
까마득히 내 아버지, 어머니를 놓고 산
엄청 긴 망각의 세월

내가 어찌 편한 마음으로 오늘

내 어머니를 부르지도 못하면서

아버지, 어머니의 호칭을 받고 들을 수 있을까…….

어머니 2

어머님!
당신의 마음은
어이 그리 크시옵니까

미워도 밉다고 한 번
아니 하시고

싫어도
언짢은 표정 한 번
아니 지으시고

아니 잡수시고도
배 부르시다
밥그릇을 내어미시는

어머님!
당신의 마음은 어이 그리 인자하시옵니까

세상만사 찬 바람에
부대끼다 돌아와도
당신의 입김 닿는 곳
온갖 상처 봄눈처럼 이지러지고

세상 모든 사람들이
나를 버린다 해도
당신만은 끝까지 나를
어루만지십니다

기쁜 일엔 영광
아들 위해 돌리고
궂은일엔 시름
아들 위해 기도 드리는…

어머님!
당신의 사랑을
무엇이라 부르오리까

멀리 있으면 멀리서
지척처럼 풍겨오는
당신의 그윽한 향기

촛불처럼 당신 몸을 태워
아들의 가는 길 밝히면서도
태연히 돌아서서
말없이 밝게 웃으시는

당신의 고고한 모습

세상의 온갖 물정 다 변해도
당신만은 언제나 그대로의 겸허한
어머님…

평생을 사시는 동안
비록 낫 놓고 기역 자를 모르셔도
당신의 덕과 사랑은
공자보다 더 하시고
석가보다 깊으시이다.

어떤 미로

보이기 시작한다 가물거리던 끝이
잡히기 시작한다 깊은 마음 자락이
어둡던 길이 훤히 뚫린다
걸어가는 사람들이 눈에 뜨인다
행렬을 짓고 동굴로 들어간다
입구는 좁았는데 안은 광활하다
동굴이 밝아온다 누구도 입을 열지 않는다
그저 앞만 보고 따라간다
낙오자가 생긴다
일사병도 없는데 쓰러진다
끝인 줄 알았는데 끝에서 다시 이어지는
시작의 끝까지 가봐야겠다
끝이 나타날까……
늘 까마득한 미로지만
늘 희멀건한 빛에 홀려간다
결국 살아도 가고 죽어서도 빛을 쫓다
마는
인생 미로.

한(恨)

반백년이 지났어도
임종을 보지 못한 것으로 하여
살아 있을 거라는 믿음으로 하여
어머니와 아버지, 층층슬하
형제들이 상금 다 살아 있을 거야

백 살을 넘겼어도
돌아가셨다는 소식을 접하지 못했으니
그분들
아직도 정정하게
돌아올 아들을 기다리고 있을 거야.

한(恨)이 만날 부질없이 굽이치고
실낱 같은 원(願)으로 솟아나서
아버지와 어머니는 항상 늙지 않고
예전 그 모습대로 생존해 있을 것으로
아들은 팔순을 넘기는 데도
그렇게 날이면 날마다 믿고 있다.

어머니는
철부지 둘째아들이 얼마나 보고 싶었을까
아버지는

천방지축 같은 아들을 얼마나 염려했을까
형제들은
잘난 동생이 형이 언제 금의환향할까
눈 빠지게 속 터지게 그날만을 기다렸을까

백년 한(百年恨).

낙조의 서장

가을을 뒤에 두고 혼자 떠나간 사람
비바람치고 낙엽이 비 오듯 쏟아져도
겨울은 아직 창가에 머물러 올 기색도 없는데
생각할수록 깊어만 가는 추억의 강
당신이 가신 후에 남은 것은 한숨과 눈물
눈부시게 떨어져 부서지는 꿈 조각들

아, 눈 감으면 멀어져서 사라지는 별들
지금은 어디 가서 누구 가슴에 꽂혔나
어두운 밤하늘에 화살처럼 박히는
아픔과 슬픔의 지워지지 않는 상흔(傷痕)
가을이 가고 엄동설한을 지나
봄이 오면 내 가슴에 새살이 돋아날까

이별만 수놓고 매정하게 떠나간 사람
기다릴수록 미련의 연못은 깊어가고
모진 바람 낙조에 몸이 타서 우는 새
망각으로 기운 언덕, 한 그루 향나무
몸을 기대어 사랑의 모닥불 피우고 싶다
겨울은 아직 먼데 가을은 총총 떠나는가

밤하늘에 별이 빤짝빤짝 때로는 꺼지듯

외로운 가슴에 반딧불처럼 들어오지만
올 가을도 내 소맷귀 뿌리치고 가는구나
아, 가슴을 여미던 무수히 폈다 사라지는
당신의 현란한 실루엣, 그리운 목소리
그 안에 갇힌 나는 영원한 사랑의 피에로

세포의 샘 줄기

기억의 세포들이 하나씩 잡아 먹힌다
시시한 이야기, 아무것도 아니게 쌓인 사연들
머리에서 뱅뱅 돌기만 하고
도무지 떠오르지 않는다
강렬하게 심겨진 것만 뿌리가 흔들리지 않고
허술한 기억의 묘목들은 다 뽑혀 나간다

60년도 넘은 긴 세월
앙상한 가슴벌에 악착같이 늘어 붙은
메마른 흔적의 그루터기
고향이라든가,
일찍 떠나온 어머니와 아버지에로 향한
두고두고 골수에 박힌 불효의 뿌리거나
6 · 25 전쟁터에서 잃은 형의 모습이거나
첫사랑 연인의 단발머리 모습이든가
아련하게 뿌옇게 들러리처럼 피는 안개꽃
여타의 기억들은 싹쓸이 벌초가 된다

그래도 아직 끈질기게 매달려 있는 원심
몇 오라기 세포 줄기
더 마르지 않게
더 시들지 않게

더 뽑히지 않게
하루에도 수십 번씩 기억의 샘물을 주자
죽지 않게 기름지게 기억의 세포를 살려내자

내 날은 가고

매일 만난다 해도
매일 만나지 못한다 해도
멀리 있어도
가까이 있어도
마음은 언제나 보이게 안 보이게
알게 모르게
가슴 깊은 곳에서 혼자 물결친다
밀물처럼 쏵 밀려왔다간
썰물처럼 쏵 빠져나가기도 하여
벌판은 발가벗은 갯벌
이내 추악한 미련을 메꾸기도 한다

내 시대는 가고
내 잔칫날은 오지 않고
내 사람들은 온통 한켠에 쏠려
눈 떠도 눈 감아도 아롱아롱
매양 먹고 자고 일어나고
혼자 샅바 메고 씨름하는 반추
그리움이나 기다림이 강 건너가고
낭만도 꿈도 되돌아오지 않는
추억과 망각의 그 사이
수평선에 지평선에 한숨의 구름만 띄우고

바람만 억세게 불다 만다

내가 아무것도 아니게 온 것처럼
아무것도 아니게
낙엽 한 잎 떨어져가는 것처럼
흔적도 없이
내 세상 내 시대 내 사람
다 놓고 가는데
오늘을 왜 이렇게 미련덩이처럼 굴러
구질구질한 몰골이 되어가는지 한심하다.

새로운 시작
— 천국의 사다리

내가
이 세상에 온 것은
단순한 것이 아니다

천지 만물이 이룩된 창세기부터
조물주의 언약으로 누천년 대대로
하늘의 별처럼 총총히 깔린
할아버지와 할머니의 배를 타고
오늘, 이 세상에 이르니

주신 하나님의 은혜, 부르심
너무 오래 잊고 저버리고 살다가
하나님 계신 곳으로 돌아갈 막바지 시간이 되어서야
부리나케 철면피하게 염치없이
주 안에서 후안무치의 숱한 원죄를 팽개치고
주일이면 주일마다 간증과 신앙 고백
주님 앞에서 찬송과 기도, 경배 올리는

그간의 오만하고 간사하고 무심했던 나날
소홀히 먼 미로를 뱅뱅 배회했던
십자가 앞에 무릎 꿇는 늦은 이 뜨거운 회개
죽음은 끝이 아니라 새로운 시작

천국에 오르는 사다리가 보이네

하나님의 섭생으로 앉은 전생의 싹부터
임시 숙소 같은 이 속세의 우택에서
얼마나 무지하게 하나님의 노여움을 샀을까

전생, 현세, 내세로 잇는 영락의 사다리
죽음은 끝이 아니라 천국으로 가는 길목
소천으로 축복 받을 새로운 출발

허욕과 미망의 헛된 짐, 벗어놓고
어리석은 자여, 내게로 오라
천국에서 내려뜨린 구원의 밧줄이 보이지 않는가

천국이 눈앞에 있는 것을
어찌 너희는 보지 못하고
사시사방 어디를 두리번거리는가

허물의 사함을 얻고
그 죄의 가리움을 받는 자는 복이 있도다.

— 2013년 3월에

먼 데서부터 오는 소리

먼 데서부터 오는 소리
누가 이 발걸음을 멈추게 하겠는가

올 때가 되면 오고
갈 때가 되면 가는 것을
누가 이 회리(會離)의 섭리를 막을 수 있겠는가

먼 아프가니스탄 오지 최전선에 나간 손주
미군 병사
대변을 누곤 삽으로 땅 파서 묻어버린다는
아직도 병영을 짓지 못한 미군의 야전 막사

집에 가서 변기에 앉아 똥 좀 실컷 누고
샤워 한 번 맘껏 했으면 소원이라던
6개월 만의 황금 휴가
온다는 날이 몇 겹 지났는데도
아직 손주의 비행기는 뜨지 않고

오고 가고
2주의 휴가 날짜 도중에서 다 잡아먹고
모자 상봉의 날
피 마르게 졸아들어 열 받고

증발하는 모정(母情)

하루를 천추처럼 기다리는
그 긴 하루해가
진한 그리움으로 저녁놀처럼 붉게 타며 저문다.

영원한 미련

기다리며 기다리다 가는 거
그리우며 그리우다 가는 거
바라보며 바라보다 가는 거
한평생의 미련

기다림이 이루어지면 태깔이 벗겨지고
그리움이 채워지면 빛깔이 바래진다
바라보다 보이면 생눈이 어두워
꽁꽁 미지수로 뭉친다

기다림이 있기에 보람에 살고
그리움이 있어 향기가 나고
바라볼 데가 있어 꿈을 꾼다
희뿌연 안개

기다리며 기다리며 뭘 기다렸는지
그리우며 그리우며 누굴 그리웠는지
바라보며 바라보며 어딜 바라봤는지
미로에서 쳇바퀴만 돌린다

무엇을 목마르게 온통 기다렸는가
누굴 가슴 타게 몽매에도 못 잊었는가

어딜 눈 감고 갈대숲을 서성거렸는가
영혼이 숨 가쁘게 방황한 세월

기다림의 노끈을 상금 놓지 못하고
그리움의 외줄을 광대처럼 타고
바라보는 그윽한 눈매 이 연연한 숙명
부질없는 투망으로 꿈을 낚는 늙은 어부.

가는 것은

가는 것은
세월만이 아니다
세월은
삼라만상 오사리 잡탕까지 달고 가다가
하나하나 떨구고 간다

가는 세월을 붙들고 있다가
갈 때가 오면 손을 놔야 하지
지나간 바람처럼 흔적도 없이
한 점 뜬구름처럼 떴다 지는
그래서 공수래 공수거라 했던가

가는 것은
나만이 아니다
진시황도 안 가지 못하고
양귀비도 데려가서
가는 것엔 누구나 토를 달지 않는다

세월은
밤낮으로 감각이 없다
그 안에서 영고성쇠가 돌지만
단 한 번도 내색하지 않는다

그래서 제행무상이라 했던가

어제를 먹어 치우고
오늘을 갊으며 세탁기에서 나와
내일의 식탁에 앉는다

노년의 내일은
그저 가는 것뿐 별로 찬거리가 없다.

추억의 언덕

사흘이 멀다 하고 찾아오던
소식이
어쩌다 한 번 건너뛰고
이레, 여드레 지나서야 오고
그러다 열흘 만큼씩에 밀려오던 안부가
훌쩍 스무날이 벗어나
달을 넘기다
번거롭고 계면쩍은 생각에 젖어
어느 날 뚝 끊어진다.

사람의 관계란 노상 이러해서
별 사연도 없이
아무런 곡절이나 이유도 없이
그렇게 열혈하던 날들이
달포가 훌렁 넘어가고
서로 손을 내밀지 않은 채
잊어버리고 팽개쳐버린 것도 아닌데
일상사에 녹아내리고 세월에 묻혀간다

그렇게 해서
한 시절 한동안 뜨거웠던 사랑이
누구의 잘잘못도 없이

망각의 고개를 넘어 멀어져가고
가끔 추억의 언덕으로 떠오르다
종국엔 쥐도 새도 모르게
서산에 지는 아까운 노을처럼
피식 피웃음, 금방 덤덤해지는 어둠

기억이 바래지면서 박제가 된 화석처럼
먼 추억으로 침체의 늪이 된다.

세월은 흘러간다

흐르가는 것은 붙잡을 수가 없다.
지나가는 것은 보이지 않는다
흐르가는 것은 소리가 나지 않는다
지나간 것은 돌아오지 않는다

구름도 흘러가고
바람도 지나가고
구르던 가랑잎도 흔적없이 사라지고
간 사람도 오지 않고 올 사람도 없다

지금 어느 한 지점에 서서
지나온 것을 내다보고
흘러간 것을 찾아봐도
아무것도 보이지 않는다

흘러가고 지나간 무수한 것들
다 어디 가서 쌓였을까……
나도 모르게 시방 흘러가는 오늘도
한 치도 멈추지 않고 변해가고 있다

무한 무변 유한 속에
잠시의 내 생명의 촛대가

닳아 들어가는 촛물 속에 반짝
내 혼불이 사방을 녹여 내리지만

흘러가는 그 흐름
지나가는 그 공간
섬광처럼 지나가는 광명
끝이 나면 다 어둠뿐인 것을……

살았다고 누구에게 어디다 무엇에 기대일까…….

유택 이전 신고

석삼년 전 사두었던 유택을 팔았다
집값이 세 배나 올랐다
발밑은 북한강이 굽이치고
맑은 날엔 멀리 개성의 송악산이 보이는
명당자리

이웃엔
평북, 평남, 함북, 함남, 황해도 사람들의 집
문패가 즐비해서 늘 억센 사투리가 왁자지껄
낯선 놈은 하나도 못 들어온다

유택을 판 돈을 달러로 바꿔 쥐고
미국에 와서
미국에 영주할 산마루 공원 터를 다 둘러봐도
내가 흥정할 마땅한 유택이 없다

고만고만한 대지의 한 뼘 평수
집 구조나 모양새가 같지만
문패는 다 가로 쓰인 낯선 영문자
이 틈에 끼어 내붙일 이방인의 문패가 없다

온종일 부동산 거간꾼을 데리고

미국 천지를 헤매어봐도
임진강 나루터 뱃머리에 세운
망향 동산만 한 유택이 없어.
유택 이전 신고서를 들고 뱅뱅 돈다.

별이 떨어지는

이른 새벽
대문의 빗장을 벗긴다
밖에 서성거리던 바람이
왈칵 몰려 들어온다
바람 불고 안개 자욱한 허허벌판
구성지게 깔린 바람의 먼지만
이렇게도 내게는 올 사람이 없는가

당신에게 올 메일은 없습니다
인정 사정도 없는 날카로운 자판

별은 숨고
해 오긴 아직 먼 빛과 어둠, 소리의 공간
떠다니는 영혼의 껍데기
풀잎에 이슬이 떨어지고
솟아오르기 위해 워밍을 마친 태양이
밤새 덮치고 짓눌린 천근만근의 잠에서 깨어나
역도 선수처럼 머리 위로 어둠을 용상(聳上)한다

첫새벽부터 대문을 열고 마당에 물 뿌리고
목마르게 칙사 맞을 차비를 다했는데
나와 인연이 있는 당신들은

시방 누구 앞에서 나를 밀어내고
소중한 사연을 나누고 있는가

흘러가고 사라지고 잊어지고
더러는 상실의 고비를 넘어가는
후환도 아쉬움도 없는 이 빈 시간
나는 이야기하고 놀 사람이 없어
우두커니 창머리에 드리운 희끄무레한 불빛

어제가 이렇게 맥없이 물러가도
찬란한 오늘이 열리는 것으로
내게 올 손님이 없다고 슬퍼하지 말자.

소리 없이

깊은 산골짝 바위 틈
한 음지에
보일 듯 말 듯 피어 있어
그대는 늘 그렇게 소리 없이 앉아 있었다.

사슴도 오지 않는 깊은 계곡
처음처럼 마지막처럼
소리도 내지 않고
그대는 늘 그렇게 흐르고 있었다

한 조각 구름 떠 있듯
한 자락 바람 불듯
한 소리 나뭇가지에 새 울듯
그대는 늘 그렇게 불상처럼 앉아 있었다

모르는 사이에
세월은 그렇게 지나가고
더러는 망각의 고개를 넘나들어도
사랑의 꽃은 늘 시들지 않고 피어 있었다

그러다 뚝 그치는 날이 오면
영상은 사라지고

화석이 되어버린 천고의 정적
누가 와서 쓰다듬을까 고요한 소리
먼 그림자………

사랑의 다리
― 마음

내 조그마한 정성이
누구인가에 가서 힘이 되고 기쁨이 된다면
바쁜 어떤 일정을 비집더라도
나 누구인가에 가서
조그마한 안온과 평화를 주리다

내 조그마한 관심이
누구인가에 가서 위안이 되고 힘이 되거늘
불똥이 튀는 바쁜 일상 속에서라도
잠깐 눈길 돌려 살핀다면
외로운 마음에 등불을 켜리다

사랑과 정성은 언제나
작고 조그마한 데서 움트고 교류가 되고
감사는 깊고 작은 데서 비롯되는 것
한꺼번에 큰 거만 벼르다간 시간이 달아나고
어름어름 작고 큰 거 다 놓쳐버린다

누군가에 가서 기쁨으로 안고
누군가로 와서 위안으로 안는
조그맣고 낮은 이 질긴 끄나풀
힘이 솟는 사랑과 감사의 원천
이 영원한 다리를 놓는다.

삭정이불

세월이 가면서 떨구고 간 것들
수십 년 살아오면서 깊은 정 얕은 정
기쁘거나 슬프거나 쌓인 사연들
하나씩 기억 끝으로 멀어져 가고
다시 돌아오지 않는 한몫 간 사람들

그토록 한 무더기씩 다정했던 일들
이제 다 내려놓고
아득한 망각의 피안으로 밀려나
다시는 돌아올 수 없는 뜨거운 썰물
부질없는 티끌로도 남지 않으니

지나면서 여태껏 만났던 사람들
돌아서 다시 만날 수 있다면
하나씩 떠올리며
못다 한 정, 못 이룬 말, 혹은 서운한 일일랑
회한의 바람으로 말끔히 쓰다듬고 싶다

여진 속의 불씨처럼
여명 안에 새로운 연분의 싹이 튼다 해도
산불로 번지지 않는 삭정이불
쥐꼬리만큼 남은 세월을 붙들고
약삭빠른 노후의 세상, 인정 속을 헤맨다.

동상이몽
— 몸과 맘

몸과 맘은 따로 논다
한데 안팎으로 붙어 있으면서
서로 딴짓을 한다
성가시고 귀찮은 몸을 떼어놓고
맘은 못 가는 데 없이 혼자 떠돌아다닌다
몸은 엎드려 풀이 죽어 누워 있어도
맘은 팽팽하고 엉뚱하게 펄펄 날아다닌다
몸은 세월을 타고 나이를 먹는데
맘은 매양 철부지 바람잡이 꿈만 꾸는 허풍선이
세월과 나이를 다 팽개친 어불성설
몸은 시종 피로와 잡병을 달고 다니지만
맘은 꿈과 허욕을 거느리고 매양 기고만장
몸은 사방에서 걸고 막는 장애물이 수두룩하지만
맘은 가로막는 사람이 하나도 없다
천지간 오직 자유로운 천의무봉의 존재
맘은 겉으로 드러내고 나타나지 않게
숱한 여자를 간하고 넘보고 사랑하고
돈을 싸놓고 권력을 주무르고
무자비하게 죽이기도 하고 죽도록 미워해도
고약한 맘은 맘밖에 아무도 몰라 벌할 수가 없다.
몸은 멍청하게 병신처럼 앉아 당하기만 하고
눈에 띄게 날로 쇠진하고 변해가도

맘은 흉측하게 날로 독버섯처럼 시퍼렇게 자란다
그런 불한당 같은 맘의 꼬락서니가 얄밉고 역겨워
몸은 어느 날 죽음으로 맘을 떼어놓으려고 하지만
맘은 어느새 미리 알고 몸에서 먼저 달아난다
몸과 맘은 이렇게 평생 운명처럼 꼭 달라붙어 살다가
불공평하게 몸은 땅에 묻히거나 불에 타거나 해도
맘은 언제나 평온하게 나 몰라라 하고 하늘로 날아간다.
젊어선 그래도 비슷한 평행선을 그으며 동고동락했는데
지금은 언제나 동상이몽 따로따로 논다.
몸은 없어져도 맘은 내려앉을 자리가 없어 홀로 뱅뱅 돌다
천국과 지옥문, 기로에 선다.
그놈, 만에 하나
낙타가 바늘구멍으로 들어가는 것처럼
천국에 갈 수 있을까.

민초시인의 넋두리

돈 좀 있다 하는 놈, 별 짓 다 하고
힘 좀 쓴다 하는 놈, 별 재주, 희한한 농간 다 부리고
털어서 먼지 안 나는 놈 없구먼.
개미 새끼 한 마리 죽이지 못할 것 같은
선한 기름기 도는 잘생긴 상판대기들,
청문대에 앉으면 온통 거짓과 말 바꾸기,
위장전입과 위장취업, 탈세와 병역기피,
논문 이중 게재와 표절, 온갖 비리에 부실투성이
미주알고주알 용케도 들춰내는구나
얼굴에 철판 깔고 죄송, 죄송……
소인의 불찰입네다, 사죄의 연발.
과실을 인지하고 자괴한다면 아니꼬운 청문회 박차고 나오든가
호탕한 누구처럼 몸, 허리 90도로 숙인
아더메치한 사이게이레이(最敬禮),
몰라서 그랬습니다, 한 번 봐주십시오…….
새까만 똥물만 싸고 퍼 마시다가
어떤 자는 언제 그랬느냐는 듯이 살아남고
재수 없는 놈만 자빠져도 코가 깨지겠지.
들춰내는 놈도 적반하장
바꿔 앉으면 그놈이 그놈, 별수 있갔나…….
할 만하고 있는 놈치고 한결같이 기고 날지 않는 자 있던가
한 자리 잡으면 이리 메치고 저리 꼬아 한 밑천 잡기.

여편네들이 더 설치고 지랄하고 머리 꼭대기까지 올라앉는 극성
나 같으면 부끄러워 안 하면 말지 그까짓 거, 박차고 나오겠네
없는 놈은 배알이 꼬여 발버둥치고
낮은 놈은 전전긍긍 짓밟고 올라갈 궁리만 하고
손바닥 닳도록 비벼 해바라기처럼 사다리 타고 올라가선 또 그 지랄
제 버릇 개 못 준다니까
소장수 아들, 내건 슬로건 무산계급 같은 선전 플레이
허기야 털어서 먼지도 안 날 놈은 아예 장상(將相) 대목도 아니레이.
가난한 민초는 미국에서 한시도 맘 편할 날이 없다레.
성직자인 큰 기업의 대목사님도 임명할 때
청문회 한다면 살아남을 목사님, 몇이나 될까…
거지 부자가 한강 다리 밑에서 헌 가마때기 뒤집어쓰고
세모에 바삐 돌아다니는 다리 위의 사람들을 보고 아들 등 토닥거리며
"얘야, 우린 얼마나 행복하냐!! 근심 걱정이 없으니…"

가끔은 울어야 한다

끝나기 전엔 아직도 끝난 게 아니다
끝나기 전 미적분 같은 난제
뱀처럼 또아리를 치고

무수의 고립된 점들이 거미발처럼
사방팔방의 그물로 엮이다가
어딘가에 가서 한 점 연결이 된다

그건 한 보지락이 눈물의 거점(據點)
혼돈과 혼란으로 빚어지고 모아지는 먹구름
한동안 참았다 폭풍우처럼 청명하게 퍼붓는

잊을 수 없는 사랑의 매듭 하나
산봉우리 두 능선 깊은 계곡을 타고
우거진 수풀을 덮지만

갱도 입구에서
황금 노다지의 광맥을 찾아 헤매는
깊은 혼미
통로를 뚫지 못한 탄광부의 간데라 불빛
그날의 좌절을 위해 가끔은 울어야 한다.

아직은 아무것도 이뤄내지 못한
새로운 시작 그날의 봉합을 위해
마음속, 눈물의 우물을 말짱히 헹궈내야 한다
눈물의 두레박이 마르도록 퍼내야 한다.

끝나기 전엔 아무도 끝났다고 말해선 안 된다
무수한 역광이 배수의 진을 치고
녹슨 철모 쓰고 올라갈 그날을 위해
가끔은 내장을 드러내고 소리쳐 울어야 한다

멀리 떨어진 길을 눈물로 채우고 메워야
사랑이 꽃이 피고 비로소 통로가 열린다.

혈(血)이여 영원하여라

6·25가 터진 일주일 후
1950년 7월 3일
당신은 그토록 허망하게 덧없이
서른도 못 된 나이에
철수하던 수원전투에서 전사했습니다.

현충원 33 성역 889기에 안치
육군 소령 홍승범의 비명(碑銘)

홀로 63년
그렇게 외롭도록 서 있었습니다

덕수궁에서 백년해로의 화촉을 밝힌
1950년 양춘 3월
신혼 100날도 못 채운 꿈같은 밀방
당신은 차마 못잊어
사랑의 씨앗을 신부의 꽃밭에 뿌려놓고
알지도 못하고 보지도 못한 채
총총히 달려간 구국전선

1951년 3월 19일
아비도 모르게 태어난 유복녀 홍혜란

20대 후반의 새파란 전쟁 미망인

8월이면 교장의 정년을 맞을 예순세 살의 풍상
오늘 2013년 4월 27일 정오
피뿌리 혈로(血路)를 찾아
미주에 이민 간 삼촌과 함께
현충원 묘비 앞에 무릎 꿇고
아버지를 애타게 부릅니다.
형님을 목 터지게 찾습니다.

기묘한 운명과 역사의 희롱
망부 영령 앞에 한 맺힌 부녀 상면
울부짖는 소리
흐느끼는 진혼곡

— 2013년 4월 27일 현충원에서

실로 아무것도 아닌 것을

실로 아무것도 아닌 것을
슬퍼하고 웃고 울며
실로 아무것도 아닌 일을
욕하고 미워하고 투기하고 싸우고
실로 쓰잘 데 없는 일을
오해하고 반목하고 다시 안 볼 듯 원수지고
실로 아무것도 아닌 것을
노성을 지르고 사랑을 잃고 정을 저버린다

벼슬이 높은 사람 얕은 사람
재물이 많은 사람 없는 사람
실로 아무것도 아닌 것을
공연히 부러워하고 탐낸다
실로 아무것도 아닌 세세한 범사에
한 세상, 속을 끓고 볶여왔으니
실로 나도 아무것도 아닌 데데한 사람임에
틀림없다
실로 아무것도 아닌 것을 가지고
우쭐대는 인생이 아무것도 아니게
우습다.

개

사람보다
몇 배 귀티나게 잘생긴 개를
개보다
몇 배 촌티나게 못생긴 사람이
금사슬에 끌려
왕처럼 개님을 앞세우고
시종무관처럼 뒤에서 줄을 잡고 간다

왕처럼
게슴츠레한 허수레를 피우며 가는 개는
시시한 잡경에는 한눈도 주지 않고
두리번거리는 종놈을 뒤에 달고
호기 의연하게 간다

가다가
가로수 굵직한 나무통에
한 다리 번쩍 들고 오줌을 찍 갈긴다
경범죄에 걸리지 않는 개는 개다
저래도 보신탕에 끓이면 개 맛이 날까……

구름따라

구름을 밑으로 내려다 보며
상공을 난다
저 구름 밑으로 깔린 세상사
왁자지껄한 소리가 수증기처럼 기어올라 오고

저 구름 위엔 무엇이 있을까
올라가도 올라가도 끝이 없는 하늘

중공에 뜬 구름을 사이에 두고
상공과 하공, 그 사이
완충지대에 서서 나는 문득
벨트를 풀고 저 구름 아래로
다이빙하고 싶다.

빈 주먹

젊어서는 늙음이 안 보이고
늙어서야 젊음이 보인다
있을 땐 없음을 모르고
없었을 때 있었으면 한다

산다는 것이 매양 그러하여
무상(無常)에 현란한 손을 내저으며
빈 주먹으로 하늘을 움켜쥔다

손가락 사이사이
발가락 틈새로
공허한 바람이 모래알처럼 빠져나간다.

잡초화

바람이
풀을 눕히며 간다
눕히고 간 바람이 지나가면
누운 풀을 일으키는 바람이 온다

눕히며 일으키며 간단없이 부는
바람에 시달려
풀은 눈을 뜨지 못한다

눈을 뜨지 못해도
풀은 바람소리를 들으며 큰다

꽃을 내내 피우지 못하지만
잡초도 꽃이려니 하면서
원색에서 진화되지 않는
소박한 혈통을 자랑한다

꽃으로 지고 피는 요사스러움보다
풀로 남아 억센 잡초로 불리는 것에
만족한다.

내가 우습다

사랑하는 사람들을
다 두고 가는 것이
나만의 일이 아닌 것을

정든 곳을
다 떼고 가는 것이
나만의 하는 일이 아닌 것을

두고 가고
떼고 가고
남는 사람들도 언젠가 나처럼
다 두고 떼고 가는 것을

나만의 일이 아닌 것을
나만의 일처럼 슬프게 매달려
돌아가는 내가 우습다.

낙조의 세레나데

거대한 햇덩어리가
대도시
빌딩 숲 밑으로 뚝 떨어진다

델라
델라
가까이 가지 마라

물을 듬뿍 먹은 소방복을 입고
쇠갈고리를 가지고 가라
주변의 지붕들을 헐어라
불똥이 사방으로 튈라

떨어지는 해는 떠오르는 해보다
더 붉고 크게 불을 지른다
서산은 온통 불바다

떨어지는 해가 한 바퀴 돌아
내일은
반대쪽 대도시 지붕 위에 뜨지만
햇덩어린 여전히 이글이글 탄다.

사민방 특별 헌시

송축(頌祝)
홍승주 선생님과 최연순 사모님 회혼식 기념
문학축제에 올리는 미주 사민방 동인회 헌시(獻詩)

가화(家和)의 화폭에는

애천(愛泉) 김영교
(미주 시인협회 이사장)

햇살 눈부신 앞뜰에서
역사의 하늘을 보며 우뚝 선 나무
바람이 불어 미국 땅에 옮겨온
무성한 잎새 드리운 울창을 뒤로
때 늦은 이민시대

언어의 담을 넘어
광기를 뜨고 날뛰는 바람 사이로 피워 올린
뿌리 문학의 열과 성 그리고 가슴이 피운 꽃

태평양 저편 그리움을 남겨놓고
단절의 모서리를 돌아
황금색이 찬란한 이민창문을 계속 두드리며
민족의 얼을 바르게 곧게 옮겨 심으시고
북돋으려 무진 애를 쓰신 선구자의 펜
멈춘 듯 그냥 있어 온 안타까운 세월을 넘나들며
많은 문학 창작 교육을 열정으로 퍼 나르고
올바른 문학의 정보 흙을 퍼다 부어주신 사랑

여러 인종이 섞여 사는 이민역사의 대로
잉꼬부부가 피운 꽃다운 꽃 중의 향기
주위를 아름답게

보는 이에게 참 행복을 주려
남다른 고독한 신발을 신으시고 부지런히 걸으셨습니다.

이제는 속도를 늦추시고
타면서 지는 오후의 태양 아래
되돌아보는 길목에 와 서 계십니다
지난 세월은 의미 있는 헌신과 기여의 시간
남은 열정 다 바쳐온 보람 있는 몰두였습니다.

결혼 60주년 회혼식 화폭은 교사 출신의 최연순 사모님
슬하에 4녀 1남, 서울에 둘째딸만 남기고
자녀들 초청으로 태평양을 건넌 게 2005년
온 식구 오순도순 현재는 LA 근교에 모여
천국의 모형인 '가정'을 지상에서 창출하고 있습니다.

이곳에 오시어
온전히 문학과 후학 양성에 생을 담고
이곳 문단의 갈 길을 밝히는 어버이 같은 스승님,
의미 있는, 시전(詩田) 경작에 건강한 노후를 바치시는
이 장한 가화(家和)의 화폭, 사랑과 신앙의 열매
아름답습니다. 풍성하나이다.

진심으로 축하드립니다.
회혼을 맞으시는 아직도 화창하신
오늘을 기하여
다시 백년 결혼 축제를 베푸소서.

백년 화촉

심천(心泉) 백선영
(사이스베이 글자랑 회장)

홍안의 미소년이었던 선생님은
청운의 돛을 달며 세파 무서운 줄 모르고
혈혈단신 삼팔선을 넘어 오셨습니다

6 · 25가 터지자 펜을 지닌 학도병이 되어
키만큼 긴 총대를 메고 구국전선으로
수복지구 평양을 거쳐
고향 강계를 눈앞에 둔 희천까지
북진했었다고 들었습니다

우리 사민방은 모일 때마다 늘
이북 고향에 계실 부모형제 그리움에
목이 타는 선생님 모습에 숙연해집니다 .

아직도 기다리시는 65년의 한 맺힌 세월
무일푼 예단도 없이 동네 초등학교 교실에서
꽃다운 신부 맞아 화촉 밝혀

오늘 예순 해를 맞으시는 귀한 회혼식

스스로 일궈내신 사모님의 애절한 내조
순수 문학의 기품으로 나성의 중견 시학도

사민방을 품어주시는 선생님과 자손들
그리고 우리 모두는
참으로 행운을 만나고 있습니다

어버이 같으신 두 분 하늘 우러러 모십니다
선생님은 같은 고향인 피안도 내기 저를 각별히
챙기고 사랑해주신 최고의 스승님이십니다

그날 결혼식에 있었을 주례사처럼 서로를
바라보며 더욱 더 닮아가는 사랑에 물든 세월
60년 회혼식에서 다시 백년해로 하소서

120년의 중(重)회혼식을 맞으소서.

푸른 숲, 연리지(連理枝)

향천(香泉) 김희주
(미주 시인협회 부이사장)

한 나뭇가지가
다른 나뭇가지와
서로 사랑의 접을 통하여
하나의 나뭇결로 숨소리로
음양의 섭리 따라
성자처럼 의연히 선
한 그루의 거목

결혼 나이 예순 해의 회혼 수령 자리
새끼손가락에 방춘 16세의 사랑을 걸고
팔랑팔랑 피어나는 수줍은 들국화
저 늘푸른 하늘을 향하여
연리지의 연가(戀歌)를 열창
태평무를 추는 시민방의 영원한 스승
덩실 더덩실 지화자
오늘 같기만 하여라

60년을 하루처럼
하나된 두 심장
얼마나 많은 풍상을 헤쳐오셨습니까
얼마나 많은 사랑을 베푸셨습니까
미국에서 맞은 이 축복의 기연

사무치도록 깊이 파묻혀
벅찬 가슴 부끄러이 더욱 푸르도록
당신의 거룩한 한 나무 아래서 길이
거룩한 푸른 숲, 연리지가 되렵니다

오늘 스승님의 날에
엎드려 수복의 잔을 올리며
만수무강, 회혼식의 두 배를 가소서

다이아몬드 사랑

옥천(玉泉) 안경라
(미주 시인협회 부회장 · 미주시학 편집장)

화촉 밝히던 날
별들이 춤을 추고
꽃들이 노래를 불러주던 날
가장 멋진 신랑과 가장 예쁜 신부
아직 여기 있도다 빛나며 있도다

두 분의 발자국 넓은 벌 동쪽
아, 무수히 찍히고
넘치고 흘러 아름다운 호흡
넓은 벌 서쪽 함께 우뚝 서서
따스한 손과 손 그래서 더욱 뜨겁게 단단한
깊은 샘 맑은 언어 예순 가지 표현으로도
아, 너무나 벅찬 오늘

눈물과 한숨도 녹아 더욱 빛나는
둘이어서 더욱 가슴 벅찬
우주만 한 그릇이라도 너무 작아
둘이어서 크고 큰 사랑

사랑나이 예순 살
오래고 오랜 지혜의 산
다이아몬드처럼 빛나고 눈부신 세월

가장 단단한 시간들이 또다시
두 분의 발걸음을 받드나니
만수무강하소서.

다만 한 분

문천(文泉) 성민희
(미주 수필문학가협회 회장)

밤하늘에 흐르는 은빛 강물
시리게 빛나는 별 하나 있더이다

바람에 출렁이는 꽃물결
와락 향기로운 꽃 한 송이 있더이다

함께 걷는 사람들 하마 많지만
다만 한 분……

팔십 평생 한결같은 보폭
비틀린 발자욱 하나 없이
오직 문학과 사랑만으로도
평화와 풍요로움 넘치는
삶의 발자국

머언 골짝에서 울려퍼지는 새소리처럼
살아오신 진실과 겸허
향기로 퍼져나오는
삶의 흔적

이제
알알이 영근 문학의 열매들을

후배들에게 아낌없이 베푸시고
한 아름 산을 품은 기쁨으로
복된 여생 누리소서.

단편소설

어떤 종말

1.

그날은 1년 24절기 중 대설(大雪)에 해당되는 날임에도 눈은커녕 아침부터 바람 불고 겨울비가 쏠쏠히 내리고 있었다. 빗발이 세지 않았다. 그 대신 멈출 기색 없이 시름시름 쉴 없이 뿌려 축축이 젖은 보도에는 가랑잎이 이리저리 굴러 다녔다. 을씨년스럽고 쌀쌀한 영락없는 LA 특유의 겨울 날씨였지만 한국 기후처럼 이내 싸락눈이 되어 펄펄 날리거나 풍성한 함박눈으로 변하는 일 없이 꼼지락거리는 하늘이 계속 낮게 깔려 있었다. 구름이 밀려가고 차들이 안개를 헤집고 벌건 헤드라이트를 켜들고 질주한다.

희수를 넘겼음에도 아직도 정정한 민 화백은 새벽부터 창가에 우울한 턱을 고이고 문하생들이 오래전부터 마련한 2박 3일의 '산장캠프'를 생각하고 있었다.

이들은 일찍이 미술 '탐미회(耽美會)'라는 그룹을 형성하여 그림에 미치고 예술의 혼불을 당겼다.

서울에서도 이름난 명문, 소부리 미대 출신의 선후배간 동문 사이로 대학 시절부터 화가로의 미래를 촉망받던 민 교수의 애제자들이었다.

우연한 계기로 미국에서 선배, 김미란을 중심으로 한두 회씩 후배인 한유미, 유선희, 홍미선으로 규합된 50 전후의 네 동문이 그새 죽었던 미술에의 욕망의 캔버스에 기름 물감을 붓고 여기에 정년 퇴임 한참 후 미국에 늦게 이민 온 은사, 민 화백을 만나 다시 지도교수로 추대, 합세된 것이다.

민 교수는 젊어서 대통령상을 수상하고 연년 국전 심사위원장을 역임한 한국의 원로화가이다.

이들이 30년 만에 다시 민 교수를 사사(師事)하여 어언 4년이란 피나는 습작의 세월이 흘렀다. 마침내 김미란을 위시한 한유미, 유선희. 홍미선의 규수 화가 초년생들이 각기 10점씩 유화를 추려 '탐미회 미술 합동전(合同展)'이 한미 문화원의 후원으로 가다나 예술회관에서 화려하게 막을 올려 교포 사회와 미국 문화계의 새바람을 일으키고 주목을 끌었다.

민 화백도 유화 50호짜리 소품, '나의 혼, 영원히'와 '울리지 않는 벨' 두 점을 찬조 출품하여 그 독특한 제목과 관록으로 첫날 유력한 교포 인사의 선약 반출의 은딱지 표가 붙어 한껏 전시장의 분위기를 고조시키고 소요 경비의 일부를 도왔다고 자부했다.

피와 눈물과 땀 속에서 일궈낸 2주일간의 탐미회 합동전이 절찬 속에 성료되자 그 후의 뒤풀이 행사로 준비된 자축의 모임이라 처음부터 딱 잡아떼어 그들의 흥을 밀어내거나 깨칠 수가 없어 예까지 미정미정 가타부타 않고 끌려온 셈이다.

"갈 것인가, 말 것인가…."

비가 억수같이 쏟아져 산길이 막혀 '산장 뒤풀이 축제'가 연기되었으면 싶었다.

불안하다. 자신이 없었다, 혈압이 높은 데다 기온의 변화가 심한 생소한 고지대에 가서 특히나 아무리 제자라곤 해도 숙성하고 과년한 여자만 모인 깊고 높은 교교한 산장에서 홀로 청일점으로 처신하기가 뭔가 쑥스럽고 벅차고 부자연스럽고 근자에 와서 심해진 전립선으로 화장실의 무상출입도 어딘지 거북스럽고 부담스러워 매사에 노추가 드러나는 것 같아 우유부단하게 끌어왔던 것이다.

미리 딱 잡아떼어 사절하지 못한 것이 끝내 바늘방석에 앉은 듯 후환이 되어 이 아침을 이렇게 안절부절 번민 속에 억지 춘향 격으로 대강 여장을 꾸려 옆구리에 밀어놓고 비 내리는 창 밖을 하염없이 응시하고 있었다.

가면 꼭 무슨 변이 일어날 것만 같은 예감이 들었다.

"교수님이 불참하면 우린 다 포기해요…."

엄포를 쏘면서 우격다짐으로 의기양양하게 반승낙을 얻어낸 그녀들이 오랜 현안 끝에 장소를 새로 구입한 김미란 여사 소유의 별장에서 오픈하기로 택일한 '산장여행'이었다.

머지않아 상기된 그녀들이 차를 몰고 벼락 치듯 몰려와 강제 송환될 것이 명약관화하다.

어떻게 할 것인가……!?

문득 김미란과 재학 시절의 그 발랄한 미모와 재치로나 그림으로나 라이벌이었으나 지금은 파리에 가 있는 젊은 재혼의 아내, 그래도 30년 가까이 함께 등을 기대고 살아온 박은미가 산상 캠프의 주동자인 미란을 볼 때 아물지 않는 상흔처럼 되살아난다.

노후의 민 화백을 떨어내고 혼자 파리에 가서 그쪽 소장파 신예 화가들의 틈바귀에 끼여 그림과 생활로 악전고투하고 있을 그녀의 안쓰러운 모습이 불길하게 떠오른다.

은미가 무엇이 부족해서 파리로 탈출해야 했을까…….

그 발랄한 성미에 외로움을 잘 타고 화려함을 좋아하는 은미는 지금 누구하고 어떻게 지내고 있을까.

부부 간에 20년간의 터울이란 한때 젊어서는 낭만과 정열, 사랑이란 미명에 가려 보이지 않았지만 피아의 강안(江岸)은 세월이 가고 나이가 들수록 점점 더욱 넓고 크게 벌어져 사사건건 문화가 충돌하고 방사가 멀어지고 서로의 의사와 생각들이 소통되지 않아 일상이 무미건조하게 도외시되어갔다.

민 화백의 체면, 또는 화단의 구조나 구성에 아랑곳없이 은미는 소장의 화가패들과 잘 어울려 폭탄주를 마시곤 했다. 가정에 정 붙일 아이가 없는 것이 설상가상으로 더 골이 깊어갔다.

한 번 중절하고 나선 통 아이가 뱃속에 다신 안주하지 않았다.

40대 후반에서부터 은미는 그렇게 차차 무너지고 현저하게 달라졌다.

따라가 붙들어주지 못한 일말의 자책감이 오늘따라 민 화백의 가슴을 빗방울처럼 후려친다.

2.

민세기는 법대 가라는 아버지의 엄명을 한사코 어기고 집안에서 '환쟁이'라고 그토록 멸시하고 천대하던 미대에 갔다. 그림 하나는 어려서부터 천재처럼 잘 그렸다.

미군 부대에서 초상화를 그리는 아르바이트를 하면서 더러는 명동 거리의 간판을 주문 받으러 다니며 헌 것을 갈아주고 새로 써주면서 가까스로 미대를 나와 근근히 대학원을 마치고 조교에서부터 시작하여 국전에 입선되면서 시간 강사에서 조교수에로 승진의 발판을 잡으며 빛을 보기 시작했다.

어머니는 늘 그늘에서 그런 아들을 보고 도우며 이렇게 당부했다.

"세기야, 에미 말, 잘 들거라, 그림 그려 가지고서는 평생, 밥 못 먹는다. 색시는 꼭 학교 선생이나 약제사나 하다 못해 큰 병원의 간호부나 감히 불감청인정 병원의 의사면 더 바랄 게 없는 최고지, 맞벌이 해야 입에 풀칠을 하느니라…"

"엄마, 누가 이 가난한 환쟁이에게 시집오겠어요, 공연한 바람 잡지 마세요."

민세기는 그렇게 얼버무리며 웃어넘기곤 했지만 종내 그런 엄니가 민망스럽고 야속하고 미안스러워 마주 볼 면목이 없었다.

그러던 차에 매번 감기에 골골하다 단골처럼 다니던 동네 약국에서 약제사 오정숙을 만났다.

오정숙은 인물이 고운 편은 아니었지만 단아하고 깨끗하며 수더분함에

호감이 가고 친절하고 상냥한 것으로 동네에서 소문이 나 있었다.

특히 하얀 가운을 입고 약을 조제하는 뒷모습이 퍽 신선하고 천사처럼 보였다.

어머니는 첫눈에 얌전하고 참하고 붙임성이 있는 규수라고 입이 마르게 칭찬을 했다.

혼기를 놓친 노처녀인 데다 동갑내기란 점이 흠이긴 했지만 어디서 듣고 왔는지 '동갑내기는 잘산다'는 사주팔자를 들먹거리면서 더러 약국에 가서 긴 시간을 보내며 박카스를 공짜로 얻어 마시고 한 병쯤 허리춤에 넣고 와선 아들에게 내주며 신나게 오정숙의 사람됨을 과시하곤 했다.

어머니는 심심하면 마실 삼아 약국에 나가 그들은 반죽, 궁합이 잘 맞는 동업자 같았다.

어느 날 오정숙은 신문에서 민세기의 국전 입선 명단을 보고 화들짝 놀랐다.

민세기와 함께 전람회에 가서 입선의 금딱지가 붙은 그의 출품작품 '피리 부는 초립동(草笠童)'을 보고 민세기가 베푸는 자축연 자리에 마주 앉아 소주잔을 포개며 정담을 나누었다.

"서양화와 동양화의 애환이 오묘하게 조화되고 접목된 것 같은 신비감이 도는 그림이네요!"

오정숙은 조심스럽게 첫 데이트의 말문을 열었다.

"정숙씬 약만 잘 조제하는 줄 알았더니 어떻게 동서양의 특성이 점착된 걸 봤어요? 그게 이 그림의 초점이요, 심사위원들의 공통된 심사평입니다…."

민세기는 그림을 보는 정숙의 심미감에 감탄하면서 대화의 실마리를 풀었다.

"그림도 문학도 음악도 사람도 모두 첫 느낌, 첫인상이 결정해요. 첫인상, 첫 느낌에 실패하면 예술감, 인생관이 상실되고 다 달아납니다."

"그래요? 그래서 민 화백님, 저를 본 첫인상은 어떠하셨어요?"

오정숙이 나지막한 소리로 대담하게 물었다. 그것은 일종의 구애였다.

"그래서 이렇게 오늘, 두 사람이 마주 앉아 있는 거 아닙니까?"

민세기도 평소의 어눌함에서 벗어나 조금씩 대담해졌다.

"어머님도 함께 모시고 나올 걸 그랬지요?"

"우리 어머니는요, 화가는 장가를 못 간대요. 처자 굶어 죽이기 십상이라고…."

민세기는 말꼬리를 흐리면서 고요한 눈길로 정숙을 바라보았다.

"어머나! 피카소도 있고 은박지의 소 그림으로 유명한 이중섭도 있는데요…?"

"박식하시네요, 허지만 난 아니에요, 이름도 없고 아직 가난한 환쟁이예요."

"잘 됐네요, 그러니까 어머니 말씀대로 아내가 돈 벌면 되겠네요."

혼령기가 지난 노총각과 노처녀는 자신들도 모르는 사이에 이심전심으로 텅 빈 늦은 식당 한구석에서 결혼으로 급속히 접근해갔다.

그렇게 하여 아내의 약방에서부터 시작한 민세기와 오정숙은 순탄대로, 순풍에 돛 단듯이 미대 교수가 되고 승승장구, 두 남매의 엄마가 된 중년의 오정숙은 여전히 동네 약방을 지키고 있었다.

결혼생활이 중반에 접어들면서 호사다마라 여기서 사탄의 바람이 불었다.

졸업기념으로 해마다 치르는 미대 학생들의 수학여행이 로마에서 파리로 이어지는 동안 졸업반인 박은미의 자유 방종한 불륜의 불길이 민 교수와의 이상한 염문으로 퍼지면서 이들은 종내 사제지간의 선을 넘고 말았다.

총장에게 학부형의 투서가 날아들고 학장에게 항의의 빗발이 드세자 박은미는 공공연하게 민 교수는 목하 부인과 이혼 별거 중으로 불원 결혼을 약속한 사이라고 떠들고 다녔다.

대학에선 진상규명위원회가 소집되고 징계위원회가 열려 민 교수를 파직 일보 직전에까지 몰아갔다.

오정숙은 이런 와중에도 침착하게 어느 날 조용히 남편을 불러 앉혔다.

"어떻게 할 거예요? 교수직을 집어 던질 건가요? 저랑 형편상 이혼을 하고 은미 학생 하자는 대로 할래요?"

"미안해요, 은미가 아일 가졌대요…."

민세기의 기어들어가는 소리는 애원에 가까웠다.

"아인 내가 받아 키우면 안 될까요? 언젠가는 은미 학생도 당신도 제정신이 돌아와 파탄이 되어 헤어질 때가 올 거예요."

"은미가 죽는다고 약을 먹어 병원에 실려갔대요…."

"독한 아이군요. 그럼, 어떡하실 거예요, 친정에선 간통죄로 고소하래요. 난 무식한 아낙처럼 당신과 은미 학생을 쌍벌죄로 쇠고랑을 채워 당신을 매장시킬 수는 없어요. 가세요, 일단은 걔 하자는 대로 하세요"

민세기는 입이 열 개라도 이 어질고 착한 아내에게 할 말이 없었다. 유구무언, 묵묵부답일 수밖에 없었다. 아내를 대하기가 낯이 뜨거웠다.

"나도 밸따구니가 없는 여자는 아니예요. 은미 학생의 머리채를 잡고 길길이 날뛰면 뭘 해요, 얻는 거 하나도 없어요. 둘 다 패가망신. 당분간 아이들은 내가 맡아 키울게요, 얼마나 견디나 봅시다, 제가 엊그제 미대 학장님을 만나 우린 오래전부터 성격이 맞지 않아 별거 중이고 법적인 이혼 수속만 남은 형식상의 부부라고 했으니 대학은 별일 없을 거예요, 허지만…."

"뭐요?"

민 교수가 뜨끔해서 다급하게 물었다.

"……허지만 이것만은 잊지 마세요. 절대로 이혼만은 안 해요. 혼인 신고도 못하고 호적에도 오르지 못해요. 당신하고 같이 산대도 걔, 박은미, 평생 처녀. 미혼 귀신으로 늙혀 보복할 거예요."

여자의 원성, 독설은 오뉴월에도 서리가 내린다고 했다.

오정숙은 그 한 마디를 뼛속에서부터 오래 묵은 가래처럼 내뱉고는 싸늘하게 나가버렸다.

결국 민세기는 오정숙도 잃고 박은미도 도망쳐간 허깨비, '삐에로'로 전락된 꼴이 되고 말았다.

두 여자 사이에 낀 민 화백의 오욕에 찬 고뇌는 오늘 아침을 기해 젊은 날의 환각을 쫓으면서 더욱 깊은 회의와 참회의 늪으로 빠져 들어갔다.

치매환자처럼 멍하게 몸을 가눌 길이 없었다.

3.

자타가 공인하는 미주 화단에 샛별처럼 떠오른 '탐미회'의 그녀들은 산장 캠프의 오늘을 소녀처럼 들떠 기다리고 있었다.

이른 새벽부터 그녀들이 꾸역꾸역 회장 격인 김미란 집으로 여행 가방을 끌고 메고 해외여행이나 하듯 몸에 빗물을 털고 하얀 입김을 몰아쉬며 신나게 들이닥쳤다.

응접실에 앉아 커피를 마시며 좌상 격인 미란이가 휘, 한 번 동인들을 일별하며 산장 스케줄을 하나하나 점검하기 시작했다.

"언니, 민 화백에게 확인 전화했어…!?"

"니, 민 화백이 뭐냐? 올챙이 시절 생각 못 한다고 눈에 보이는 것이 없냐? 여류화가로 데뷔했다고 교수님하고 이제 맞먹기냐…?"

"안 보는 데서 폼 좀 잡으면 어때요? 나라 상감도 욕한다는데…"

"니, 간뎅이가 부었구먼, 그러다 민 교수님하고 연애하겠다…"

"민 교수님 쓸쓸한데 하면 안 되나요, 언니?"

미선이가 얼굴을 붉히면서 좌중에 너스레를 피우자 모두가 까르르 웃었다.

"옐로 카드. 적신호 1호다, 니, 왜, 얼굴색이 홍당무냐? 홍미선 조심해."

"공연히 사람 잡겠소, 언니."

"근데 어제부터 계속 신호만 가고 교수님이 전활 안 받으셔…"

미란이가 근심스러운 표정으로 좌중을 돌아보며 말했다.

"안 가시려고 작심한 게 아닐까?"

매사에 신중하고 입이 무거운 유미가 이마를 찌푸리며 낮은 톤으로 말했다.

"언니, 이러구 있을 때가 아니야, 좀 서둘러야겠어. 이러다 교수님, 도망치면 어떡해?"

여태 잠자코 있던 성미가 좀 괄괄하고 급한 선희가 더는 참을 수 없다는 듯이 황망하게 일어서며 제동을 걸었다.

"교수님께 전용차가 있어, 뭐가 있어!? 도망쳐봐야 탐미회 손바닥 안이지…."

미선이가 또 느물스럽게 손사래를 치면서 끼어들자 이내 미란이가 리더답게 소파에 앉으며 신중하게 말했다.

"교수님이 산행을 꺼림칙하게 여기고 피하는 데는 이유가 있다고 생각해……"

"뭔데 언니? 그 교수님의 속내란 게……?"

미선이가 발끈하게 물었다.

"니, 관심 참 많구나. 우리가 뵐 때마다 왜 부인께선 미국에 안 오시느냐구 자꾸 물어싸서 괴로우신 거야. 언젠간 역정을 내시더라구."

"언닌 곧 죽어도 사모님은 아니구 부인이구먼."

미선이가 혀를 날름거리며 비꼬았다.

"은미가 왜 사모님이야? 나하곤 동기 동창이구 내겐 조강지처인 오정숙 여사만이 사모님이야. 허긴 온다던 3년이 지나 벌써 6년째의 별거야. 부부간에 아니, 은미에게 무슨 문제 있는 거 아니야. 이번 기회에 화끈하게 좀 따지고 결판내야겠어."

미란이가 서슬이 시퍼래서 말하자 이내 미선이의 직격탄이 날아왔다.

"왕 언니, 입에 거품 물고 샘내는 거 아니야!?"

"니 무슨 소리냐, 그게? 못하는 소리가 없구나, 기집애가…"

미란이가 핀잔을 주듯 매섭게 미선에게 눈을 흘겼다.

"교수님이 혼자 계시는 게 딱하고 불쌍해서 그래. 금욕생활이 10년도 더 되네. 언니도 한때 교수님을 짝사랑했다며…?"

미선의 음성이 미란의 비위를 자꾸 건들며 지나갔지만 그녀는 아무 대꾸도 하지 않았다.

"그래서인데 이번만은 민 교수님 프라이버시에 관해선 일절 노 터치, 아셨어요, 화백 여러분!?"

유미가 익살스러운 일장 연설조로 일행에게 함구령의 못을 모질게 박았다.

"여자가 사랑하는 남편 버리고 무슨 놈의 그림을 파리에서 독수공방하면서 그려? 생활비는 누가 다 댄대? 미국에 와선 못 그린대?"

선희가 화난 듯이 속사포처럼 쏘아댔다.

"부부는 등을 돌리면 타인이야. 은미에게 아이가 있어, 뭐가 있어!? 은미가 파리에 간 건 벌써 10년도 더 넘었어. 걔도 불쌍해. 아마 민 교수님의 연금이 고스란히 달마다 파리로 송금될 걸…."

대학 시절부터 그림자처럼 단짝이던 미란이가 비밀을 털어놓듯 말했다.

"그럼 이혼이나 다름없네…."

또 미선이가 길게 꼬리를 물고 사족을 달았다.

"은미가 미국에 못 오는 이유가 또 있지. 여기 제 뱃속에서 나온 제 새끼 있어? 민 교수가 전처의 자식들에게 얹혀사는 게 꼴불견인 거야…."

"그때, 이혼 당한 사모님 지금 어떻게 산대? 차라리 미국 오시지."

"그때, 우리들의 그 무던한 사모님, 오래전에 위암으로 화병이 겹쳐 돌아가셨다나 봐…."

미란이가 대변자인 듯 민 교수의 주변을 들춰냈다.

"그 덕에 미란 언니도 한동안 실연에 빠져 울었다매…."

"쉿"

미란이가 거실을 살피면서 안에다 대고 크게 소리쳤다.

"여보, 우리 떠나요, 차 좀 꺼내줘요?"

덥수룩한 50대 후반의 초로의 남편이 달려 나왔다.

"니네들 고마운 줄 알아, 우리 신랑이 벤츠 내줬어. 교수님과 탐미파 공주님들 모시라고…."

"빗길에다 가파른 산길. 차, 조심히 모세요, 내가 운전해도 좋은데 저 사람이 막무가내니."

"여부없어요, 형부님. 차는 일등기사 홍미선 화백이 몰고 갑니다. 남자 끼면 재미없어요."

미선이가 넙쩍히 넉살스럽게 자칭 형부의 말을 받아쳤다.

까르르 50대 여인들의 웃음소리가 응접실에 가득 깔렸다.

우르르 밀려나가면서 코러스처럼 여인의 사중창 화음이 흐리멍덩한 하늘의 포면을 깨면서 울려 퍼져나갔다.

4.

토렌스의 독거 아파트, 303호실 앞에서 몇 번인가 길게 짧게 가슴 부푼 부저를 눌렀음에도 안에선 아무런 기미가 없었다.

'간밤에 무슨 변고가 있었나…?'

미란은 겁이 덜컥 나서 문짝을 맨주먹으로 쾅쾅 두들겼다. 이건 날벼락이다. 이럴 수가 있을까…….

정말, 민 화백이 일언반구없이 탐미회의 산장 초빙을 뿌리치고 어딘가 슬쩍 행적을 감춘 것일까, 참으로 야속했다. 그분의 괴팍한 성미에 화가 무럭무럭 치밀었다. 탐미회의 체모, 내 자존심은 뭐가 되는가, 완전히 이건 무시다….

미선이 발을 동동 구르며 화를 푹푹 내뿜었다.

"무슨 교수가 그래요, 제자와의 약속은 천금 만금 중이라 했거늘, 헌 짚신짝처럼 버리고……"

"아니야, 우리가 일찍 왔는지도 몰라, 산책 나가셨는지 누가 알아? 좀 기다려보자, 나타나실 거야."

선희가 일동의 조바심을 녹이듯이 달랬다.

"도대체 어디 가신 걸까. 차도 없는 양반이….혹시 딸이 와서 모셔간 것은 아닐까!?"

유미가 메디컬 센터에서 간호사로 근무하고 있는 따님을 한 번 본 일이 있어 말을 덧붙였다.

탐미회 동인은 맥없이 그 자리에 주저앉아 허탈하게 엉엉 울고 싶었다.

멀리 희끄무레한 복도 끝에서 누군가 걸어오는 장신의 그림자가 어슴푸레 보였다.

"누굴까……!?"

일동의 시선이 스포트라이트처럼 일제히 집중되었다.

천천히 타월을 목에 걸고 민 화백이 유유히 나타났다.

"교수님…!?"

미란이가 달려가 사지에서 돌아온 사람처럼 손을 덥석 잡으며 소리쳤다.

"어디 갔다 오시는 거예요, 사람 애간장 타는 줄 모르시고 태평세월이십니다, 교수님!?"

미선이가 눈에 쌍심지를 켜들고 갈라지는 소프라노 음성으로 대들었다.

"허허 난 목욕도 못하나? 미녀 화가님들과 가는데 목욕재계해야지. 아래 공동탕에 다녀왔지."

김빠진 민 화백의 소리를 듣자

"목욕탕은 우리 산장에도 있고 그 안에 독탕도 있는데요…."

"거긴 여자들 판이라 자유가 없잖아, 늙은이 냄새가 난다고 추방당할까 봐 유비무환한 거야."

일장의 희비극은 이렇게 해서 끝나고 일동은 서둘러 민 화백의 여장을 메고 차에 올랐다.

운전대 옆에 민 화백이 앉고 뒷좌석에 세 여자가 나란히 앉았다.

해발 300미터의 고지에로 오르는 산장의 길은 험하고 가파른 데다 시간이 흐르면서 기온이 시시각각으로 변했다. 꼭 지조 없는 여자의 마음 같았다.

어느새 비는 눈보라로 변하고 차창 밖에는 싸라기눈이 꽃잎처럼 바람에 펄펄 날렸다.

길은 아스팔트 보도에서 벗어나 간신히 차가 오고 가고 스칠 만한 너비의 흙길로 사방은 우거진 나무와 서걱거리는 숲소리로 메어져 좀 으스스했다. 멀지 않게 보이는 산정에는 눈이 하얗게 덮이고 앞이 잘 조준되지 않았다.

벌써 도심지를 벗어난 지 두어 시간 남짓, 운전대를 잡은 미선이가 뒤에 앉아 향도 역을 맡아 잔소리깨나 하는 미란을 보면서 시비를 걸었다.

"형부더러 데려다 달랠 걸 그랬나 봐 언니?"

"그럼, 누구 하나 하차해야 하는데 미선이 내릴래!?"

"왜 자꾸 언닌 나만 가지고 들볶아? 두 차로 가면 어때서!? 내 차에 교수 님 모시고 신나게 드라이브 하죠. 그렇죠, 교수님?"

미선이가 옆에 다리 꼬고 사방의 풍치를 감상하고 있는 민 화백을 넌지 시 바라보며 호들갑을 떨었다.

"이래서 막내 미선일 우리 탐미회가 미워할 수가 없다니까…."

유미의 화두를 거두는 말에 좌중에 무거운 분위기가 일소되면서 차는 탱 탱 거리며 산장으로 기어 올라갔다.

"교수님, 불편하시죠, 다 왔어요. 저기 산장의 지붕들이 보이죠?"

미란이 가리키는 쪽으로 산턱의 별장들이 두어 채 보이기 시작했다.

드디어 원목으로 된 김미란의 산장에 들어섰다.

60대 초로의 여인이 앞치마를 거두면서 총총히 마주 나왔다.

"분부대로 만반 준비 다 해놨습니다, 제 남편이 살림 물건을 다 실어다 줬어요. 사모님. 전 이제 내려가도 되죠?"

"애쓰셨어요. 차에서 짐 마저 좀 챙겨주시고 눈길, 조심히 내려가세요. 수당은 우리 집 사장 양반이 드릴 거예요."

"어머, 여긴 참 별천지네. 우리 원시시대처럼 놀아요, 춤추고 노래하고 마시고 먹고 떠들고…"

미선이가 환성을 지르며 민 화백을 부축하고 선두로 들어섰다.

통나무집 안은 문을 열자 화끈거렸다. 환한 홀이 눈부시고 나무 냄새가 방 안에 자욱했다.

벽난로에는 통나무 토막이 이글이글 타오르고 툭툭 불꽃 튀는 소리가 산 장의 적막을 깨고 처마 끝에는 고드름이 달려 꼭 한국의 시골 풍경이었다.

5.

산장의 첫날밤이 어수선하게 깊어갔다. 부엉이 우는 소리가 들려오고 바람소리가 덜커덕덜커덕 두터운 통나무 벽 사이의 창문을 흔들며 무슨 음악처럼 지나간다.

그간에 갇혔던 50대 여인들의 봇둑이 일순에 무너져 내려 탁류의 봇물이 수문을 향해 노도처럼 내리꽂힌다. 그녀들에게는 무서운 게 없고 두려운 게 없고. 자유분방한 이 심야, 그녀들을 견제하는 아무런 안전판이 없었다.

독한 양주 두 병이 거덜나고 음란한 음악이 고막을 찌른다. 고고가 나오면 고고를 추자고 했고 블루스 곡이 나오면 재빨리 미선이가 민 화백의 파트너가 되고 미란이가 미선을 밀쳐내며 따르고 탱고로 변하면 얌전한 선희가 민 화백의 서툰 손을 잡고 리드미컬하게 돌고 지르박으로 변하면 유미가 긴 민 화백의 팔을 감아 낚아 전신을 스무스하게 돌리고 노령의 민 화백은 거친 숨을 몰아쉬며 격무에 파김치가 되고 녹초가 되어 몸이 어지럽고 다리가 후들거려 폭삭 주저앉았다.

그제야 미란이가 민 화백을 일으켜 안으며 침실로 인도했다.

"교수님, 먼저 주무세요. 피곤하시죠? 안으로 문을 꼭 잠그시고, 아셨죠?"

미란의 뜨거운 숨이 헉헉 민 화백의 안면에 와 닿았다.

밤새도록 광란의 무대는 난장판이 되어갔다. 흡사 나사 풀린 시계추요, 광야를 달리는 광마(狂馬)였다.

민 화백은 난생 처음의 고역을 치루면서도 낯선 미국 땅에 무일푼으로 이민 와서 갖은 고생, 온갖 차별 속에서 남편과 함께 자수성가하여 이만큼 자리 잡아 그림에의 초지를 살려낸 그들이 가엾기도 하고 측은하기도 하고 자랑스럽기도 하여 이 밤의 광염촌극(狂炎寸劇)을 나쁘다고만 할 수 없었다. 피나는 절규요, 처절한 광대라고 생각했다. 평소에 보지 못한 그네들의 작태에 이해하는 마음이 불연 솟았다.

홀은 캄캄했다. 비상등도 켜놓지 않고 누군가가 불을 완전 소등하고 모두 잠에 떨어진 것 같았다.

민 화백은 혼자 떨어진 문간방 침대에서 잠을 이루지 못하고 눈을 멀뚱멀뚱 뜨고 만뢰의 소리에 귀를 기울이고 있었다. 벌써 발꿈치를 올리며 화장실 출입을 두어 차례나 다녀왔다.

신열이 오르고 혈압이 상승되는 것 같은 조바심에 상비의 안정제를 먹고 눈을 붙였다.

벽난로를 앞에 두고 난방장치가 잘된 홀에 네 개의 간이침대를 반원형으로 놓고 그녀들이 지친 듯이 숨소리도 안 나게 곯아떨어지고 있었다.

어느새 민 화백도 어설픈 잠 속에 끌려 들어갔다. 얼마 잤는지도 모르겠다.

침대 속을 조용한 손길으로 제치면서 무언가 들어오는 섬뜩한 촉감에 눈을 떴다.

술 냄새가 확 끼쳐왔다. 보드라운 살결이 민 화백의 가슴으로 밀착해왔다.

누군지 모르는 미지의 손이 민 화백의 입을 막고 가만히 숨소릴 내고 있었다.

얼굴은 보이지 않고 복면의 어둠은 아무 말도 않고 흘러간다.

조그마한 손이 민 화백 가슴 위로 온다.

민 화백은 소리를 내지를 수도 없었다.

이 늘그막에 무슨 봉변이고 망신인가….

이 무슨 진퇴양난의 질곡인가….

슬며시 가슴에 얹힌 손을 밀어냈다.

이번엔 손이 대담하게 민 화백의 목덜미 위로 올라와 얼굴을 매만지려 했다.

민 화백은 조용히 일어나 안에 아무것도 안 걸친 듯한 그 여자(?)의 잠자리 날개 같은 잠옷의 깃을 잡고 일으켜 세우며 야무지게 등을 밀어냈다.

누군지 감을 잡을 수 없는 반라의 그 여자(?)는 그렇게 어둠 속으로 그림자도 없이 사라져갔다.

일장춘몽인 것 같다.

밀어내놓고 나서 민 화백은 생각에 잠긴다.

'누굴까?'

모르는 것이 좋을 것 같다. 비장의 수수께끼로 접어두자.

그러면서도 종내 망상을 떨구지 못하고 미술 실기론에서 해부학을 배우던 학생 시절의 생각을 더듬으며 범인(?)을 캐내기 시작했다.

탐미회의 골격 구조를 더듬어본다.

미란이보다는 조금 왜소한 것 같고 유미에 비해 살집이 없는 것 같고 좀 당돌한 미선이보다는 늘씬한 것 같고…무슨 의도에서 돌입했을까….

아니지. 탐미회의 그네들이 제비라도 뽑아 합작한 '희생 번트' 같은 조화가 아닐까.

늙은 홀아비 스승에 대한 면죄부 같은 아름다운 조작이 아닐까?

이도 저도 아닌 다 같기도 한 이 혼미…

내일 아침이면 일거일동의 표정에서 색출되고 감지되지 않을까….

문득 인솔교수로 졸업 수학여행을 떠났을 때 은미와 번갈아 민 교수 방을 드나들던 미란의 핼쑥한 얼굴이 겹쳐오기도 했지만 날이 밝아 아침 식탁에 나올 그네들의 얼굴을 찬찬히 살펴보면 어딘지 한구석 감이 잡히는 데가 있겠지….

민 화백은 어둠을 뚫어보면서 종내 뜬눈으로 밤을 지샜다.

"굿 모닝, 커피 타임…."

노래를 부르듯 일찍 기상한 미선이가 홀을 발레리나처럼 원무하면서 길게 소리치자 사인방이 모두 테이블 앞에 모여 앉았다.

"교수님, 간밤에 별일 없으셨지요?"

미란의 제일성을 필두로 질세라 여기저기서 인터뷰처럼 꼬리를 물었다.

"교수님, 괜찮으셨죠, 산장의 깊은 밤 맛이?"

유미기 생글생글 웃으며 다가섰다.

"교수님, 여기선 다 평등한 화갑니다, 체면치레 딱 질색, 걷어붙이세요."

선희가 뜸을 드리지 않고 이어 말했다.

"교수님, 귀찮고 피곤하게 해드려서 죄송합니다…."

미선이가 눈을 껌벅거리며 말했다. 모두 의미심장한 말들이어서 민 화백은 그 깊은 여자들의 심중의 안개를 들춰낼 수가 없었다. 한참 있다 미란이가 무슨 성명이나 하듯 일어섰다.

"탐미회 화가 여러분, 기대하시라. 오늘 밤엔 더 신나고 재미있고 멋있고 신묘한 파라다이스 쇼가 벌어질 겁니다."

"와아!!"

환성이 터졌다.

"우리 왕 언니 최고!!"

미선이가 열광의 박수를 치며 몸을 흔들어댔다.

"근데 나 먼저 오늘 내려가면 안 될까……?'

"왜요, 왜요, 왜요, 어림없어요. 누구 맘대로… 뭐가 불편하세요!?"

사방에서 아우성의 화살이 빗발처럼 날아왔다.

민 화백이 머쓱하게 다 마신 커피 잔을 들먹거리며 속으로 '오늘 가야 하는데…'를 수없이 뇌까렸다.

무슨 육신의 공양(供養)이 내려칠까 이틀 밤이 왈칵 겁이 났다.

6.

행복은 두 손으로 꽉 붙잡지 않으면 손가락 사이로 새어 나가 달아난다. 허술하게 잡으면 금세 엉뚱한 쪽으로 사단이 난다.

불행은 잠시 행복한 사이에 끼어 있다가 느닷없이 삐죽 불청객처럼 나선다.

길목에서 기다렸다 놓치는 법 없이 움켜쥐는 고약하고 악독한 습성을 지닌다.

행복은 길게 인내하면서 오지만 불행은 짧게 돌발적으로 온다.

산장의 마지막 날, 탐미회가 아무리 붙들고 민 화백이 엉거주춤해도 돌아갈 운명은 결국 돌아오고 만다.

사람의 일이란 그렇게 한 치의 앞도 내다볼 수 없는 불가사의의 조화로 차 있다.

사람이 얼마나 불편하고 미숙한 동물인가……!?

아침밥을 먹고 나앉은 자리에 민 화백의 휴대전화가 무슨 불길의 징조처럼 세차게 울렸다.

사민방의 눈길이 일제히 민 화백에게 쏠렸다.

민 화백은 파리의 한국대사관 공보관으로부터 한 통의 비보를 듣는다.

"뭐라고요? 네, 제가 민세기 화백입니다. 박은미 화가를 아시냐구요? 네, 어떻게 되느냐구요? 네, 제 아냅니다. 뭐라구요? 사망했다구요? 그게 뭔 소리요? 엊그제까지 멀쩡한 사람이 왜 죽어요? 뭐라구요? 오셔서 시신을 유치해가라구요? 왜 죽었어요? 올 거냐구요? 네, 가지요….."

셀폰이 뚝 끊겼다. 한참 불기미한 침묵이 흘렀다.

"은미에게 무슨 변고가 생겼어요?"

미란이가 겁에 질린 얼굴로 입을 열었다.

"죽었대……"

민 화백은 그 말만 짧게 하곤 아무 말 없이 방으로 들어가 짐을 챙기기 시작했다.

"교수님, 우리도 갈게요."

미란이가 탐미회를 돌아보면서 씁쓰레한 얼굴로 성급하게 재촉했다.

민 화백은 즉시 파리로 떠났다. 파리는 생소한 곳이 아니었다.

비행기 표와 장례 절차, 노자 일체를 십시일반으로 탐미회가 주선했다.

"여기 남매들에게도 알려야 하는 게 아닌가요, 교수님?"

미란이가 조심스럽게 물었지만 일언지하에 '그럴 필요 없다…' 잡아떼는 민 화백의 표정은 창백하고 암담해보였다.

빈민굴에 가까운 천민 아파트에 은미는 기거하면서 중년의 외국 화가들과 어울리면서 알코올 중독자로 몰락하고 성 매춘녀로 전락되어 있었다.

민 화백이 다달이 한국대사관 공보관 구좌로 연금을 송금했지만 나락에 빠진 여자에겐 밑 빠진 독이었다.

은미는 아파트 선반에 목을 매달아 죽었다. 시신은 상주가 방불할 때까지 시립병원에 안치되어 있었다.

유서가 있었다.

오정숙 사모님한테 미안해요. 민 교수님에게도 많은 폐를 끼쳤어요.
평생 씻지 못할 죄를 겼어요. 모두 모두 미안해요.
지루해요, 답답해요, 시시해요, 다……
희망이 안 보여요. 다 어둠이에요.
그림도 사랑도 인생도 다 헛 거에요.
죽음은 최상의 해법(解法)이구 어떤 종말이에요.
편안해요, 다 끊은 지금. 아무것도 안 보여요.
화장해서 재를 세느강에 뿌려줘요.
비용은 옷장 속에 조금 아껴뒀어요.
미안해요, 민 교수님, 안녕.
은미가.

민 화백이 은미의 유골을 안고 돌아오면서 묘하게 은미가 남긴 유서의 한 구절이 머리에 화인처럼 박혀 맴돌며 어떤 마력에 도취됐다.

— 죽음은 최상의 해법이구 어떤 종말이에요…….

은미의 그 마지막 말을 안고 비행기에 오르면서 상공에서 창문을 부수고 뛰어내릴 장렬한 충격을 느껴 몽유환자나 넋 빠진 사람처럼 탈출구를 찾아 헤맸다.

'내 최상의 해법(解法)도 죽음…'

문득 산장의 깊은 밤.

내 침대를 쑥 밀고 들어온 어둠의 하얀 여자가 은미의 마지막 떠나는 혼령이 아니었을까 하는 환각에 사로잡혀 몽롱한 황홀 속으로 자신이 매몰되어 들어갔다.

희곡

황새 한 마리

'감' 이란 소리만 길게 어슴푸레 들려왔다.
'감' 은 무엇인가……?
애타게 찾는 친구의 명사일까, 어미일까?
어간일까?
수수께끼는 영원의 비극으로 남는다.

• 때
   어느 해 늦가을

• 곳
   휴전선 부근에 있는 암자.

• 등장인물
   황새을(64세) 암자를 지키는 보살.
   김선일(41세) 황새을의 아들.
   김영숙(39세) 대학교수, 황새을의 딸.
   김세일(26세) 복학생, 황새을의 막내아들.
   사냥꾼(30대) 공안부 형사.
   분장된 황새 한 마리.

• 무대
   북쪽으로 훤히 트인 하늘. 겹겹이 쌓인 산의 원경.
   깎아지른 듯한 벼랑 위에 게딱지처럼 앉은 암자.

바람이 스산하게 분다. 낙엽이 뚝뚝 떨어진다.
그윽한 산새소리. 아래켠으로 올라오는 길.
암자를 거쳐 다시 위켠으로 올라가게 된다.
사람의 왕래가 별로 없는 듯하다.
암자에 붙어 있는 기림암(箕林庵)이라는 현판이 눈길을 끈다.
삭막한 늦가을의 분위기와 완충지대에 가까운 인상을 풍기면 좋겠다.
막이 오르면 무대, 자욱한 안개.

E. 날갯죽지 퍼덕이는 소리, 점점 고조되는 가운데 배음되면서 들리는 소리.

소 리
높이 나는 갈매기라야 더 많이 볼 수 있네.
한 치라도 더 가까이 다가선 자라야 빨리 이룰 수 있네.
바람으로 와도 그리운 바람소리.
비 눈으로 몰아쳐 와도 언제나 정겨운 비 눈의 모습.
아, 준령 위에 멈추어 가는 구름에도 애간장이 끓네.
선, 선, 선…… 미치도록 넘고 싶은 선…….
아이들처럼 줄넘기라도 하고 싶네.

M. 사향(思鄕)의 곡(曲)으로 변하면서 안개는 걷히고 무대, 조금씩 밝아온다.

E. 무대를 돌며 춤추는 황새의 안무(按舞). 교차되는 스포트라이트.
황새, 사라지면서 암자의 문이 조용히 안으로 열린다.
깨끗하고 단아한 모습의 황새을이 합장을 하면서 나와 먼 북쪽 하늘을 하염없이 쳐다본다. 엽총을 메고 소리 없이 들어서는 사냥꾼의 날렵한 동작.

황새을 (그림처럼 서 있는 상태에서) 뉘시오?
사냥꾼 (당황하면서) 황새를 보셨나요?

황새을   (싸늘하게 돌아서며) 밀렵꾼이요?

사냥꾼   섭섭합니다.

황새을   그럼, 왜 찾소?

사냥꾼   요기를 좀 할 수 있을까 해서요.

황새을   황새와 요기가 무슨 상관이요?

사냥꾼   황새를 따라오느라고 지쳤습니다.

황새을   셰퍼드는 안 끌고 다녀도 되나요?

사냥꾼   사나워서 두고 왔죠.

황새을   이상하군요?

사냥꾼   뭐가요, 스님?

황새을   (쌀쌀맞게) 난 스님이 아니에요.

사냥꾼   (여유를 되찾으면서) 보살님?

황새을   어디서 오셨소?

사냥꾼   근방에서요.

황새을   이북에서요?

사냥꾼   귀가 어두우신가요?

황새을   봅시다.

사냥꾼   뭐 말씀입니까?

황새을   엽총요.

사냥꾼   (긴장한 얼굴로) 왜요?

황새을   젊은일 쏠까봐 겁나세요?

사냥꾼   설마요?

황새을   (먼 과거를 회상하듯) 우리 시아버님도 사냥을 즐기셨어요…….

사냥꾼   그래서 관심이 많으시군요?

황새을   사냥꾼이 아니시죠, 댁은?

사냥꾼   (눈총이 매섭게 돌아가며) 천리안(千里眼)이시군요, 보살님은.

황새을   무슨 일인가요, 여긴?

사냥꾼 (체념하듯) 제 신분을 어떻게 아셨습니까?

황새을 (웃으며) 허리에 찬 탄약띠에 화통이 하나도 안 꽂혀 있군요?

사냥꾼 (얼결에 탄약띠에 손이 간다)

황새을 또 있죠, 엽총을 잡은 손이 격(格)에 안 맞아요.

사냥꾼 (엽총을 다른 손에 옮겨 잡는다)

황새을 (상냥하게) 저리 가 앉읍시다. 요기를 드릴까요?

사냥꾼 (따라가 앉으며) 족집게시군요, 보살님은? 이제 필요 없습니다.

황새을 젊은이의 변장술이 서툴러요.

사냥꾼 죄송합니다. 서울서 온 사형사(史刑事)입니다.

황새을 안 밝혀도 되는데…….

사냥꾼 (성급하게) 안 왔나요?

황새을 (아랑곳없이) 서울은 최루탄 때문에 마스크를 하고 다녀야 한다면서요?

사냥꾼 허위날조도 법에 걸립니다. 보살님?

황새을 왜들 그런데요, 학생들이?

사냥꾼 (체념하듯) 그래서 협조를 구하러 왔습니다.

황새을 세 번째요, 댁이.

사냥꾼 할 수 없군요. 김세일을 아시죠?

황새을 (씁쓸하게) 우리 막내둥이가 언제 그렇게 유명해졌나요?

사냥꾼 (힘을 주며) 안 왔나요?

황새을 걔가 군에서 제대하곤 꼭 한 번 다녀갔군요.

사냥꾼 나타나면 신고하셔야 합니다.

황새을 (눈을 치켜뜨며) 걔가 무슨 죄인인가요?

사냥꾼 …….

황새을 대답을 않는 것으로 보아 몹쓸 죄인은 아닌가 보죠?

사냥꾼 (황급하게) 그래서, 더 깊이 빠져 들어가기 전에 건지려고 온 겁니다.

황새을 (태연스럽게) 수렁인가요?

사냥꾼 (어이없듯) 아드님이 우주대학교의 데모 주동자로 수배 중에 있습니다.

황새을 댁은 점잖으시군요.

사냥꾼 넷?

황새을 아까 다녀간 사람들의 말에 의하면 우리 세일이가 마치 공산당의 앞잡이 같던데요?

사냥꾼 (난처하듯) 그럴 우려가 있다는 얘기겠죠.

황새을 (느닷없이 일어나 하늘을 가리키며) 저 구름을 봐요.

사냥꾼 (어리둥절하게) 곱군요.

황새을 자유롭다는 생각은 안 드세요?

사냥꾼 …….

황새을 저 새들을 봐요.

사냥꾼 (날고 있는 새를 본다)

황새을 거침없이 날아다니죠?

사냥꾼 …….

황새을 (발밑을 가리키며) 여길 봐요.

사냥꾼 무슨 뜻입니까, 보살님?

황새을 한 걸음도 나갈 수가 없어요. 너무 지루하고 길어요, 40년이나…….

사냥꾼 담배를 피워도 될까요?

황새을 그것 보세요. 학생 아이들도 뭔가 크게 소리쳐 보고, 발버둥치고 싶은 거랍니다. 억눌리고 답답하니까…….

사냥꾼 (날카롭게) 할머닌 엉뚱한 데로 말머리를 자꾸 돌리시네요.

황새을 (웃으며) 속세를 떠난 보살이 이젠 할망구로 변했나요?

사냥꾼 (정색을 하며) 할머닌 서울에 좋은 집을 두시고 왜 이런 데 와서 외롭게 사시나요?

황새을 그걸 정탐하러 왔나요?

사냥꾼 (혀를 차며) 형사생활 10여 년에 할머니같이 예민하시고 언변 좋으신 분은 생전 처음입니다…….

황새을 우리 세일(世一)을 잡으면 일 계급 특진하나요?

사냥꾼 (기분 나쁜 얼굴로) 국가와 국민의 안녕질서를 지키기 위해 온 겁니다. 오해 마십시오.

황새을 우리 아이가 파괴를 했나요?

사냥꾼 (당당하게) 단지 여기 왔냐구만 물었습니다.

황새을 공부하는 학생이 여길 왜 와요? 방학도 아닌데…….

이때 암자 쪽에서 바스락거리는 소리가 들려온다. 긴장하는 사냥꾼.

사냥꾼 무슨 소리죠?

황새을 가끔 그래요.

사냥꾼 짐승이 많은가요?

황새을 우글거리죠, 사각지대니까.

사냥꾼 노룬가요?

황새을 그 엽총으론 못 쏴요.

사냥꾼 안을 들여다봐도 될까요?

황새을 보살이 사는 안을 봐서 무엇합니까?

사냥꾼 안 된다는 얘긴가요?

황새을 되고 안 되곤 댁의 양식으로 생각해보세요?

사냥꾼 양식으로 판단하리만큼 한가하지 못합니다.

황새을 (단호하게) 불가에선 살생을 금하고 있는데 어찌 피 냄새를 풍기며 사냥꾼이 부처님 앞에 나갈 수 있겠어요? 돌아가세요, 오늘은…….

사냥꾼 그럼 내일은 된다는 얘긴가요?

황새을 (엄숙하게) 목욕재계하고 오세요.

사냥꾼 수사를 방해하시는 겁니까?

황새을 공산당처럼 총칼을 휘두르고 들어가면야 막을 수 있겠소?

사냥꾼 보살님은 공부 많이 하신 분이군요?

황새을 (자랑스러운 얼굴로) 내가 이래 봬도 평양의 명문 서문고녀를
        나왔지요.

사냥꾼 그런데, 아드님은 왜 그래요?

황새을 우리 애가 살인범인가요?

사냥꾼 (고개를 흔들며) 아닙니다.

황새을 그럼, 돌아가세요. 나하곤 이미 관계가 없는 아이요.

사냥꾼 관계가 없다니요?

황새을 그럼, 관계가 있다는 말이오?

사냥꾼 모자(母子) 관계가 아닌가요?

황새을 그건 관계가 아니라 혈연이죠.

사냥꾼 그래서 여기 피신할 수도 있다 이겁니다.

황새을 그러니까, 기어코 가택수색을 해야 되겠다는 건가요?

사냥꾼 허락해주시면은…….

황새을 우습군요.

사냥꾼 (얼굴을 붉히며) 왜요?

황새을 이 늙은 보살을 연루자로 보시는군요?

사냥꾼 할머닌 언제 법률 공부를 하셨나요?

황새을 돌아가신 애들 아버지가 변호사였다는 사실을 모르고 오셨나요?

사냥꾼 우리에게 협조해주셔야 합니다.

황새을 아무도 막지 않습니다. 손바닥만 한 암자를 서울로 몽땅 옮겨가
        시든지 마음대로 하세요.

사냥꾼 들어갔다가 덜컥 덫에 걸리는 게 아닌가요, 수색영장이 없었다
        고?

황새을　경찰도 많이 변했군요?

사냥꾼　(참다못해) 할머니, 아드님이 공산당의 사주를 받고 있습니다.

황새을　(염주를 굴리면서) 그런 폭언을 함부로 해도 되나요?

사냥꾼　이건 폭언이 아닙니다. 사실입니다.

황새을　증거가 있나요?

사냥꾼　물론 있습니다.

황새을　(야무지게) 걔가 이북에 다녀왔던가요, 아니면 간첩의 끄나풀이
　　　　던가요?

사냥꾼　…….

황새을　왜 대답을 못하시죠? 차라리 백정이나 강도가 나아요. 공산당은
　　　　솟아날 구멍이 없어요.

사냥꾼　할머닌 다 알고 계시는군요, 아드님은 좌경하고 있습니다.

황새을　좌경? (어처구니가 없이 웃는다)

사냥꾼　낙관만 하고 있을 때가 아닙니다.

황새을　하늘이 두 조각이 나도 형사인 댁이나 이 늙은 보살이 공산당이
　　　　될 수 없는 것처럼 이 땅의 모든 사람들은 결코 공산당이 될 수
　　　　없어요.

사냥꾼　장담하고 계시군요.

황새을　(날카롭게) 대한민국의 경찰관이 그렇게 자신이 없다는 얘기요?

사냥꾼　(엉뚱하게) 할머닌 왜 여기 와서 은둔하고 계시죠?

황새을　이것이 은둔으로 보이나요. 댁의 눈엔?

사냥꾼　그럼, 출가(出家) 하셨나요?

황새을　(염불을 외며) 가세요. 댁하곤 얘기가 되지 않아요.

사냥꾼　(언짢은 기색으로) 할머닌, 고향이 이북이시죠?

황새을　그것도 용의(容疑)가 되나요?

사냥꾼　큰아드님은 미국에 있죠?

황새을　큰앤 소령으로 제대했어요.

사냥꾼 큰따님은 대학교수죠?

황새을 작은앤 중앙청의 과장이오.

사냥꾼 동문서답 하시는군요, 좋은 집안에 왜 말썽을 피우죠?

황새을 어디서 무엇을 하며 살든 자유가 아닌가요?

사냥꾼 질서를 교란하는 건 자유가 아니죠.

황새을 (어두운 표정으로 말이 없다)

사냥꾼 (공손한 음성으로) 사파를 떠나신 보살님께 속세의 인연을 자꾸
       들먹거려서 죄송합니다…….

황새을 (강한 어조로) 우리 세일이가 그걸 파괴한다는 말이죠?

사냥꾼 (물끄러미 쳐다보며 묵묵부답)

황새을 왜 그렇게 자신이 없는 얼굴을 하고 있죠?

사냥꾼 다시 오겠습니다. 만약…….

황새을 만약이라니요?

사냥꾼 아드님을 서울로 꼭 올려 보내주세요.

황새을 (염주를 굴리며 염불을 외고 있다)

사냥꾼 결례를 용서하십시오, 할머니.

황새을 댁에도 노모가 계신가요?

사냥꾼 (짤막하게) 돌아가셨습니다.

       엽총을 메고 산 아래로 내려가는 사형사(史刑事)를 오래도록 바라
       보면서 다시 합장하고 염불을 왼다.
       나무아미타불 관세음보살…….
       암자 뒤에서 불쑥 빠져나오는 헙수룩한 청년. 사방을 두리번거리
       면서 조심스럽게 등장한다.

김세일 (낮은 소리로) 어머니!

황새을 (돌아선 채) 무엇하러 왔니?

김세일 어머님을 뵙는데도 이유가 있나요?

황
새
한
마
리

●
●
●

197

황새을 (근엄한 음성으로) 너, 공산당 배웠니?

김세일 미쳤어요?

황새을 그럼, 왜 쫓기니?

김세일 잡으려고 하니까 도망치죠.

황새을 (천천히 돌아서며) 왜 잡힐 꼬투리를 흘리고 다니니?

김세일 어머님은 왜 여기 와 계세요?

황새을 같은 이유냐?

김세일 이유랄 게 있나요. 하는 짓들이 못마땅해서 그래요.

황새을 네가 아니면 안 되겠니?

김세일 누가 해요, 어머니?

황새을 대체, 할 일이 뭐냐?

김세일 민주화죠! (뚝 잘라 말한다)

황새을 사는 데 불편한 게 없으면 되잖겠니?

김세일 (언성을 높이며) 그렇다면 방송국도 하나면 족하고, 신문사도 여러 개 있을 필요가 없어요, 어머니.

황새을 (심각한 얼굴로) 그건 또 무슨 해괴한 소리냐?

김세일 앵무새처럼 매양 같은 소리니까요.

황새을 근본만 흔들리지 않으면 되잖겠니?

김세일 공산당만 아니면 아무렇게 되어가도 괜찮다는 얘긴가요?

황새을 뉴스 때마다 요새 학생들이 좌경한다고 하더라만…….

김세일 기우예요.

황새을 너도 그 종류냐?

김세일 어머니…….

황새을 (냉정한 어조로) 너도 운동권 학생이냐?

김세일 어머니…….

황새을 그 꼴이 뭐냐, 꼭 거지구나? 이렇게 서 있다가 무슨 변을 당할지 모르겠다. 날 따라오너라.

김세일   왔다 갔군요?

황새을   누가?

김세일   개요.

황새을   (홱 돌아서) 개라니?

김세일   (덤덤하게) 잘 훈련된 사냥개요.

황새을   (자비로운 눈으로) 아니다, 사냥꾼이 다녀갔다.

김세일   (의아한 표정으로) 사냥꾼이요?

황새을   그래, 황새 사냥 왔더라…….

김세일   (고개를 갸우뚱거리며) 아마 여긴 잘 모를 거예요.

황새을   넌 언제 철이 들겠니, 대한민국의 경찰이 그렇게 어수룩한 줄 아냐?

김세일   (재빠르게 사방을 두리번거리며) 그럼…….

황새을   (연민의 눈으로) 네가 정말로 용공분자구 좌경학생이냐?

김세일   (펄쩍뛰며) 제가 누구의 아들입니까? 어머니.

황새을   (밝은 표정으로) 됐다! 그럼 올라가자.

김세일   어디로요?

황새을   나하고 서울 가자.

김세일   (침울하게) 잡히면 반은 죽어요.

황새을   애야.

김세일   네, 어머니.

황새을   (옛날 얘기하듯 조용한 어조로) 도심지에 살고 있는 어린이와 산골마을에 살고 있는 어린이와 섬마을에 살고 있는 세 어린이가 우연히 만나 자기가 살고 있는 고장의 특징을 말하면서 재미있게 이야기를 하고 있었는데 화제가 해[太陽]에 이르자 그들은 서로 의견을 달리했다고 한다. 그들의 서로 옳다는 갑론을박은 결코 화합되는 일이 없이 연일 팽팽한 평행선을 그으면서 급기야 싸움으로 번져 지금까지 계속되고 있단다…….

김세일 (진지한 눈빛으로) 뭔데요, 어머니?

황새을 이제는 어린이세계에서뿐만 아니라 기성세계에까지 그 논쟁이 무서운 속도로 파급되어 가고 있단다…….

김세일 (공경하는 눈빛으로) 동화 같은 얘기군요, 어머니.

황새을 (꿈꾸는 듯한 표정으로) 도회지 어린이는, 해는 지붕 위에서 뜨고 지붕 위로 진다고 우겼단다…….

김세일 (조용히) 산골마을의 어린이는요?

황새을 (인자한 어머니의 자세로) 산골마을의 어린이는 아니다, 해는 산 위에서 뜨고 산 위로 진다고 우겼단다…….

김세일 (어머니의 손을 다정하게 잡으며) 섬마을 어린이의 시각(視角)은 또 달랐겠죠?

황새을 옛날 생각이 나는구나, 너희들 어렸을 적의 일들이…….

김세일 어머닌 옛날에도 고도의 센티멘털리스트였어요?

황새을 잠자코 들어라. 섬마을의 어린이는 고개를 설레설레 흔들면서, 너희들 둘은 모두 틀렸다. 해는 산도 아니고, 지붕도 아니고 진정코 바다 위에서 뜨고 바다 위로 지는 불덩어리라고 했단다……. (잠자코 침묵)

김세일 (쓸쓸한 표정으로) 다 맞고, 다 틀렸군요.

황새을 가운데 서서 사물을 봐야 양 끝이 보이느니라…….

김세일 (안타까운 듯이) 어머닌 왜 사서 고행(苦行)을 하세요?

황새을 넌 왜 숨어 다니냐, 무슨 죄를 졌기에…….

김세일 어머닌 모르셔도 돼요.

황새을 너도 몰라도 된다.

김세일 우린 슬픈 평행선이군요?

황새을 서로 자기 주장만 옳다고 고집한다면 둘이 한꺼번에 쓰러진다. 세상은 필연적으로 빈부의 격차가 있게 마련이다. 생사가 윤회하듯 빈부(貧富)도 전전하여 무시무종(無始無終)이니라.

김세일　길게 앉아 기다릴 수가 없어요, 어머니.

황새을　너, 군에 갔다 오더니 사람이 영 못 쓰게 됐구나?

김세일　군은 깨끗해요, 어머니. 높은 사람만 빼고는…….

황새을　그럼, 뭐냐? 사회는 조화니라. 빈자(貧者)가 있으니까 부자가 있
　　　　고, 권자(權者)가 있으니까 평자(平者)가 있듯이 다 똑같을 수는
　　　　없느니라…….

김세일　(투박한 소리로) 좁히자는 거죠.

황새을　(웃으며) 좁혀진다던……?

김세일　해는 어디서 뜬다고 생각하세요, 어머니?

황새을　(당돌한 질문에 멍하니 쳐다본다)

김세일　진리는 있어요.

황새을　그래, 진리라는 게 뭐냐?

김세일　그걸 알면 젊은 세대가 이렇게 고민 안 해요. 우린 지금 앓고 있
　　　　습니다.

황새을　우리라니?

김세일　(흠칫 놀라며) 한국의 장래를 걱정하고 있는 많은 학생들이죠.

황새을　네가 걱정 안 해도 잘 되어가고 있어. 네 누이나 형의 처지를 생
　　　　각해서라도 매사에 조심해야지…….

김세일　어머니……?

황새을　그래, 뭐냐?

김세일　누군가 고양이 목에 방울을 달아야 해요.

황세을　신주처럼 떠받치는 민주화 말이냐?

김세일　아시는군요.

황새을　윗분께서 평화적으로 교체하겠다는데 왜들 그러니?

김세일　믿을 수 없어요.

황새을　불쌍한 놈, 여지껏 믿을 게 하나라도 있었어야지.

김세일　불의, 부정투성이에요.

황새을　역사는 순리대로 가는 거다.

김세일　순리대로 흘러가게끔 가끔 우리가 물길을 트고 있는 겁니다.

황새을　정치는 정치하는 분들에게 맡기면 된다.

김세일　군인은 국토 방위만 맡고요.

황새을　(혀를 차며) 사람에게도 운명이 있듯이 나라에도 국운이 있느니라. 역행하는 자는 누구든 역사의 심판을 받게 되지…….

김세일　역사는 길고, 먼 훗날이라야 겨우 흔적으로 남습니다. 어머니.

황새을　그래서, 울컥 모였다간 총을 쏘면 벌떼처럼 흩어지는 거냐? 어쨌거나, 길게 얘기할 시간이 없다. 사냥꾼이 올라.

김세일　사냥꾼이라니요?

황새을　글쎄, 훼방꾼이라는 게 훨씬 나을 게다. 저기 뭔가 희끗거리는구나…… 어서 올라가자.

모자가 바삐 산턱으로 올라간다.
무대 약간의 공백.
잔잔한 가을의 음악과 함께 F·O
가을의 적막이 흐르는 가운데 무대, 차차 밝아지면서 황새가 푸닥거리며 유유히 날아와 앉는다.

E. 황새의 안무

M. 사향(思鄉)의 곡, 고조되었다가 배음.

엽총을 메고 조심스러운 발걸음으로 등장하다 황새의 춤을 보고 구석자리에 가 앉는 사냥꾼. 인기척에 놀라 날아가는 황새.

사냥꾼　(날아가는 황새를 겨냥하며 엽총의 방아쇠를 잡아당기는 흉내를 낸다) 저걸, 그저 한 방에…… (다시 정색을 하며) 또 왔습니다, 보살님. (기척이 없자 암자의 문고리를 잡아 흔들며) 안 계

신가요, 안에 아무도 없나요? 저, 들어갑니다……. (문을 벌컥 열어젖히고 안을 기웃거린다)

뒤미처 산 아래서부터 떠들면서 올라오는 방문객의 소리.

사냥꾼 보살님이 아시면 그 깐깐하던 성미에 가택침입죄라며 팔팔 뛰겠지……. (안으로 쑥 들어간다)

이윽고 올라오는 두 방문객.

김영숙 여기예요, 오빠.

김선일 (암자 앞뒤를 서성거리면서 심각한 어조로) 이럴 수가 있냐. 그래, 만류할 수가 없었단 말이지?

김영숙 (나무 그루터기에 앉으면서) 엄마의 고집을 알면서도 그러세요?

김선일 (한탄조로) 어머닌 무엇을 생각하고 계시는 것일까?

김영숙 아버지의 3년 상을 치르시곤 곧장 이리로 오셨어요.

김선일 내가 학위 때문에 아버님의 임종을 대하지 못했으니 어머님께선 몹시 불효를 나무라셨겠구나…….

김영숙 (씁쓸하게) 별루…….

김선일 어머님은 도통 말씀을 안 하시는 분이니까…….

김영숙 이번엔 어떤 수단을 다 동원해서라도 어머님을 꼭 모시고 들어가셔야 해요.

김선일 (침통한 얼굴로) 그럴 생각으로 나왔다.

김영숙 어머님이 오빨 보시면 놀라실 거예요, 너무 황망해서…….

김선일 미국서 한번 나오기가 그렇게 수월한 줄 아냐? 이번 기회에 영숙이도 함께 들어가자꾸나.

김영숙 동생들은 어떡하구요?

김선일 (고개를 번쩍 들며) 동생?

김영숙   아직도 오빠……?

김선일   (무뚝뚝하게) 내겐 너와 어머니밖에 없다.

김영숙   행여, 그런 오빠의 험상궂은 표정, 엄마가 보실까봐 무서워요.

김선일   천성이 어디 가겠니?

김영숙   오빠 감정이 없는 분이세요. 물리학을 전공해서 그런가요?

김선일   넌 국문학 교수라서 감정이 그렇게 헤프냐?

김영숙   많이 변했어요, 오빠.

김선일   미국이란 거대한 나라가 나를 이렇게 만들었다.

김영숙   몇 년 만이죠, 오빠?

김선일   꼭 12년 만이구나. 어머님을 뵐 면목이 없다. 이런 줄 알았으면 진작 나와 새끼 끈을 매서라도 어머님을 모시고 들어가는 것을.

김영숙   좋은 일도 아닌데 엄마의 출가를 오빠에게 알릴 수가 없었어요. 또 엄마의 불호령 같은 함구령도 있고 해서…….

김선일   (침울하게) 안다.

김영숙   박사가 되어 금의환향하셨으니까 엄마가 굉장히 좋아하실 거예요.

김선일   그럴까?

김영숙   (암자 문에다 대고) 어머니, 제가 왔어요. 미국서 오빠도 나오구요.

김선일   (불안한 표정으로) 안 계시는가 보구나?

김영숙   절에 올라가셨나…….

김선일   절이 머냐?

김영숙   기다려봐요, 길이 어긋나면 어떡해요.

김선일   앉자꾸나.

김영숙   전 아까부터 앉아 있어요. 오빠.

김선일   그렇구나!

김영숙   오빠 아직도 돌아가신 아버지에게 감정이 있죠?

김선일   지나간 일이다.

김영숙   가족에게는요?

김선일 (무뚝뚝하게) 없다.

김영숙 (회상하듯) 얼마나 훌륭하고 좋으신 분이었는데…….

김선일 (칼로 베듯) 감사하고 있다.

김영숙 (웃으면서) 오빠 끝까지 엄마 속이 아프게 총각으로 버틸래요?

김선일 너는……?

김영숙 독신이 좋아요, 자유롭고…….

김선일 나도 그렇다, 자유롭고…….

김영숙 그게 아니죠?

김선일 아니라니?

김영숙 (시니컬하게 웃으며) 콤플렉스죠. 아니면 숙명의 비극이죠. 우
린?

김선일 또, 또, 그 국문학자의 상투적인 센티멘털리즘이 나오느냐?

김영숙 (풀죽은 소리로) 엄마를 닮았나 봐요.

김선일 (심각한 얼굴로) 어머니의 번뇌는 뭐냐. 출가에까지 몰고 간 이
유가 어디에 있다고 생각하냐?

김영숙 (하늘을 우러르며) 몰라.

김선일 대답이 단순해서 좋구나.

김영숙 오빠 여자의 마음을 아세요?

김선일 몰라.

김영숙 (비꼬듯) 간결해서 좋군요!

김선일 일종의 자학일까?

김영숙 (내쏘듯) 몰라요.

이때 산 위에서 내려오는 황새을. 두 사람을 보고 놀라며 다가선다.

황새을 모르긴 뭘 몰라, 교수가?

김영숙 어머니!

김선일   선일이가 왔습니다. 어머니?

황새을   (한참 보다가) 아주 왔냐?

김선일   (어머니의 손을 잡으며) 용서하세요, 어머니. 전혀 몰랐어요.

황새을   (싸늘하게) 알았으면……?

김선일   아버님의 임종도 지켜드리지 못했습니다…….

황새을   아버지라고 했냐?

김선일   (고개를 숙인 채) 네…….

황새을   안으로 들어가자꾸나.

김영숙   오빠가 할 얘기가 있대요, 엄마.

황새을   10년이면 강산도 변한다는데 얘긴들 없겠니?

김영숙   어두운 암자보다는 널찍하고 시원한 여기가 좋잖으세요, 엄마?

황새을   구름도 가고, 바람도 가고, 새도 날고 좀 있으면 황새도 올게다.

김선일   어머니, 고향에 가고 싶죠?

황새을   고향?

김선일   (아픈 데를 찌르듯이) 평양의 기림리요.

김영숙   (법석을 떨며) 그래서 기림암이에요, 엄마?

황새을   (괴로운 표정으로) 내 일은 다 끝났다.

김영숙   이제부터예요, 어머니.

김영숙   (기세를 돋우듯) 오빠가 엄마를 미국으로 모셔간대요.

황새을   여기 아이들은 어떡허구?

김영숙   다 끝났다면서요, 어머니.

황새을   에민 완충지대로 남고 싶다.

김선일   (대들듯) 아니에요, 어머님의 뼛속 깊이 감추어둔 감정을 선일
        은 압니다. 속죄하러 이리로 오셨죠?

황새을   (눈을 크게 뜨고) 속죄?

김선일   (더욱 강하게) 네, 이북에 있는 아버지에 대한 속죄 말입니다…….

황새을   너, 미국 가서 박사 되더니 못하는 소리가 없구나…….

김영숙   오빠 이래도 되는 거요? 엄마의 가슴을 송곳으로 마구 찔러도
        되는 거요? (흐느낀다)

김선일   전 기억해요. 그날의 악몽을 잊을 수가 없어요. 설마, 어머님께
        서 모르신다고는 안 하시겠죠? (암전)

        E. 갑작스런 천둥소리. 다급한 따발총소리.
        교차되는 포성과 들끓는 아우성. 휘몰아치는 눈보라.

        무대는 1950년 1월로 소급된다.
        자유를 찾아 월남하는 피난민의 대열.
        서평양 남쪽에 있는 기림암(箕林庵)에 잠시 멈춰진다.
        암자 앞에 떨고 있는 젊은 날의 황새을이 영숙을 업고 다섯 살짜리
        선일과 일곱 살의 원일을 앞세우고 누군가를 초조하게 기다리고
        있다.

김원일   엄마, 아버진 왜 안 오지?

황새을   곧 오실 거다. 할아버지랑 할머니랑 모시고.

김선일   배고파, 엄마.

황새을   그래, 아버지가 더운 밥 싸가지고 오실 거다.

김선일   추워, 엄마.

김원일   (밉살스러운 눈으로) 난 아버지가 안 와서 걱정인데 넌 배고프
        고 춥니?

김선일   (울상으로) 그럼, 엉엉 울어야 해.

황새을   싸우지 마라. 아버지가 오시면 곧 떠나자.

김선일   어디루, 엄마?

김원일   그건 알아서 뭘 해?

김선일   그래두 난 알아야 해.

황새을   (귀여운 듯) 또 싸우냐?

김원일 아니야 엄마.

이때 다급한 발자국 소리와 함께 노태수(盧泰守) 등장

황새을 (사색이 되어 가지고) 어머님은요? 아버님은요? 왜 혼자 오세요?

노태수 한사코 우리더러 먼저 떠나라누먼…….

황새을 그럴 수 없어요. 우리, 집으로 다시 돌아가요, 죽으나 사나 같이 해요.

노태수 글쎄, 아버님이 엽총을 들고 나를 몰아내더라니까…….

황새을 엽총이요?

노태수 글쎄, 장롱 깊숙이 숨겨났던 엽총을 꼬나 메고 서슬이 시퍼래서 겨냥하며 빨리 가라는 거야…….

황새을 혼잔 싫어요, 돌아갈 거예요.

노태수 왜 혼자지?

황새을 (노기 서린 어조로) 당신, 무슨 말씀을 그렇게 하세요?

노태수 여보, 우린 며칠 후면 금방 돌아오게 될 거예요.

김원일 아버지, 나랑 같이 다시 다녀와요.

노태수 네가?

김원일 할아버진 나라면 꼼짝 못해요. 내가 가서 할아버지와 할머니의 목을 잡아끌게요.

황새을 그래 보시구려.

노태수 한 번 더 다녀올게. 여기 선일일 붙들고 꼼짝 말고 있어요.

황새을 날래 다녀오시라구요.

김선일 아버지, 형이 할아버질 끌고 오면 난 가서 할머닐 업고 올게.

노태수 (씩 웃으며) 자식, 넌 여기서 엄마하고 영숙일 지켜야지.

황새을 여보…….

노태수 여보…….

김선일 아버지…….

김원일 선일아…….

김선일 언니야. (울먹인다) (암전)

E. 다시 콩 볶는 듯한 총소리. 비를 뿌리면서 번개가 친다.
교차되는 스포트라이트.
점점 포성과 아우성이 멀리 사라지면서 무대가 서서히 밝아온다.
꿈속에서 깨어난 듯한 세 사람.

황새을 (염주를 굴리면서) 꿈이로구나! 인생 일장춘몽이라더니…….

김선일 피는 물보다 진하고, 과거는 지워지지 않습니다…….

황새을 (잠자코 북쪽 하늘을 쳐다본다)

김영숙 (어색한 분위기를 깨듯) 오빠, 저기 갈대숲을 보세요. 황새가 훨
훨 이리로 날아오고 있어요.

김선일 (아랑곳없이) 어머니, 저 이번에 미국서 시민권 따면서 성을 고
쳤습니다…….

황새을 (의심스러운 눈으로) 얘야, 지금 뭐라고 했니?

김선일 (침착하게) 30여 년간이나 지고 다니던 김씨 성을 버리고 노씨
성을 찾았습니다.

황새을 (충격으로 쓰러지며) 영숙아, 지금 오라비가 뭐라고 했니?

김선일 언제까지 김덕봉(金德奉)의 아들로 행세할 수 없잖습니까? 노태
수(盧泰守)의 아들로 남고 싶습니다.

김영숙 (날카로운 비명으로) 그런 배은망덕이 어딨어요, 오빠?

김선일 (차갑게) 안다. 대학까지 그리고, 미국에까지 유학시켜준 그분
의 후덕을…….

황새을 (눈을 멀거니 뜨고) 그분이라니……?

김선일 아니면, 이북에 홀로 남은 우리 아버지가 너무 불쌍해요. 지금

도 눈만 감으면 고사리 같은 손을 허우적거리며 할아버지와 할머니를 모시려 아버지와 함께 떠나간 형의 모습이 생생한 핏자국처럼 살아와요. 아물거려요……

김영숙 그런다고 우리의 불쌍한 연대가 씻겨지나요? 모두가 운명이에요, 오빠. 그런 역사적인 차원으로 아버지와 어머니와의 이별, 그리고 엄마의 재가(再嫁)도 수렴이 되어야 해요.

김선일 비극은 그 세대를 살던 사람의 유산으로 족하다. 우리에게까지 강요되거나 연장될 수는 없다.

황새을 (덤덤하게) 그래, 너 지금 어디에 묵었니?

김선일 호텔에 여장을 풀었습니다. 어머니.

김영숙 제 아파트에 가재두 막무가내예요, 어머니.

황새을 잘하는 짓이다. 형네 집도 있고, 아우네 집도 있는데…….

김선일 김 박사께서 왔더랬나요? 여기 몇 번이나 행차하셨나요? 생모(生母) 같으면 이런 데다 어머님을 방치해놔요. 이건 현대의 고려장입니다.

황새을 김 박사가 뭐냐. 한 번이라도 형이라고 부를 수 없겠니? 에미가 여기에 온 것은 어디까지나 내 의사로 결정했다. 너희들에게 의논해야 할 필요가 있겠니?

김선일 (비꼬듯) 어머님 댁의 장남께서도 아무 말씀 안 하시던가요?

김영숙 (울먹이며) 오빤 학문하는 학자로 알았는데 왜 자꾸 이러세요?

김선일 학자는 감정도 없다더냐? 난 이번의 고국 방문이 마지막이다.

김영숙 (심각한 얼굴로) 무슨 뜻이죠?

김선일 내 가문, 피 그루터긴 다 데리고 미국 들어가련다.

김영숙 난 안 가요.

황새을 너나 잘 다녀오너라. 나도 안 간다.

김선일 (초조하게) 어머니, 미국 가면은요?

황새을 어쨌다는 거냐?

김선일 미국의 시민권이나 영주권으로 평양 갔다 올 수 있어요. 생사만
      이라도 알아야 할 게 아닙니까?

황새을 (단호하게) 난 그런 파렴치한 짓 못한다.

김선일 파렴치하다구요, 어째서요?

황새을 헛공부했구나. 그걸 몰라서 묻니? 난 한국 사람이란다. 우리 정
      부가 허가하지 않는 한 죽어서 한(恨)이 맺혀도 안 가고 못 간다.

김영숙 저두요, 그런 비열한 루트론 안 가요.

김선일 언젠가는 모두 그렇게 됩니다.

황새을 그렇게 될 때까지 나는 안 산다, 못 산다.

김선일 어머니, 한국은 불안해서 못 살아요. 민주주의가 하나도 되어
      있지 않아요. 인권도 보장이 안 되구요.

      이때 암자 뒤에서 뛰어나오는 김세일의 충혈된 얼굴.

김세일 되어 있어요. 무엇이 안 되어 있다는 얘깁니까? 미국도 하루아
      침에 이루어졌답디까? 우린 지금 한국에 민주주의를 살리기 위
      해 노력하고 있는 겁니다. 머지않아 미군도 이 땅에서 물러갈
      겁니다.

김선일 (놀라며) 너, 너 세일이가 아니냐?

김세일 네, 맞습니다! 김세일입니다. 형은 미국서 창씨개명을 했다면서
      요? 좁은 땅에서 미스터 김이면 어떻구, 미스터 노면 어떻습니까?

김영숙 세일아, 너 어떡하자구 여길 왔니? 형사가 뻔질나게 찾아오더라
      구, 집에.

김세일 누나도, 엄마도 이젠 그 속셈을 다 드러냈군요? 돌아가신 우리
      아버진 일종의 자선가죠. 당신네들을 위한 기항지(寄港地)죠. 임
      시방편이었군요? 우리 집은 긴 세월 동안 피난민 수용소였군요?

황새을 (격분하여 치를 떨며) 닥치지 못하겠니? 넌 누구 뱃속에서 나왔

니, 이놈아?

김세일　나, 서울 갈 거예요, 어머니. 형 덕에 많은 것을 배우고 깨달았
어요. 이제, 데모 같은 거 시시해서 안 할 겁니다. 잡아가려면 잡
아가라죠. 얼마간 실컷 두들겨 맞고 나오죠. 물론 좌경도 없고,
용공도 있을 수 없어요. 어떻게 얻고 찾은 조국이라구요. 함부로
내놓을 수 있겠어요. 어림없어요. 용서 못합니다. 서울 가면 떳
떳하게 싸울 거예요. 이 땅에 민주화의 뿌리가 내리도록 정정당
당하게 맞싸울 거예요. 독재는 용서할 수 없고 더더구나…….

김영숙　그만 둬라, 안다…….

황새을　모두가 미쳐 돌아가는구나, 나무아미타불 관세음보살…….
　　　　　(염주를 굴리면서 합장한다)

이때 총소리.
비틀거리며 들어오는 황새. 몸뚱이에 선혈이 낭자하게 흐른다.
암자 앞에 어정어정 기어와서 슬픈 듯이 긴 목을 빼고 윤회한다.
춤을 추면서 벼랑 쪽으로 사라진다.
핏자국이 무대에 떨어진다. 아연실색하는 일동…….

황새을　(고함을 치듯) 황새가, 내 황새가, 아까 그놈이 쏘았구나. 그놈
은 형사가 아니라 밀렵꾼이 틀림없었어.

김영숙　그놈이라니요, 엄마?

김선일　어떤 놈이에요, 그놈이?

김세일　(영탄하듯) 자유의 천지를 지킨 수호신이 가는구나, 마지막 황
새가 한 마리가 죽어가는구나!

황새을　(정신 나간 듯이) 얘야, 어디로 갔니? 마지막 죽어가는 황새 한
마리를 지켜야지……. (더욱 슬픈 소리로) 황새야, 황새야…….
(울부짖으며 황새가 날아간 북쪽의 완충지대를 쫓아 달려가며
계속 소리친다) 황새야, 황새야, 나도 가자. 황새 따라 나도야

가자. (신들린 무당처럼 껑충껑충 뛰어간다)

김세일 어머니……! (따라간다)
김선일 어머니……! (소리친다)
김영숙 엄마……! (흐느끼며 사라진다)

절규소리가 메아리치는 가운데 무대 공백.
암자에서 엽총을 메고 나오는 사냥꾼의 얼빠진 얼굴.

사냥꾼 나는 쏘지 않았는데, 나는 쏘지 않았는데, 황새를 누가 쏘았는
가? 마지막 죽어가는 황새 한 마리를 위해 밀렵꾼을 찾아 나서
야겠다. 누가 이 땅의 자유를 죽였는가? 정녕 황새는 사라졌는
가? 나는 보았다, 들었다. 그러므로 간다.

비틀거리며 산 아래로 내려가는 가운데 무대 F · O로 칠흑 같은 암
흑. 불안하게 계속되다 소리 들린다.

E. 155마일 완충지대에서 총소리가 요란하게 들리고 난 다음 날,
도하 각 신문에는 다음과 같은 기사가 톱으로 실렸다.

죽어가는 마지막 황새,
한 마리를 따라
휴전선을 넘어가던
늙은 보살 한 분이
우거진 갈대숲에서
피 묻은 황새의 날갯죽지를 붙들고
마지막 황새 한 마리처럼
총에 맞고 지뢰를 밟아
숨을 거두었다.
분명(分明), 무어라고 소리 지르며

달려간 것 같았는데
아무도
그 소릴 들은 사람은 없었다.
그곳은
이 지구상의 오직 한 군데
금인지대(禁人地帶)였으니까…….
새가 날고,
들짐승이 들썩거리고
구름이 떠가고,
바람이 불 뿐
아무 소리도 듣지 못했다.
다만, 바람결에
'감'이라는 소리만 길게
어슴푸레 들려왔다고
전해지는데…….

'감'은 무엇일까?
무엇의 대명사일까?
어간(語幹)일까, 어미(語尾)일까?
수수께끼는 앞으로도 계속된다…….

M. 베토벤의 운명의 곡이 고조되면서 서서히 막이 내린다.

환한 무대.
흩어지는 관객.
남은 것은 무엇일까……?

광란의 거리

정상들의 맞잡은 손,
그 속내를 아무도 모른다…….
아래가 후물적 거린다.
항차 조국의 운명이 어디로 갈 것인가?
어떤 결과를 초래할 것인가.

• 때

　77년도 겨울. 통금에 묶인 시간부터 해제되는 사이.

• 곳

　서울 어느 변두리에 있는 파출소 안.

• 등장인물

　안이민 (48세) 무직

　조국녀 (46세) 그의 아내

　안뿌리 (25세) 그들의 장남

　안줄기 (23세) 그들의 장녀

　안가지 (21세) 그들의 차녀

　한옥산 (68세) 그들의 노모

　강안숙 (22세) 안뿌리의 애인

　민경사 (44세) 파출소 소장

　김순경 (33세) 파출소 순경

　오순경 (31세) 파출소 순경

여관주 (63세) 이들 가족이 유숙하고 있는 여관 주인

기　타 안자리, 안둥지 등

• 무대

막이 오르면 무대 (F · I)

통금 사이렌이 길게 울려 퍼지는 가운데 긴박감을 주는 방범대원의 요란스런 호루라기소리. 절박하게 뛰어가는 구둣발소리. 어수선한 분위기가 얼마간 계속 되다 멈추어지면서 갑자기 스며드는 정적과 공허 속에 파묻힌 어느 변두리의 파출소 안.

멀리서 유유자적하게 들려오는 노랫가락, 점점 가까워 온다.

안이민　(조금은 비장하게)

간다 간다 나는 간다/너를 두고 나는 간다

잠시 뜻을 얻었노라/까불대는 이 시운이

나의 등을 내밀어서/너를 떠나가게 하니

이로부터 여러 해를/너를 보지 못할지니

그동안에 나는 오직/너를 위해 일할지니

나 간다고 설워 마라/나의 사랑 한반도야!

나의 사랑 한반도야…….

술에 곤드레가 된 안이민이 등장하여 파출소 안을 기웃거리다 안으로 쑤욱 들어간다.

안이민　(흐느끼듯) 조국의 여러분들, 안녕하슈? 어떻습니까? 저하고 딱한 잔만 마지막 이별주를 나누지 않으시렵니까? (소주병과 오징어 다리를 꺼내어 책상머리에 탁 놓는다)

민경사　천국에라도 가시나요? 오 순경, 보호실로 데리고 가.

안이민　천만에요. 이 길고 지루한 밤을 술 아니고 넘길 수가 있든가요? 게다가 찹쌀막걸리가 나왔다는데 그걸 안 마시고 간대서야 어

디 체면이 서겠어요? 나 말이요. 굉장히 슬프단 말입니다. 30년을 이 땅에 살면서 한 번도 통금에 걸린 적이 없었거든요.

민경사 그래서 어쨌다는 거요? 우량시민으로 표창이라도 하라는 겁니까, 아니면 댁에까지 호송해 드릴까요?

안이민 (펄쩍 뛰며) 아니지요. 그 반대요.

오순경 반대라면 잡아 가둘까요. 아저씨?

안이민 불감청이언정 고소원이외다. 그런데 선생께선 나하고 생질간이던가요? 민중의 공복 씨께선 이제 촌수의 개념마저 공무에 시달려 까먹으셨군.

민경사 (언성을 높이며) 오순경, 언중유골이란 말 아나? 긁어 부스럼 만들지 말고 그 친구, 집이 이 근처면 아예 데려다 주고 와.

안이민 (빈정거리며) 친구? 아저씨에서 이번엔 친구로 전락했군. 과히 싫지 않군요, 그 소린. 허지만 호의는 깨끗이 거절하겠습니다요. 나 말이요, 오늘 기분이 몹시 유쾌해요. 기념으로 한 번 기록을 깨고 싶다 그거요.

오순경 기록이요?

안이민 (호방하게) 둔하시군요? 그거 모르죠? 이건 어디까지나 자발적이고 의도적입니다. 30년간을 하루도 어기지 않고 통금에 맞추어 꼬박꼬박 집에 들어갔다고 생각해보세요, 얼마나 억울한가? 오늘은요, 그 지긋지긋한 통금망에 걸려 갓 잡은 생선처럼 팔딱거려 보고 싶다 그 말이오.

민경사 (화난 듯) 별 말 뼈다귀 같은 소릴 다하고 자빠졌네. 대관절 집이 어디요?

안이민 (다소 감정적이 되며) 어허, 친구에서 이젠 말 뼈다귀로 하락했군. 좋시다! 집이요, 그런 게 제게도 존재했던가요?

오순경 주민등록증 좀 봅시다.

안이민 뭐라고 하셨죠? (갑자기 울상이 되며) 그게 있을 땐 난 이렇게 허전하지 않았어요. 물론 통금 따위 겁나지도 않았구요. 어딘가 아직 칡뿌리처럼 얽힌 소속감이 있었거든요. 헌데 그놈을 헌납하고 나니까 삽시간에 외롭고 찬바람이 밀려오더군요. 선생들하고도 이렇게 이질감, 소외감이 생기지 않을 수가 없군요. 바람 빠진 풍선처럼 폭삭 꺼져버렸어요. (구성지게 목청을 돋우며) 간다 간다 나는 간다 너를 두고 나는 간다. 잠시 뜻을 얻었노라…….

민경사 미쳤군! 처넣어.

오순경이 끌고 안으로 사라지면 김순경이 안뿌리와 강안숙을 대동하고 등장.

김순경 거기 앉아.

민경사 뭐요, 그건 또?

김순경 임검에서 체크했습니다.

민경사 학생들 아니야?

김순경 학생인지 뭔지 신분증이 있어야 확인하죠. 호텔방에 끼고 자빠져서 바락바락 덤벼들기에 일단 연행했습니다.

안뿌리 (대들 듯) 언제 끼고 자빠졌습니까, 우리들이? 제발 유치한 속단은 마세요.

민경사 (비꼬듯) 고상한 한 쌍이군.

김순경 참외밭에 들어갔다 나오면서 오리발 내미는 격이죠. 호텔에 가면 으레 결론이 그렇구 그렇게 나는 게 상례가 아닌가, 학생?

강안숙 보셨나요? 그렇게 될 수도 있고 안 될 수도 있잖아요?

민경사 어허, 현장을 확보해라 이거지? 대체 될 수도 있고 안 될 수도 있다는 그 한계점은 뭐요?

강안숙 (야무지게) 알고 싶으세요? 그건 영원히 건너지 못할 세대 차이죠. 좀 더 구체적으로 말씀 올릴까요? 상황 문제죠. 젊음에 대한 일종의 시기죠, 안 그래요?

민경사 (책상을 꽝 치며) 처녀가 앨 낳아도 할 말이 있다더니 대단하시 군. 어디야, 학교는?

강안숙 호텔하고 학교가 무슨 관계라도 있나요?

민경사 (약이 바짝 올라서) 참작의 여지가 없군. 김순경, 즉결로 회부해.

안뿌리 즉결로요? 형법 제 몇 조에 그런 게 있습니까? 우린 통금에 걸 린 것도 아니잖습니까? 엄격히 말해서 소나기를 비키려고 남의 집 처마 밑으로 들어간 것도 침입죄가 성립되나요?

민경사 가르쳐줄까? 똑똑한 학생들이니까 이해도 빠르겠지. 혹시 경범 죄라는 말 들어봤나?

안뿌리 왜, 내란죄는 아닌가요? (강하게) 이것 보세요? 저흰 미성년자 가 아니란 말입니다. 신성한 국토방위의 의무도 마쳤구요. 그런 데도 뭐가 또 부족하신가요? 예비군도 꼬박꼬박 나가구요…….

김순경 이 자식이. (한 대 후려친다)

안뿌리 (입술을 깨물며) 좋군요. 편리하시군요. 오래도록 그 주먹맛을 기억해두겠어요. 마지막 밤 치고는 퍽 스릴 있는 액션입니다. 감사합니다. 이것도 애정 표시라고 생각하죠.

민경사 꼭 죽으러 가는 사람 같군. 무슨 우여곡절이라도 있나? 어디 그 스토리 좀 들어볼까? 우린 학생들을 보호하자는 일념밖엔 다른 뜻이 없어요.

안뿌리 보호요? 제가 고안가요? 정신박약안가요? 때려눕히고, 가둬 눕 히고 무슨 놈의 얼어 죽을 보훕니까? 우린 벌써 모든 걸 포기했 어요. 밀려나는 주제에 즉결이면 어떻구, 영결이면 어쩔라구요. 마음대로 하세요. 구류기간이 29일이면 그만큼 체류기간도 길 어지겠군요? 우리 아버지, 참 좋아하시겠네.

김순경 (고함치듯) 미쳤군! 소장님, 소원대로 해주죠? 미친 자에겐 약이

따로 없습니다. 청량리 뇌병원으로 보내 내부 수리를 시키거나 몽둥이찜질을 받게 하는 것이 십상이죠.

강안숙 미쳐요, 누가요? 여기가 어디죠? 혹시 정신병원은 아니겠죠? 선생님들은 정신병원의 닥터? 아니면 환자…….

　　이때 안에서 고함치는 안이민의 소리

안이민 간다 간다 나는 간다. 너를 두고 나는 간다. 잠시 뜻을 얻었노라…….

민경사 (꽥 소리를 지르며) 시끄러! 저건 뭐야? 창도 아니구 수심가도 아니구 시조도 아닌 게 왜 저렇게 청승맞아?

강안숙 (비꼬듯) 조예가 깊으시군요, 소장님은?

민경사 (다소 무안쩍게) 그런 걸 일일이 내가 알아야 할 의무가 있다고 생각해?

강안숙 (배시시 웃으며) 그럼 도둑은 112, 간첩은 113으로, 이거면 되겠네요. 허지만 이건 어디까지나 기본 상식에 속하는 문제죠. 그 유명한 것도 모르시고 어떻게 민중의 지팡이 노릇을 하세요?

민경사 (빙그레 웃으며) 똑똑한 아가씨군! 밤거리를 누비고 다니는 처녀치곤 좀 아까운 걸. 우린 육법전서만으로도 족해요. 무식해서 미안해요.

안뿌리 밤거리의 여인이라고요? 뭐 눈엔 뭐만 비친다더니 지팡이도 이젠 곰팡이가 피었군요.

민경사 닥쳐! 입만 살아서 노닥거리는 놈이 난 딱 질색이야.

강안숙 그만둬요, 뿌리 씨. 도산 선생의 거국가를 착각하는 사람들에게 진실을 털어놔 봐야 그건 마이동풍일 거예요.

민경사 유식하군. 난 학생들처럼 대학 문턱에도 못 가본 사람이요. 물론 호텔 같은 데도…… 그러니 무식할 수밖에. 아까 뭐랬지? (사이) 세대 차이, 상황 문제라고 했것다. 어디 그 빤질빤질하게 생긴 진실이란 고백 좀 들어보자구? 탁 터놓고 대화해보자구?

안뿌리 (심각해지며) 사실은…….

민경사 (구미를 당기듯) 뭐지? 자수하는 것도 아닌데 뭘 망설이냐?

안뿌리 (용기를 낸 듯) 내일, 아니군요. 벌써 날이 샜군요. 오늘 10시 비행기로 고국을 떠납니다. 전.

민경사 (대수롭지 않게) 교포군?

안뿌리 정말 통하지 않는군요. 제가 어디 교포 같은 냄새가 납니까? 구질구질한 이 옷 좀 보세요.

민경사 그럼, 하버드 대학에로 유학 가시나?

안뿌리 (반발하듯) 이민 갑니다. 이민요. 이제 시원하시겠습니까?

민경사 좋군! 그래서 출국 전야에 축제 무드를 잡다가 애인하고 붙들려왔다 이거지? (좀 신중해지며) 자네, 유기란 말 아나? 직무를 태만하면 직무 유기고, 조국을 팽개치면 그것도 일종의 조국 유기지. 돈도 많이 가지고 가겠군?

안뿌리 돈요? (어처구니없이 한참 쳐다보다가) 돈엔 꽤 관심이 많으시군요? 한 10만 불쯤 가지고 간대야 속이 좀 후련하시겠습니까? (내뱉듯) 이래봬도 우린 재벌이니까요.

강안숙 (안절부절못하며) 왜 이러세요, 뿌리씨?

안뿌리 (아랑곳없이) 좀 나누어 드릴까요? 전화 한 통이면 당장 몇 백 불쯤 야식비로 제공할 수도 있습니다.

민경사 (경멸하듯) 뭐 눈엔 뭐만 비친다는 이야긴 분명히 자네들이 했것다? 재벌의 아들답군, 당당한 기세가…….

안뿌리 (더욱 빛나가며) 맞아요! 이를테면 재벌의 2세인 셈이죠. 혹시 주간지에서 7공자를 다룬 원색화보를 보신 일이 있나요. 거기 저의 원숭이 같은 얼굴도 끼어 있었을 텐데요.

민경사 (유들유들하게 보조를 맞추며) 귀하신 공자께서 이런 누추한 델

왕림하셔서 어떡헌다지? 왜 진작 자초지종을 이실직고하지 않았나?

안뿌리 언제 자수할 여유를 주셨나요?

민경사 (조금은 불안하게) 김순경, 반항한다고 무턱대고 연행하면 어떡허나? 신분을 파악해야지. 신분을.

안뿌리 (빈정거리듯) 신분증이 없었거든요. 다음부턴 재벌 2세라는 신분증을 휴대하고 다닐게요.

민경사 (울화가 치밀듯) 이봐! 난 산전수전 다 겪은 인생의 베테랑이야. 재벌이라면 꺼뻑 숨넘어갈 줄 알았겠지만 완전 오산이야, 그건. 집으로 연락하는 게 우리 경찰의 의무거든. 누구야, 아버진?

안뿌리 (더욱 신나서) 그것 보세요, 겁나죠. 금세 들통이 나는 걸 가지고 뭘 그렇게 위장을 하세요.

민경사 (발끈해지며) 자꾸 이렇게 나오면 공무집행 방해죄로 학생을 유치장에 처넣을 거요.

안뿌리 그렇게 되면 공갈죄는 어떻게 되는 겁니까?

민경사 (다시 침착해지며) 학생의 거처와 보호자를 확인해야 한다는 것은 우리 경찰관의 신성한 의무지. 법대를 했나? 입씨름엔 도저히 당해낼 재주가 없군.

안뿌리 꼭 이실직고해야 되나요? 흥미진진하죠?

민경사 그건 학생의 자유지만 묵비권은 오히려 학생에게 불리할걸.

안뿌리 이젠 감언이설로 나오시는군요.

강안숙 (몸이 달아서) 왜 이러세요, 뿌리 씨? 고리키의 검찰관이 되고 싶으세요?

민경사 (후다닥 놀라며) 뭐, 검찰관? 누가?

안뿌리 노루란 놈이 제 방귀에 놀라 쫑긋 십리를 내달린다는 이야기 아세요?

강안숙 (거의 필사적으로) 뿌리 씨!

민경사 (심각한 얼굴로) 대관절 학생은 누구요? 신분 파악 좀 합시다, 우리.

안뿌리 이젠 제 이름이 알고 싶은가요? 뿌리예요, 뿌리. 나무뿌리도 모르세요?

민경사 (큰 소리로) 학생!

안뿌리 왜요, 알고 싶소? 우리 아버지 성함은요, 단…….

민경사 단, 누구요?

강안숙 (뿌리의 입을 막으며) 뿌리 씨!

안뿌리 괜찮아. 이분이 아까 그랬잖아? 뭐든지 솔직한 게 좋다고.

민경사 맞아요! 학생은 참 두뇌 회전이 빨라서 좋군. 비밀을 보장해달라면 그것도 내가 책임을 지지. 어디지, 집은?

안뿌리 (태연하게) 집은요, 백두산 아래…….

민경사 (다급하게) 춘부장 이름은?

안뿌리 단군왕검…….

민경사 (얼굴이 새파래지며) 뭐가 어째? 이 개 같은 새낄…….

한 대 후려치면 구석받이에 나가떨어지는 안뿌리. 다시 비실비실 일어서며

안뿌리 (시니컬하게 웃으며) 뭐가 잘못 되었나요? 별로 나쁘게 말한 기억이 없는데요? 그 어른을 아버지라고 부르면 안 되나요? 옛날엔 국부라고 부르던 어른도 있었고, 애들은 단군 할아버지라고 잘도 부르데요.

민경사 너, 이 새끼 빨갱이구나? 불경죄로 검찰에 넘길 거야.

안뿌리 어째서 그게 빨갱입니까? 그런 논법이면 애들이 소장님더러 순경아저씨라고 부르는 것도 빨갱이가 되겠네요? 소장님이 자꾸 아버지 성함을 들먹이니까 보통짜리 우리 아버지 이름쯤 골백

번을 외워봐야 뇌에 기별이나 가겠어요? 제 딴엔 소장님의 이해를 촉진시키자는 뜻에서 한 말인데 어째서 그렇게 물가가 뛰듯 껑충껑충 비약하는 겁니까? 그 어른을 아버지라고 하면 안 되나요? 국부나 할아버진 괜찮구요?

민경사 (궁지에 몰리듯) 김순경, 처넣어. 생각이 아주 불순해…….

강안숙 (야무지게) 일을 자꾸 엉뚱한 데로 확대시키지 마세요. 이분은…….

민경사 또 이분이요? 아가씨도 동류야. 까불면 방조죄로 기소할 거야.

강안숙 (참다못해) 어떤 게 사상이 온전한 건가요? 뿌리 씨는 내일 고국을 떠나요. 조국에서의 마지막 밤을 그렇게 앉아서 석별을 나누는 것도 불온한가요? 우리 세대엔 그런 자유도 없나요? 제발 그 호텔로 우릴 도로 보내주세요.

민경사 (기염을 토하듯) 난 말이오, 조국을 팽개치고 이민 가는 사람들을 따라다니면서 말릴 열성까진 못 가져도 내 앞으로 법에 걸려 들어온 사람을 용서할 아량은 추호도 없어요. 그런 퇴폐적인 이별식에 동조할 수 없어요.

안뿌리 (비꼬듯 머리를 숙이며) 존경합니다, 당신을. 사랑합니다, 당신을. 눈을 번쩍 뜨게 해서 감사합니다. 소장님에게 애국훈장이라도 달아 드리고 떠나고 싶군요. 하지만 우린 조국을 버리고 떠나는 것이 아닙니다. 조국에서 쫓겨나는 겁니다. 더 이상 버티지 못하고 밀려나는 사람들을 보셨나요? 아버진 아직도 일할 나인데 무직이고 그런 대로 끼닌 꼬박꼬박 거르지 않고 이어간다고 칩시다. 뭘 가지고 대학엘 가요? 동생들의 교육은 또 뭘로 시켜요? 우리도 조국 산천에 뼈를 묻는 행운아가 되고 싶답니다.

민경사 그게 무슨 궤변이야. 밀려나는 거나, 버리고 가는 거나 조국을 등지는 건 피장파장이야.

안뿌리 (격분하듯) 어째서 그게 같은 용어로 쓰입니까? 소장님은 애국자와 비애국의 구분도 못하시는군요? 우린 견디려고 했어요. 안 가려고 발버둥쳤어요. 우리 아버지요, 자그마치 4반세기나 근속하던 직장에서 하루아침에 밀려났어요. 이유가 뭔지 아세요? 눈꼴이 시어서 더 이상 참을 수가 없더래요. 무슨 눈치냐구요. 아랫사람들의 숙직비, 출장비를 떼어 먹더래요. 도장을 못 찍겠다고 대어들었더니 다음부턴 일을 안 맡기더래요. 그래서 깨끗이 사표 써주고 나왔대요. 쥐꼬리 같은 퇴직금, 다 까먹었죠. (사이) 외판원, 양계업, 채권장사, 과일장사, 귀천을 가리지 않고 숱한 직업으로 전전하셨죠. 허지만 이젠 이에서 신물이 난대요. 어디 가서 그만큼 일하면 못 살아요? 그래서 버렸죠. 새 천지를 택했죠. 그런 건 이미 끝났으니까 아무래도 좋아요. 여기 미스 강만이라도 호텔로 돌려보내주세요. 이렇게 애원합니다.

강안숙 (강하게) 애원할 필요 없어요. (민경사에게) 전화 좀 빌려주시겠어요, 아저씨?

안뿌리 (고함치듯) 안 돼! 전화하면…….

강안숙 (집요하게) 전화 좀 빌려주시지 않으시겠어요. 아저씨?

민경사 (일언지하에) 안 돼!

강안숙 왜 안 되죠? 쓰자는 전화 아닌가요? 죽었는지 살았는지 말만 한 처녀가 집에다 연락쯤은 할 권리가 있잖아요?

민경사 대담무쌍하군? 그래, 집에다 뭐라 전활 할래나? '엄마, 나 남학생하고 호텔에서 자는 걸 임검에 걸려 지금 파출소에 연행 당했어. 살려 줘' 하고 소리 지를 거야? 그럴 용기가 있다면 김순경, 이 아가씨 전화박스로 정중하게 모시고 가.

강안숙 흥미진진하시겠네요? 감시할 것도 없어요. 홀이 떠나가도록 크게 외칠 테니까요.

민경사 얼굴에 철판을 깔았군.

강안숙 (맞서듯) 사랑 때문에 왕관을 버렸다는 이야기 못 들으셨죠? 이

렇게 말하겠어요. '여기 젊음을 시기하고 청춘을 도둑질하는 사
람들이 푸른 초원에 까만 페인트칠을 한다고……'

안뿌리 안숙이!

강안숙 걱정 마세요. 우린 하나도 비도덕적인 행위를 한 적이 없잖아
요? 단지 송별 파티를 하는데 내가 여자라는 사실 외는 모두가
지극히 정상적인 플레이예요.

민경사 그렇죠! 영리한 아가씨군. 호텔이란 단어만 빼지 않는다면야?

강안숙 그렇죠! HOTEL 그걸 열 번쯤 녹음테이프에 넣어 크게 반복할
게요.

민경사 당돌하군. 뭘 믿고 까불지, 학생.

강안숙 인권 옹호 주간을 믿지요. 아직 멀었나요?

김순경 (참다못해) 무슨 뚱딴지 같은 누명을 뒤집어씌우려고 책동하는
거야. 인 줘, 전화번호?

강안숙 걸어주시겠어요, 친절하게시리. 그럼, 여기로 해주실래요? 우리
아버지 있는데요. (메모지에다 전화번호와 이름을 적어 넘긴다)

김순경 (홀깃 보며) 웬 전화번호가 이렇게 길어? 여기가 어디지?

강안숙 어딘지 먼저 알아야 전화 거시겠어요? 한번 걸어보세요. 누가
나오나? 퍽 재미있을 겁니다.

민경사 왜 그래, 김순경! 김순경이 직접 통화해봐.

김순경 네에, 그러죠. 헌데 좀…….

민경사 뭔데 그래. 이리 가져와봐.

김순경 아닙니다. 제가 걸죠.

전화 다이얼을 돌리면 그쪽으로 조용히 다가가서 전화기를 누르는
안뿌리.

안뿌리 안 하시는 게 복잡하지 않을 겁니다. 그건 또 피차를 위해서 해

롭지 않을 겁니다.

김순경　협박인가?

안뿌리　그럼, 기어코 돌리시렵니까? 우린 구치되어야 할 아무런 이유가
　　　　없다는 점을 특히 유념하신다면 마음대로…….

민경사　뭘 꾸물거려, 햇병아리 같은 것들에게 말려들지 말고 통금이 해
　　　　제될 때 와서 데려가라고 해. 그 부모라는 작자들의 낯짝을 좀
　　　　보게.

김순경　(기운을 내듯) 그런데, 소장님? 이상하지 않습니까, 전화번호의
　　　　단위가?

민경사　(메모지를 뺏어 들고) 뭐하는 데야, 여기가? 여기 적힌 사람 누
　　　　구야? 집이야, 기관이야?

강안숙　(생글거리며) 이름 노이로제에 걸리셨군요? 아이 불쌍해라. 걸
　　　　어보시면 아실 텐데…….

민경사　(신음하듯) 음, 이 친구를 저리 데리고 가. 내가 확인하지.

　　　　김순경과 함께 벤치에 가서 앉는 두 사람, 전화기 앞에서 다이얼을
　　　　돌리는 민경사.

민경사　아, 여보세요, 뭐요? 미국 대사관이라구요? 빌어먹을 새끼
　　　　들…….

　　　　수화기를 탁 놓고 천장을 한참 노려보는 사이. 파출소 안을 기웃거
　　　　리는 한옥산의 등을 떠밀고 들어서는 오순경.

오순경　할머니도 통금 위반이세요?

한옥산　아 아니에요, 늙은이가 잠이 안 와서 찔름찔름 행길까지 나와
　　　　본다는 것이 그만 예까지 왔네요.

오순경　(웃으며) 아드님이 아직 귀가 안 했나보죠?

한옥산　(무뚝뚝하게) 어떻게 그리 잘 맞추시우? 이런 일일랑 예전엔 통

없었는데 오다가 통금에 걸렸나 해서 기웃거리는 거요. 잡았거
던 애아범 놔줘요. 네에 젊은 양반?

오순경 그래 계십니까, 여기?

한옥산 (두리번거리며) 원 어두워서, 뭐가 뭔지 잘 모르겠군요.

오순경 어디 사세요, 할머니? 이 동네 노인들하곤 대개 수인사하고 지
내는데요.

한옥산 (시무룩해서) 집이요? 지금 여관에 있어요 우린.

오순경 여관하시는군요, 할머니. 이름이 뭔데요?

한옥산 피양여관이오.

오순경 네에, 저 가발 공장 뒤에 있는.

한옥산 몰라요.

오순경 제가 모셔다 드릴게요, 가시죠, 할머니?

한옥산 (완강하게) 싫수. 여기 있다 통금이 해제될 때 아범하고 함께 나
갈라우. 좀 찾아줘요.

오순경 (웃으며) 술고래신가 보죠, 아드님께선?

한옥산 (정색을 하며) 어림 서푼어치도 없는 소리 말아요. 우리 아들요,
소문난 효자라우.

오순경 그럼, 왜 늦습니까?

한옥산 (숙연해지며) 우리 내일 미국으로 이민 떠난대요.

오순경 네엣?

한옥산 (들은 척도 않고) 고향 버리고 가긴 싫지만 어쩔 도리가 없구먼
요. 우린 내일 미국 가요, 비행기 타구.

민경사 (벌떡 일어나며) 돌았군, 모두 오늘밤은 왜 이렇게 조용한 거리
가 술렁거리지? 오순경. 데리고 나가.

이때 고함소리에 고개를 드는 안뿌리.

안뿌리 뭐라구요, 맹물에 조약돌 삶은 맛이죠. 뭐 드릴까요? 소금요? 아니면 묵직한 건데긴 어떠세요? 아예 현금으로 할까요? 달러는 어떠세요? 내일 아침, 에잇 자꾸 혀가 헛돌아서 제겐 아침 일찍이 비행장에 나갈 택시 값만 있으면 족하니까요.

강안숙 (뚜벅뚜벅 걸어나가 핸드백을 열며) 아무래도 우린 숙맥인가 보죠? 죄송해요, 절벽이 돼서. 빳빳한 지폐로 단판거릴 할까요? 진작 그러시죠, 아저씨두.

민경사 (어이없이) 미쳤군? 모두 소용돌이치는군. 학생이구, 늙은이구, 젊은이구 모두 황금벌레군.

한옥산 (홱 돌아서며) 그게 웬 소리여? 미쳤다고, 내가? 그리고 뭐라고 했소, 지금? 우리가 황금벌레라고……. 그래, 버러지가 아닌 사람들이 모여 사는 사회가 돼서 내 아들의 등을 밀어내? 갠 미국에 갈 애가 아니여. 어느 모로 보나 여기 남을 애지. 이북에서 빨갱이 등쌀에 땅 잃고 모두 잃었지만 그래도 우린 그걸 이남에 와서 도로 모조리 찾았다구. 그런데 우린 서울을 떠나야 한다구. 애비가 실직을 했다우, 5년째. 서울을 떠나는 심정을 당신들이 눈곱만치나 알구서 날 돌았다고 해? 우린 미국 가도 미국사람 안 돼! 어림도 없지!

민경사 (웃으며) 마치 우리가 할머니네 가족을 몰아내는 것 같습니다. 공연한 푸념 마시고요? 가시거든 할머니 부디 건강하게 잘사세요.

한옥산 (독기가 나서) 아니면, 어쩔거여? 산 설고, 물 설은 말도 안 통하는 만 리 이역 땅에 가서 잘살라구? 이놈, 악담을 해도 분수가 있지. 날더러 미국 귀신이 되라고? 저주하는 거여, 뭐여? 나 아무 데도 안 가요, 안 가고말고.

민경사 오순경, 데리고 나가. 오늘밤은 이 변두리가 왜 이렇게 소란스럽지? 숨이 꽉꽉 막히는 한증막 같군.

한옥산 (떼쓰듯) 안 나가요, 이 늙은이도 오늘밤은 여기서 샐거요. 이러

다가 날이 새면 어디선가 아범이 삐죽 나타나서 이 할망굴 데려
갈 게 아니요.

오순경 (딱한 듯) 이러시다 상부에서 알면 우리가 꾸중 듣습니다. 저기
보세요. 통금에 걸린 사람들이 득실거리죠? 할머님 특별히 저희
가 보살펴 드리는 겁니다. 자, 나가시죠?

한옥산 (안으로 더욱 들어가며) 나가요? 어딜요? 혼자선 싫소. 저 우리
속에 내 아들이 갇혀 울부짖나 좀 살펴봐야겠어요. 애비야, 애
비야? (구슬픈 소리 공간에 메아리친다)

오순경 그쪽으로 가시지 마시고 이쪽 통로로 나오세요. 할머니? 제기
랄······.

한옥산 (사방을 더듬으며) 어이구, 쯧쯧······. 편안한 내 집 두고 이게
무슨 꼴이람! 돈 안 드는 여인숙이군.

이때 출입구를 황망히 밀고 들어서는 조국녀와 안가지 모녀.

안가지 할머니가 없어졌어요. 우리 할머니가 갑자기.

민경사 차근차근 얘기해봐요. 무슨 돌발사고라도 일어났습니까?

조국녀 어머님이 실종되셨어요.

민경사 (놀라며) 실종이라니요? 유괴 사건인가요? 그게 언제입니까?
시간은요? 장소는? 이유는? 누구하고 원한 관계라도 있습니까?
하여간 가봅시다, 현장에.

안가지 그게 아니구요. 금세 계셨는데 기척도 없이 할머니가 사라졌어요.

민경사 사람을 놀라게 하시는군요. 혹시 노인께서 측간에라도 가신 게
아닙니까?

안가지 (놀라며) 측간요? 그게 어딘데요?

민경사 (조금은 유식한 척하며) 흔히 노인네들은 화장실을 그렇게 말하죠.

조국녀 (귀담아 듣지 않으며) 계실 만한 곳은 안팎으로 다 살펴봤어요.

분명히 누워 계시는 걸 봤는데⋯⋯. 불찰이죠, 제가 잠깐 눈 붙인 사이에 이런 불상사가⋯⋯.

민경사 (날카롭게) 부인은 뭘 보고 불상사라고 단정하죠? 숨기지 마시고 여기 앉아서 이야기 다 하세요. 수사에 도움이 될 테니까요.

안가지 (발끈해지며) 수사라니요? 우리가 범인이에요, 아저씨?

민경사 이를테면 그렇다는 이야기죠. 그런데 노인네 춘추가 대체 어떻게 되셨나요?

안가지 춘추? 그럼, 고희, 아세요, 아저씨?

민경사 아가씨 퍽 유식하군. 알았어요. 이제 가봐요. 지금쯤 돌아오셔서 편히 주무실 겁니다.

조국녀 아닙니다. 대문의 빗장이 안에서 벗겨져 있었거든요. 바깥으로 나가신 겁니다. 하수도에라도 빠지지 않으셨는지 모르겠어요?

민경사 부인은 참말 이상스런 말만 골라 하시네요. 하필 위험한 하수도가 나옵니까? 가십시다. 단순한 노망기가 아니군요?

한옥산 (안에서부터 천천히 나오면서) 망할 자식! 무슨 길이라고 출국 전에야 애미 속을 태울 건 뭐람.

안가지 (목소리를 듣고) 할머니?

조국녀 어머님?

한옥산 (허겁지겁) 웬일이야, 이 밤에?

조국녀 어머님두, 잠자코 나오시면 어떡해요?

한옥산 그래 아범은?

안가지 아빠두, 오빠두, 언니두, 다 감감소식이에요.

한옥산 잘 하는 일이다! 우리 집 대어들이 통금망에 모조리 걸린 모양이구나.

조국녀 (머리를 숙이며) 정말 죄송합니다. 우리 식군, 날이 새면 미국엘 간답니다. 제발 우리 집 그 양반 좀 찾아주세요, 네?

민경사 (조금 도도해지며) 참 딱도 하십니다. 그런 정신 자세 가지고 어떻게 남의 나라에 가서 사시렵니까? 누가 공짜로 밥을 준답디까? 돈벼락이 쏟아진답디까? 하늘의 별 보듯 걸핏하면 이민, 이민 하지만 거긴 생존경쟁이 여기보다 심한 데랍니다.

안가지   (뾰로통해지며) 모르면 국으로 가만히나 계세요. 아빠랑, 오빠랑, 언니랑 조국에서의 마지막 향수에 젖고 싶은 거예요. 뭔가 아릿 짜릿한 추억거릴 마음속에 뿌리를 내리게 하고 싶은 거예요. 통금이 던지는 투망에 걸려 한번 팔딱팔딱 뛰고 싶은 거예요. 마지막 낭만을 불태워 묻고 떠나고 싶은 거랍니다. 이해 못하죠, 그 마음?

민경사   (어이없이) 투망?

안가지   그렇죠. 밤거리에 던지는 낭만의 투망이죠. 아저씨, 이런 사람 보셨어요? 거미줄에 목 매달아 죽었다는 사람?

조국녀   상관하지 마세요. 오늘밤은 집안 식구들이 온통 돌아버린 것 같습니다. 저도 뭐가 뭔지 어리벙벙합니다.

안가지   안 그래, 엄마? 아빠가 그랬잖아? 통금 없는 나라에 가면 그것도 그리워질 거라고.

민경사   참 재미있는 가족이군요. 그런데 바깥양반 성함은 어떻게 되세요? 연령은요?

조국녀   수배해주시겠습니까? 아이구 고마워라.

안가지   (계속 당돌하게) 엄마, 그건 월권행위야. 아빠의 뜻도 모르고.

민경사   오순경, 아까 그 뭐더라? 거국간가 뭔가를 부르며 설치던 그 자 데리고 나와봐, 대질하게.

이때 밖에서 또 한바탕 방범대의 호루라기 소리 요란하게 들려온다.

안뿌리   (부스스 일어나며) 월척을 좀 해보라지? 잉어를 좀 낚아 올리라지? 밤낮 송사리 떼나 하루살일 잡으면 뭘해. 힘만 들지. 이봐요, 순경 아저씨, 통금이 해제되려면 아직 멀었습니까?

민경사　김칫국을 마시느만. 누가 학생들을 석방한대? 나갈 생각일랑 말아요. 즉결에 회부할 거야.

강안숙　이분은 이제 대한민국 만세가 아니래두요. 물어보세요. 미스터 뿌리 씨에게? 주민등록증이 있나? 향토예비군 수첩이 있나? 자길 증명할 게 하나도 없어요. 뭘 가지고 즉결, 즉결하세요? 근거가 없잖아요?

안뿌리　(울부짖듯) 맞아요! 오늘밤은 전 어디까지낭 외래환자예요. 붕 떴어요. 그게 합당하지 않으면 방관자라고나 할까요? 전 지금 엄격히 말해서 소속이 불분명해요. 그저 이 땅에 이렇게 버티고 있으니까 한국인 대접을 받고 있을 뿐이죠. 그 점은 백배 사례하죠. 하지만 현실은 그렇지 않아요. 이제 날 비끄러매어 놓을 말뚝이 이 푸른 강산, 아무 데도 없어요. 뼈에 사무치도록 고맙습니다. 끝까지 보호해주셔서. 아예 내친 김에 즉결에 넘겨서 서너 달 징역이라도 살게 해주세요.

　　　이때 안에서 거국가를 부르며 나오는 안이민.

안이민　(비틀거리며) 간다 간다 나는 간다. 잠시 뜻을 얻었노라. 까불대는 이 시운이 나의 등을 떼밀어서 너를 떠나게 하니. (한가운데로 나오며) 통금이 해제됐나요? 사이렌 소릴 얻어듣지 못했는데…… 덕택에 조국에서의 마지막 향연을 아주 멋있게 매우 유쾌하게 보낼 수 있었습니다.

안가지　(달려 나가서) 아버지!

안이민　(눈이 휘둥그레지며) 이게 누구야? 가지 아니냐. 너도 걸렸니, 통금에?

조국녀　여보?

안이민 이건 또 뉘신가? 당신마저 통금에 걸려보고 싶었던가 보군? 하
하핫.

한옥산 애비야…….

안이민 (술이 다소 깨는 듯) 어쩐 일이세요, 어머니까지. 집에 무슨 변
고라도 생겼습니까?

조국녀 너무 심하십니다. 몇 시간 후면 출국하실 분이 이게 무슨 추태
세요? 어머님 앞에 이런 불효가 어디 또 있어요? 정신 좀 차리
세요.

안이민 (다시 흐리멍덩해지며) 그게 언제였더라, 마누라? (회상하듯) 아
마 1948년 이맘땐가? 꽤 추웠지? 바람두 세구? 맞아! 이제사 생
각이 나는군. 당신이 어머님을 모시고 삼팔선을 넘어와서 우리
가 상봉한 것이. 거기가 아마 피난민 수용소였지? 그리곤 30년
만에 우리가 다시 이렇게 역사적인 상봉을 하는 셈이군. 다만
다른 것이 있다면 장소와 시간이군. 그렇죠, 어머님?

민경사 (상황을 파악한 듯) 정말 죄송하군요. 이렇게 출국 전야를 어지
럽혀 드려서. 제가 댁까지 모셔다 드리죠.

안이민 고양이는 쥐 생각을 하면 못씁니다. 열심히 고양이 행세만 하세
요. 우리 쥐가족들은 통금이라는 끄나풀에 굴비마냥 줄줄이 묶
여서 이제사 겨우 국민 행세를 하는 셈이죠. 국법에 걸리는 것
도 애국의 수단이죠. 안 그래요, 소장 나으리? 애국하는 이 미련
한 최후의 충정을 어여삐 여기시고 즉결에 회부하세요. 우린 이
제 안 가도 됩니다, 어머님!

안가지 (불안스럽게) 아버지, 비행기는 오늘 아침 10시에 뜬댔어요.

안이민 이것아, 그러니까 갈 수가 없잖니? 우리 10시에 즉결재판을 받
기 위해서 호송돼야 하니까.

민경사 자꾸 이러시면 저, 화냅니다. 이제 선생님 댁 자유를 막을 사람
은 아무도 없습니다. 그만 나가시죠? 정말 뵐 낯이 없습니다.

안이민 (완강하게) 싫습니다. 아직은 나요, 대한민국의 의젓한 국민의 한 사람입니다. 저기 저렇게 많은 젊은이들이 움츠리고 앉아 졸고 있는 마당에 하룻밤을 자도 만리장성을 쌓는다는 옛말도 있는데 어떻게 표리부동하게 특례조치를 받을 수가 있겠소? 절대로 혼자선 안 나갑니다. 안 가요, 안 가요, 저들을 두고 나는 안 가요. 안 가요, 안 갑니다.

거국가의 가락을 붙여 읊조리며 홀을 한 바퀴 빗돌아 안뿌리와 강안숙 앞에까지 가서 우뚝 선다.

안이민 애들아, 고갤 들어! 무슨 죌 졌니? 어쩌다가 시시하게 통금에 걸렸지? 요령이 없었구나. 가슴을 탁 펴고 이제 동이 틀 저 조국의 아침을 봐.
안뿌리 (낯익은 소리에 고개를 들며) 아버지!
안이민 아버지라니, 젊은인 누구야?
안뿌리 저예요, 뿌리예요, 아버지!
안이민 뭐라구? 이놈아, 네가 뿌리라고? 옥중에 부자 상봉 났구나! 어디 보자 네가 왜 이런 델 왔니?
안뿌리 (태연하게) 아버지는요?
안이민 (말이 막히며) 아버지는…….
안뿌리 해명하실 거 없어요. 누가 뿌리의 아버님 아니랄까봐 그러세요? 우린 명콤비죠, 아버지? 이심전심에다 가히 부전자전이죠. 이런 걸 과학적으로 이렇게 증명한답니다. 멘델의 유전법칙이라고요.
안이민 자아식, 건방떠는구나! 그런데 옆에 아인 누구냐?
안뿌리 친구예요.
안이민 여잔데…….
안뿌리 여자면 안 되나요, 아버지도 낡으셨군요?

안이민　그렇지도 않아. 여보, 가지야, 이리 와서 너의 오빠 여자친구 좀
　　　　봐라. 곱살하게 생겼지? (갑자기 돌변해지면서) 어쩌자고 이러
　　　　니, 너? 몇 시간 후면 태평양 상공을 날 놈이…….

민경사　(씁쓰레 웃으며) 크게 영광입니다. 온 식구가 우리 관할에서 마
　　　　지막 밤을 향유하시니 정말 행복합니다.

안이민　뭐요, 행복하다구요? 당신은 재미있을지 모르지만 이건 완벽한
　　　　치부요, 철두철미한 낙오자의 가족 대열입니다. 어디 점호 좀
　　　　해볼까? (취기가 오르는 듯) 먼저 조국을 사랑하는 조국녀 여사,
　　　　대답해야지? 내 마누라요. 다음은 국토방위의 성스러운 의무를
　　　　마치고 돌아온 우리 집의 기둥, 안뿌리 군? 임마 남자는 배짱이
　　　　있어야 해. 그래 갖고 어떻게 미국 놈하고 견줄래? 다음은 우리
　　　　장녀, 안줄기 양, 대답이 없군? 어디 갔지? 여기 안 나온 건 전
　　　　적으로 조국녀 여사의 감독 불찰이야. 다음은 누구 차례더라?
　　　　그렇지 안가지 양, 거기 있군? 정말 넌 안 가지? 막내들은 물론
　　　　집에서, 아니지 그게? 여관방에서 신나게 아메리카의 꿈을 꾸고
　　　　있겠군. 어머님, 한옥산 여사께서는 황공하옵게도 지옥엘 왕림
　　　　하셨군요? 용서하세요, 이 불효막심한 자식을. (오열을 삼키면
　　　　서 땅바닥에 넓죽이 엎드려 큰절을 한다)

안뿌리　왜 이러세요, 아버지. 가세요. 이젠 아무도 우릴 못 막습니다.
　　　　줄기도 지금쯤 집에 들어와 있을 거예요.

안이민　줄기, 걘 이름이 안 좋아! 뿌리, 줄기, 둥지, 자리, 다 생각이 있
　　　　어서 지은 이름인데 그게 뿌리를 내리지 못하고 뿔뿔이 풍비박
　　　　산이 나게 되었구나. 줄기만은 여기서 시집을 보냈어야 하는 건
　　　　데, 안 그래, 여보? 미국 데려가서 깜둥이나 코쟁일 줄 수는 없
　　　　잖아요, 어머님?

안가지　아빠, 센티멘털리스트인가 봐? 아직도 비분강개할 기운이 남으
　　　　셨던가요? 가셔요, 아버지!

안이민 어디루?

안뿌리 집으로요?

안이민 집? 얘가 애빌 웃기는구나.

안뿌리 그럼, 임시 아지트로요.

안이민 (벌컥 화를 내며) 그건 어감이 안 좋아. 보금자리로 고쳐, 여관
　　　　보다야 여기가 한결 자유롭지. 사랑하는 내 가족들아! 우리 여
　　　　기서 조국 찬가라도 부르련? 아니면 마지막 가족회의를 경찰관
　　　　입회하에 근사하게 개최하련?

조국녀 (보다 못해) 여보, 여긴 관청이에요. 오늘은 왜 이러세요, 당신
　　　　답지 않게?

한옥산 내버려둬라. 이 추태도 몇 시간 후면 거품처럼 사라져.

안이민 (더욱 신이 나서) 드디어 어머님께서 승낙이 떨어졌군요. 안건
　　　　은 말이다, 이게 어떨까? ‘안씨네 일가 이민 재고 문제’ 그렇게
　　　　시큰둥하지 말고 최후의 진술 기회를 주지. 이의를 제기하고픈
　　　　놈은 나와 봐?

한옥산 (주뼛거리다가) 몇 번이구 말하지만 애비야? 난 안 갔으면 좋겠
　　　　다. 어떻게 좀 남을 수 없겠니?

조국녀 (안타까운 듯) 집도 팔았는데요, 어머님?

한옥산 집이 대수냐? 삼팔선을 넘어왔을 때처럼 다시 시작하면 안 되겠
　　　　니?

조국녀 그러기엔 우린 너무 늦었어요. 아범은 늙고, 지치구…… 애들은
　　　　어리구, 더 이상 고생시킬 수 없어요. 거긴 학벌, 배경 같은 건
　　　　따지지 않고 부지런만 피면 먹고 산다니까 가보는 거죠. 그리고
　　　　우리에겐 아무도 없잖아요? 천지간에 우리뿐이에요, 어머님?

한옥산 듣기 싫다! 그래도 피양 사람도 있고, 강계(江界) 사람도 있고, 함
　　　　흥(咸興) 사람도 볼 수 있잖니? 군민회에 나가면 난 그렇게 좋더
　　　　라. 애들도 커가니 좀 참고 재고할 수 없겠니?

조국녀   (답답한 듯) 이제 와서 자꾸 이러시면 어떡해요, 어머님. 공연히 사기 죽이지 마세요. 물만 주고 햇볕만 쬐면 애들은 그냥 그대로 크나요? 배우지 않고, 먹이지 않고, 입히지 않고 살 수 있다면야 오죽 좋겠어요.

안뿌리   할머니, 아버지가 가장답게 행세하기 위해서라도 그냥 덮어두세요. 주사위는 이미 던졌어요. 할머니, 우린 가야 해요. 일단은 미국으로 가지만요, 전 다시 돌아올 겁니다. 그때 할머님을 모시고 나올까요?

한옥산   (희열에 가득 차서) 뭐라고, 얘야?

안이민   맥아더 원수처럼 일단 철수했다가 다시 돌아온다 이건가? 이놈아, 네가 정 그렇게 나오면 나도 할 말이 있지. 노병은 결코 죽지 않고 사라져갈 뿐이다.

안뿌리   (정색을 하며) 아버지, 이건 진실한 이야깁니다. 전 미국 가서요, G1에 지원할 거예요. 알아봤어요, 대사관에서. 그렇게 되면 6개월 안으로 다시 한국에 파병될 수 있답니다.

안이민   (내뱉듯) 미친 놈! 사나이가 왜 그리 미지근하니?

안뿌리   아버지는요?

안이민   (정신이 좀 드는 듯 밖을 내다보며) 눈이 내리나부다. 난 말이다. 솔직히 말해서 나 혼자라면, 나 혼자라면 벌써 끝장을 냈지. 외국 따윈 절대로 안 간다. 지금 심정 같아선 당장 아오지 탄광에 끌려간대두 어머님에게 한 번쯤은 고향산천의 선영 모습을 보여드리고 싶구나.

한옥산   (비꼬듯) 안씨 문중에 효자 났구나!

안가지   아버지, 참 이상하다, 오늘은. 우리 미국 가서 나도 벌게요. 뭘 할까. 나, 우유배달? 청소부면 어때, 누가 보나 뭐. 돈 많이 벌어 갖고 다시 나와서 살아, 우리.

민경사   (머뭇거리다) 참 별난 이민도 다 계시군요? 남들은 못 가서 아우성인데…….

안이민 그러니까 당신이 선심 쓰는 셈치고 우릴 몽땅 즉결에 넘겨 버려
　　　 요. 아무도 당신을 원망 안 할 겁니다. 또 그래야 눈물 있고, 안
　　　 정 있고, 아량 있는 민주경찰로 각광을 받죠.

민경사 그러구 싶군요, 진정 그러구 싶습니다. 허지만 왜 그런지 선생
　　　 님 가족만은 축복과 미소로 환송하구 싶군요. 비어 있는 선생님
　　　 댁 자리는 누군가가 메꾸어 줄 겁니다. 아니죠, 선생님 댁 자리
　　　 는 이 강산 어딘가에 언제나 남겨 놓여진 겁니다. 김순경, 오순
　　　 경, 이분들을 정중히, 아주 정중하게 모시고 나가.

강안숙 (끼어들며) 아직 통금해제가 되려면 멀었는데 이건 동정인가요,
　　　 특례인가요?

　　　　이때 통금 해제의 긴 사이렌 소리. 요란한 발자국 소리와 함께 허
　　　　겁지겁 뛰어 들어오는 여관주와 안자리와 안둥지의 남매

여관주 (새파랗게 질려서) 도둑이요! 강도요!

민경사 (뛰어나갈 자세로) 어디요?

여관주 벌써 줄행랑쳤죠.

민경사 (화내듯) 어디냐니까?

여관주 저기요, 평양여관이에요. (사방을 두리번거리다 놀라며) 아니,
　　　 이게 웬일이세요? 여기 다들 모였네?

안자리 엄마! 무서워.

안둥지 아버지!

안이민 (체념에 가라앉은 소리로) 오냐! 가관이구나. 줄줄이 모여드는
　　　 구나. 물에 빠져 죽을 운수는 접시 물에 물 수 자 써놓고 납작코
　　　 를 대고 죽는다더라. 정말 어쩔 도리가 없구나. 그래, 다친 데는
　　　 없구?

조국녀 (부둥켜안으며) 어떻게 된 거냐? 내 새끼를 누가 이렇게 못 쓰게

광란의 거리

239

만들었냐? 하나님도 무심하여.

여관주 (한숨을 몰아쉬며) 말도 마시라요. 글쎄, 끈으로 묶어놓고 애들
에게 재갈을 물리고, 방 안에 온통 약을 뿌리고…… 이렇게 어
른들이 통금에 깡그리 묶여 있었으니 모르긴 해도 노래를 부르
며 가져갔을 거외다.

한옥산 아이구머니나, 이 일을 어쩜담. 이제 우린 죽었구나. (신음하듯
폭삭 주저앉는다)

여관주 전 책임 없어요.

조국녀 뭐라고 하셨어요, 지금?

여관주 몽땅 털어갔어요. 저더러 변상하라는 것은 아니겠죠?

민경사 영감, 지금 그런 것을 따질 때요? 왜 빨리 신고를 안 했소?

안가지 여권은요?

여관주 그런 거, 저런 거, 도둑이 가리나요? 방 안에 지푸라기 한 개, 먼
지 하나 안 떨어져 있어요.

조국녀 그럼, 그럼 요 밑에 깔아 숨겨두었던 달러도요?

안가지 엄마, 이러구 있을 때가 아니잖아? 빨리 집에 가봐.

안뿌리 (고함치듯) 집이 어딨어? 다 가져가라고 해. 그게 깨끗해서 좋
아! 한국의 도둑 씨도 이젠 타락했군.

안이민 서둘 것 없다. 여권을 잃었으니 갈 수 없고, 통금이 묶였으니 갈
수 없고, 아무튼 갈 수 없는 쪽으로 운명의 화살이 꽂혔구나. 잘
됐다.

민경사 (울분을 터트리듯) 염려 마세요. 제가 꼭 찾아낼 겁니다. 책임을
지고 손수건 한 장이라도 모조리 찾아드릴 겁니다.

안가지 우린 10시 비행기를 타고 가야 해요.

민경사 그 안에 꼭 원상복구 됩니다. 너무 상심 말고 경찰을 믿으세요.
아가씨 일단 모두 현장으로 나갑시다.

나가려는데 안줄기 겁에 질려 뛰어 들어오면서

안줄기   엄마!

안이민   (힐끗 보며) 너도 통금세례를 받았더랬구나, 굴비처럼 묶였다가 지금 어슬렁어슬렁 풀려나오는 꼴이? 틀렸니, 내 표현이? 잘 됐다! 언제 통금하고 재휠 하겠니? 네 기분도 안다.

안가지   손에 든 게 뭐야, 언니?

안줄기   엄마 다행히 여권은 놓고 갔어. 문턱에 똥을 한 무더기 싸놓고……

한옥산   (갑자기 정신 착란을 일으키듯) 그건 좋은 꿈이지! 누런 똥은 황금이 쏟아질 징조야. 이제 우리 집에 경사 났구나, 경사 났어! (춤을 덩실덩실 춘다)

조국녀   어머님!

안뿌리   할머님!

안이민   (쓸쓸하게) 춤이라도 추시도록 내버려두시는 것이 좋겠다. (여권을 받아 쥐며) 망할 놈들! 이 따위 아무짝에도 못 쓸 종잇조각은 갈기갈기 찢어 버리거나, 안이민을 대신해서 훌쩍 미국으로 날아가 버리지 않구…… 한국의 도씨들도 이젠 잔인해졌단 말이야.

안가지   아버지!

안이민   안다! 돌아온 여권, 주인에게 돌려줘야지. 난 이제 가장의 자격을 상실했다. 돌멩이를 물어오는 한 마리의 개미지. 동업자의 한 사람으로 각자의 의견에 맡기겠다. 자, 이건 미세스 조국녀 여사의 여권이요, 당신 마음대로 해요. 또 이건 미스 안줄기 네 거구. 다음은 미스터 안뿌리 씨 차례구먼. 그리구 미스 안가지 양은 안 가겠나? 어찌 이름이 그래. 다음은 어머님, 죄송합니다. 미세스 아니지 남편이 없으니까, 엄연히 미스구먼. 미스 한옥산 여사의 몫은 불초 제가 보관합니다. 너희들, 둥지와 자리는 미

성년이니까 그것도 애비에게 맡겨라. 이의 없으렷다? 그럼 됐
어! 자, 태양이 떠오르기 전에 어서들 여기 빠져나가자.

서로 부축하여 나가는데 맞추어

안이민 (구성진 소리로)
　　　　간다 간다 나는 간다/너를 두고 나는 간다
　　　　잠시 뜻을 얻었노라/까불대는 이 시운이
　　　　나의 등을 내밀어서/너를 떠나가게 하니
　　　　이로부터 여러 해를/너를 보지 못할지니
　　　　그동안에 나는 오직/너를 위해 일할지니
　　　　나 간다고 설워 마라/나의 사랑 한반도야!
　　　　나의 조국 한반도야!

처량한 소리 점점 높게, 낮게 흐느끼듯 멀어져가면 어디선가 변두
리의 기적소리가 크게 점점 작게 사라지고 빈 홀에 홀로 서 있는 민
경사, 김순경, 오순경 등 경건한 자세로 선 채 무대는 F·O 되면서

민경사 (나간 쪽을 향해 거수경례를 하며) 유감입니다. 정말 아무것도
도와 드리지 못해서. 안녕히들 가세요. 조국이 생각나시면 언제
든지 오세요. 우린 언제까지 당신네 가족을 반기겠습니다. 늘
자리를 비워놓고 기다리겠습니다. 안녕히들 가세요. 행운을 빌
겠습니다.

수필

어머님

1948년 10월 7일을 나는 잊을 수가 없다.

그날이 바로 어머님과 생이별하던 날이기 때문이다.

그날 륙색을 메고 대문을 나서면서 그것이 이렇게 영원토록 만나지 못할 단절(斷切)의 날이 되리라고는 아무도 예상하지 못했다. 그저 몇 년 후면 삼 팔선이 없어지고 자유로이 왕래할 줄로만 알았고, 사실 그때의 기분으로선 다시 만날 거라는 그런 생각을 할 겨를이 없었다. 그만큼 나는 철따구니가 없었던 소년이었고, 이남이라는 미지의 세계에 대한 막연한 기대와 강렬한 욕망으로 가득 부풀어 있었다.

어머님은 비록 학력은 없었지만 인정이 많고 이해가 깊으신 분이셨다. 1946년 봄엔가 '적위대'라는 불량배 같은 사람들로부터 집을 내놓고 압록 강 변에 있는 '후창'이라는 오지로 가라는 축출 명령을 받은 일이 있었다. 그것도 12시간 안으로 집을 비우라는 것이었다. 아버지는 고래고래 소릴 지르면서 입에 거품을 물으셨지만 어머님은 종내 입을 다문 채 그 많은 세 간을 행길 한가운데 쌓아놓고 밤을 새우셨다.

이때부터 어머님의 병고와 수난의 역사는 시작되었다. 옷가지를 내다 파 시느라고 하루에도 몇 번씩 시장을 드나드셨고, 옛날 소작하던 사람들을 찾아 구걸하다시피 하여 몇 됫박의 양도를 구해오곤 하셨다. 그러다 손바 닥만 한 밭이라도 얻으면 손수 씨를 뿌리고 그 뜨거운 뙤약볕에 진종일 앉아 풀을 뽑고 김을 매곤 하셨다.

하기야 어머님은 농촌 태생이라 농사일이 별로 힘겹지 않으셨겠지만 처음 당하는 나와 누나들은 청천벽력으로 손바닥의 물집을 따느라고 법석을 떨었고, 호미를 들고 다니는 꼬락서니가 창피해서 외진 골목만을 골라 다니면서도 죄인처럼 고개를 들고 다니지 못했다.

구제중학을 나오던 해 나는 김일성대학에 원서를 내기 위해서 '민청'에 시사를 받으러 갔다가 악질 반동지주의 아들이라는 낙인이 찍혀 퇴짜를 맞고 의기소침해 있었다. 어머님은 나를 데리고 민청 사무실에 가서 으름장을 놓았지만 바람벽에 계란 던지듯 산산이 부서지고 말았다. 그토록 연약하신 어머님이셨는데 그때처럼 아들을 위한 굳센 어머님의 모습을 생전 본적이 없었다. 지금도 눈을 감으면 책상을 두들기며 포효하던 어머님의 육성이 녹음테이프처럼 생동하게 환생한다.

"여보쇼, 젊은 양반, 어른이야 어쨌든 아이도 지주랍디까? 어디 배 안에서부터 지주가 있답디까? 애 아버진 자수성가하셨어요. 삼일 만세 사건 때 쫓겨 북간도로 가시다가 강계에서 날 만나 우린 적수공권으로 조반석죽하면서 먹지 않고, 입지 않고, 자지 않고 티끌 모아 전장을 마련했어요, 그게 어째서 악질입니까? 앞길이 구만 리 같은데 그럼 앤 어디 가서 공부하라는 겁니까?"

민청위원장은 끽소리도 못하고 봉변을 당했다.

나는 얼마동안 앙앙불락하다가 어머님에게 끝내 이남에 가서 공부할 뜻을 밝혔다.

어머님은 한참 나를 보면서 아무 말씀 않으셨다. 그럴 수밖에 없는 것이 그때 내 나이 겨우 18세였으니까. 게다가 이남엔 친척 부스러기 하나 없는 혈혈단신이었으니까. 어머님도 기절낙담하셨을 것이다. 그러나 그때의 절박한 상황으로 보아 어머님께서도 허락을 안 내릴 수가 없었다.

떠나던 날은 가을비가 부슬부슬 내려 음산했다.

어머님은 시집오실 때 가지고 오셨다는 싯누런 금 쌍가락지를 쭈욱 빼서 내 허리춤 깊숙이 찔러 넣어주시며 울고 계셨다. 난 그때 함께 울지 않은 것도 이상했지만 왜 그걸 두꺼비 파리 잡아먹듯 성큼 받아들였는지 모르겠다.

그리고 노상 하시던 말씀을 다시 찬찬히 반복하고 계셨다.

"효(孝)란 따로 있는 것이 아니니라. 어디에 가 있든 그저 부모 살아생전에 끔찍한 변만 안 보여주면 되는 거니라…"

어머님은 늘 이렇게 밤낮으로 가족들의 건강만을 위하셨다.

어머님은 다시 못 보실 것처럼 떠나려는 내 옷소매를 잡으며 "아예 효도할 생각 말고, 세리(稅吏) 안하고 순사(巡査) 하지 말고 술 근처엔 얼씬도 안 했으면 좋겠구나……."

아버진 술고래셨다. 아버지의 주사(酒邪)로 어머님은 평생 한이 맺히셨다. 한번 술을 입에 댔다 하면 열흘이고 스무날이고 연일연야 계속 그 독한 소주를 한 점의 안주 없이 들이마셨고, 길 가는 사람에게 곧잘 행패를 부리셨다. 그것도 일제 시에는 왜놈의 순사나 관리에게 학병으로 끌려나간 형을 찾아내라고 갖은 독설을 퍼부었고, 해방 후부턴 대상이 바뀌어서 서슬이 시퍼런 보안대나 공산당에게 내 집, 내 땅을 내놓으라고 길길이 뛰다가 연행되어 곤욕을 치르곤 했다.

그때마다 어머님은 날 앞장세우고 아버지를 빼어내시느라고 무던히 애를 쓰셨다. 깊은 한숨을 몰아쉴 때마다 어머님은 날더러 아예 밀밭 근처엔 가지 말라고 당부하시곤 했다.

비를 맞으면서 그렇게 오래도록 어머님은 내 뒷모습을 지켜보고 계셨다.

나는 동구 밖을 빠져나오면서 지금 생각하면 그것이 도시 운명의 계시라고 생각되었지만 그 당시는 그저 아무 생각 없이 무심히 뒤를 돌아보았더니 어머님께선 끝내 동상처럼 나를 보며 손을 흔들고 계셨다.

그것이 어머님의 마지막 모습이요, 이렇게 30여 년이 속절없이 흘러갈 줄이야 신(神) 아닌 누가 알았으랴.

해주로 해서 청단을 거쳐 오는 삼팔선 선상에서 나는 소련 병사에게 붙들려 몸수색을 당했다. 사타구니 깊은 곳에서 그들은 마침내 금붙이를 꺼내들고 연방 "다와이"를 외댔다. 나는 아까운 줄 모르고 어머님의 결혼반지를 소련 병사에게 내어준 후 "걸음아 나 살려라!"라고 칠흑 같은 어두운 밤에 밭고랑을 획획 축지법 쓰는 도사처럼 성큼성큼 뛰어 넘어 날이 훤해서야 이남 땅을 밟을 수 있었다.

비록 어머님의 정표는 잃었지만 슬하를 떠난 지 30여 년간 한 번도 어머님의 교훈을 잊은 적은 없다. 직접 모시고 있지는 못하지만 그런대로 어머님께 효도를 다하고 있다고 자부한다.

술도 물론 안 한다.

담배도 한 모금 안 빤다.

남하고 싸우는 일도 없다.

세리(稅吏)도 안되고 순사(巡查)도 안됐다.

호환(虎患)보다 무섭다던 주사(酒邪)도 밀밭 근처에도 안가니 생길 리 없다.

내 분수를 지켜가며 '가화만사성(家和萬事成)' 제일주의로 아내를 사랑하고 자식들을 키우며 성실하게 사는 것으로 어머님 안 계시는 이곳 객지에서 이루지 못한 슬픈 효의 길을 닦고 있다.

잃어버린 금 쌍가락지도 예전의 어머님 끼시던 형태 그대로 한 짝 맞추어 장롱 깊숙이 넣어두었다.

어머님 오시면 끼게 하려고 하지만 과연 어머님께서 오실 날이 있을까.

이름 있는 날이면 어머님 뵙듯 꺼내어 온 식구가 돌아가며 보곤 한다.

어머님 뵙는 꿈이 점점 멀어갈수록 나는 해마다 10월 7일을 어머님의 명일(命日)로 삼아 확인되지 않는 죽음 앞에 제주(祭酒)를 바친다.

사랑하는 아내여

내가 당신에게 청혼했을 때
나는 가진 거란 아무것도 없었소.
돈도 없었고,
집도 없었고,
사고무친(四顧無親)인데다 형제도 없는
삼팔따라지에
학벌도 변변치 못했소.
겨우 가졌다는 게
군에서 제대했을 때
배낭처럼 메고 나온
6·25의 찌꺼기
소련제 노획품 담요 두 장과
건재한 두 쪽뿐.
똑부러지게 내세울 수 있었던 건
문학한다는 자부심밖엔
아무것도 없었소.
허긴 그게 나의 가장 큰 전부였지만,
그럼에도,
당신은 나와의 결합을 위해서

단식 투쟁을 벌이면서
주위의 적장들(?)을 하나하나
굴복시켜 나갔소.
나는 회심의 미소를 지면서
당신의 꽃잎 같은 입술에
전광석화 같은 도장을 찍고
축가를 불렀지
새야 새야, 파랑새야
이젠 도망가지 못 한다…….
그런데, 나중에 알고 보니까
당신은 내 문학에
매료된 것이 아니라
내 가난한 처지에
동정을 했다매…….
아무러나, 그 후
나는 시골학교에서 곧잘
극본을 쓰고,
당신은 밤늦게까지
호롱불을 켜놓고
아이들을 모아
멋진 연출을 했지
노래가 있고
무용이 있는
뮤지컬을—.
그때가 1950년 말기였으니까
우린 그런 면에서
이 나라에 숨은
연극의 선구자였지.

당신과 식을 올리던
전날 밤,
나는 하숙방에서 닭의 똥 같은
눈물을 펑펑 쏟으면서 울었지.
신랑집엔 개미새끼 한 마리
얼씬거리지 않았으니까
구리 반지 하나 끼워주지 못한 게
철천지한이었는데
결혼 20주년을 맞던 날
나는 당신에게
『우리의 관계는 아직 끝나지 않았다』의
수필집에서 얻은 인세로
드디어
이팝덩이만 한 다이아 반지를
여왕에게 바치는 의식처럼
당신의 마디 굵어진 손에
경건하게 끼워주었다.
작가, 홍승주 만세!
그때,
당신의 그 환희!
별수 없구나, 이 여자도
몇 프론가 허영이 있는…….
그런데, 당신은 그것을 한 번도
끼고 다니지 않았지.
가끔 빈 방에 나와 둘이 있을 때만
도둑이 들면 어쩌나 싶어
아무렇게나 벽장 밑에다 쑤셔넣은
눈부신 그놈을 꺼내어 끼고

내 앞에서 손가락을 휘두르며
나를 현란하게 했지.
부인 만세!
그때 당신의 그 겸허.
역시, 이 여잔 쓸 만한 좋은 여자구나!
먼저의 경솔한 판정을 곧 상쇄했지.
당신이 뭐라든
내가 당신에게 구혼했을 때
나는 아무것도 가진 게 없었지만
반생을 진주처럼 반짝이며
믿고 살아온
자산.
문학!
이제 당신 생일날에
다섯 번째의 저작,
『목마른 태양』의
희곡집을 바치리라.
당신을 위해
내일은
더 좋은 책을 쓰리라.
해바라기처럼
화사하고 웃으며
나를 맞아 주구려.

사랑하는 아내여,
안녕.

문화의 충돌

　5남매 중 둘째딸만 덩그러니 서울에 남겨두고 4남매가 각기 30년 안팎의 세월들을 미국에서 뿌리 내려 이제 살 만한 자리를 굳혀 명절이나 무슨 이름 붙는 날이면 근, 원 거리를 마다 않고 20명 남짓한 식솔들이 한데 모여 가족의 화합과 사랑을 기리고 늦은 노년에야 겨우 아들 곁에 합류한 노부모를 기쁘게도 하고 당혹하게도 만든다.

　회합 때마다 가끔 희한한 일이 벌어져 내 평생의 윤리에 맞지 않고 오랜 습성에서 이탈되는 말없는 저항으로 갈등이 생기고 충격을 빚어 잔소리를 하지만 도통 작심삼일로 사랑하는 손자들과 냉전이 벌어진다. 미국 태생으로 초 · 중 · 고 · 대에 걸친 크고 작은 손자, 손녀들이 할아버지와 가족들이 합석하여 밥 먹는 자리에서 제스처를 써가며 희희낙락거리는 대화가 온통 영어 일색이다. 영어가 짧은 나로서는 그들의 일상어를 이해할 수가 없어 늘 허전한 이질감과 소외감을 느낀다.

　"애들아, 할아버지 흉보는 거 아니니, 영어 못한다고?" 참다못해 내가 한 마디 비수를 던지면 아이들은 이내 "노우 노우"를 연발하면서 펄쩍펄쩍 뛴다. "우리 할아버지, 코리아의 유명한 시인이신데 누가 감히 무시해요!?" "맞다, 그럼, 이제부터 할아버지 앞에선 한국 말만 쓰도록 하자, 약속했다?" 한국 말도 자유자재한 아이들이기에 점잖게 일침을 가하면 금세 이구동성으로 "아이엠 쏘리, 할아버지 앞에선 절대로 한국 말로 할게요."

금세 다짐 받고도 영어가 혼용되는 줄도 모르고 저희끼리 킬킬거린다. 제 부모들은 그저 대견하고 자랑스러운 듯 따끔하게 노부의 편을 드는 것도 아니게 애매 무실하게 웃는다. 내 안에서 청소년기를 한국에서 자라고 배운 내 자식들도 이제 미국 생활에 이골이 난 셈이다. 밥 먹고 나면 으레 티타임으로 다들 소파에 앉거나 바닥에 내려앉아 차나 과일을 먹으며 담소하는데 이게 또 가관이다. 다리를 길게 펴고 앉은 놈, 빌빌 꼬고 트림하는 놈, 소파에 드러누운 놈, 형형 각색이다. "이놈들, 할애비 앞에서 이 무슨 작태냐? 바로 앉지 못할까!" 할배가 고래고래 일갈, 노성을 지르면 대학 다니는 큰손녀가 날름 혓바닥을 내밀며 "할아버지. 작태가 뭐예요?" 할배는 설명할 기력을 잃고 4남매의 얼굴만 쳐다보지만 누구 하나 속 시원히 구원의 손길을 내밀어주지 않는다.

다들 늙은 부모만 두고 아메리카의 어엿한 시민이 되어 이런 문화적 충돌에 타성이 밴 것으로 아무것도 아닌 일상의 일로 미화되어 간다.

왼손이 모르게 한 것을

"너는 구제할 때에 오른손의 하는 것을 왼손이 모르게 하여 네 구제함이 은밀하게 하라. 은밀한 중에 보시는 너의 아버지가 갚으시리라." 마태복음 제6장에 나오는 말이다.

이 성경 구절이 마음에 걸려 이 한 토막의 일화를 피력함이 행여 오른손이 한 일을 왼손이 모르게 하고 떠난 당사자에게, 또는 익명의 교회에 누가 되지 않을까 혹은 세상 일에 덕담이나 미담으로 덮이지 않을까 하는 우려로 많이 주저했지만 그래도 나의 문화산책, 한 코너의 간증으로 그저 있었던 일, 보았던 일, 느꼈던 일들을 허심탄회하게 쓰는 것도 의미가 없지 않으리라.

서울에 있을 때 인근 중 · 고등학교의 교장으로 함께 봉직하는 한편 교회의 장로로 있던 친구가 퇴임 후 미국에 이민 와 우연히 만났다.

어느 날 점심을 나누던 자리에서 웃으며 "홍 교장. 내가 회고록 겸 자서전을 한 권 썼는데 문학하는 당신이 교정 좀 봐주시지 않으려우. 나야 이공과 출신이라 문외한 아닙니까?" 나는 즉석에서 응낙하고 두툼한 원고 뭉치를 받아 20여 일간, 파란만장한 그의 생애를 감수하는 데 진력했다.

서울로 출판하러 간다면서 내가 나가는 교회 이름과 주소, 아들인 목사의 성함을 물어왔다.

"건물도 빌려 예배 보는 아주 작은 개척교회랍니다."라고 대답하면서 이

분이 교회에 한번 예배 보러 오시려나 해서 세세히 위치를 알려 드리며 오실 날을 은근히 고대했다.

며칠 후 교회에서 전화가 왔다. "아버지, 친구분이신 장로님께서 수표로 1,300불을 교회에 헌금하셨습니다…." 나는 깜짝 놀라 즉석에서 감사의 전화를 걸었지만 이미 그는 한국으로 떠난 후였다.

서울에 있을 때 한 교회의 광경을 떠올리며 돌아오는 주일을 좀 들뜬 마음으로 교회에 갔었다.

당시 그 교회 주보에 십일조, 감사헌금, 특별헌금한 성도들의 명단이 기라성같이 실리고 그날의 헌금된 봉투를 들고 일일이 거명하던 목사님의 얼굴이 연상되어 여기 작은 교회에서도 응당, 크게 공지되거나 화제에 오르리라 생각했었는데 목사님도 심지어 장로나 집사님들마저 일언반구도 없었다.

나는 좀 섭섭한 마음이 들었지만 이내 작은 교회는 결코 어렵고 실패한 교회가 아니라, 복음 안에서 예수님을 올바로 증거할 때에, 예수님께서 크고 부유한 교회보다 제일 먼저 재림하시고 하나님께서 조람(照覽)하시는 참 교회요, 축복된 참 크리스찬일 것이라는 생각이 들어 화끈한 부끄러움으로 이 글이 그분의 눈에 띄지 않기를 눈을 감고 기도했다.

세상에서 가장 아름다운 소리

주말이면 새벽, 아내와 함께 인근 식물원 오솔길을 산책한다.

산책로에서 흔히 미국 사람들을 만나면 남녀노소를 막론하고 열이면 열, 먼저 손을 흔들고 미소를 지으며 "하이!", "굿모닝"을 연발하며 지나가는데 어쩌다 한국 사람끼리 조우하게 되면 어색하고 쑥스러운 듯이 서로 눈치를 보거나 딴청을 부리며 묵묵히 그냥 지나가기가 일쑤이다.

통성명 안 한 생소한 사이에서 인사하기가 계면쩍고 한국 고유 예절에 어긋나 내외하는 오랜 습성과 전통에 젖은 보수성 때문일까….

옛날 생각이 문득 난다. 한국에서의 조석 인사 가운데 아직도 "안녕하세요?", "진지 잡수셨어요?"가 시골에 가면 일상의 인사 용어로 스스럼없이 오고 간다.

간밤이 얼마나 불안스러웠으면 별고가 없으셨는지 안부를 묻고, 이 아침에 제대로 끼니나 때우고 나왔는지 걱정이 되고, 얼마나 주리고 못 먹었으면 첫인사가 "밥 먹었느냐?"였을까?

임진왜란 후부터 6·25의 전쟁까지 숱한 난리를 겪으며 죽음과 기아선상에서 유리전전(流離轉轉), 난(亂)을 피해 다니던 민초(民草)의 숙명적 수난사를 보는 것 같아 슬프다.

세상에서 가장 돋보이고 아름다운 소리는 무엇일까? 다 알면서도 좀체 입 밖에 내지 않는 진짜 훈훈한 사람다운 말은 어떤 것일까……

시가 아무리 아름다워도 이를 넘지 못하고, 그림이 아무리 좋아도 이에 미치지 못하고, 음악이 아무리 오묘해도 이보다 더 좋은 소릴 못 낸다. 세상에 진짜 즐겁고 깊고 좋은 소리는 몇 개 안 된다.

"감사합니다. 미안합니다. 사랑합니다. 애썼습니다. 아름답습니다. 잘했습니다. 수고했습니다. 당신이 최고입니다."

성경 말씀도 이 안에 다 들어 있고 사람 살아가는 행복의 이치와 지혜가 여기 다 집약되어 있음에도 우리는 쉽게 이 말을 표현하거나 나타내지 못한다.

말 한 마디가 천 냥 빚을 갚는다고도 하고, 오는 말이 고와야 가는 말이 곱다고도 한다.

입은 복문(福門)이기도 하고 화문(禍門)이기도 하다. 돈이 드는 일도 아니고, 힘이 드는 일도 아니고, 손해 보는 일도 아니고, 체면 구겨지는 일도 아닐진대 어찌하여 우리는 황금보다도 귀한 이 한 마디, 아름다운 말을 일상에서 경원시하고 있는 것일까….

그날, 거기서 무엇을 보고
무슨 일이 일어났는가

1950년 6월 25일 일요일 미명, 스물 한 살짜리 삼팔따라지, 더벅머리 총각, 시골 초등학교 초임 발령의 풋내기 교사인 나는 부임지에서 무엇을 보고 무슨 일이 일어났는가.

새벽부터 보슬비가 내리고 그리 멀지 않은 곳에서 가끔씩 포성이 들려왔다.

내가 근무하는 학교는 삼팔선 접경의 고랑포를 지척에 둔 면소재지의 아주 조그마한 농촌 학교였다. 밤이면 대북 방송이 들려오고 대포소리는 늘 있는 일이라 별스럽잖게 생각했다. 멀리서 예배당 종소리가 새벽을 깨우며 다가왔다. 누군가가 뙤창문을 두들기고 있었다. 나가보니 철모를 쓰고 허리에 권총을 찬 육군대위의 전투복을 입은 형이었다.

형은 1사단 13연대의 정훈 참모로 연대 본부는 문산에 있고 내 학교는 고랑포로 가는 중간 지점인 파평면에 있었다.

행길에는 형이 타고 온 지프차가 발동을 끄지 않은 채 정차하고 있었다.

"애야, 걔들이 또 놀아난다. 오늘의 포성은 어쩐지 심상치 않구나. 형은 지금 현지 전황을 살피러 일선으로 간다. 다행히 일요일이고 하니 밥 먹고 일찌감치 문산의 형수에게로 가거라…."

그것이 형의 마지막 말이 되고 총총히 지프차에 올라타고 전방을 노리며 떠나가던 모습이 이 세상에서 형을 본 마지막이 되리라고는 꿈에도 생각

못했다.

형은 일제하 학병으로 끌려가 중국에서 사선을 헤매이다 조국의 광복과 함께 귀환, 잠시 고향에 머물다 자유를 찾아 어린 나만 데리고 일단 서울에 자리 잡으러 부모 형제를 남겨두고 월남했다. 육군사관학교도 특채로 들어가고 그토록 어머님이 간절히 소망하던 결혼식도 1950년 봄에 서울 덕수궁에서 올리고 사진도 이북에 보내고 문산에 신혼살림을 차린 지 불과 다섯 달이 채 안 되어 있었다.

나는 임무를 마치고 부대로 돌아가는 길에 들를 형과 아침을 함께 하려는 무사태평한 생각으로 서둘러 일어나 숯불을 피워 곤로 위에 밥솥을 걸어놨다.

웬일인가, 청천벽력 같은 천지를 흔드는 요란한 포성에 밥솥이 곤두박질이 나고 행길에는 고랑포 쪽에서부터 밀려오는 피난민들의 행렬이 끝도 없이 밑도 없이 하얗게 이어졌다. 소달구지에 가구를 싣고 지게에 쌀가말 지고 머리에 이불을 이고 어린애들을 끄는 처절한 민족의 수난이 시작됐다.

'인민군이 쳐내려 오는구나, 잡히면 나는 죽는다……' 가슴이 점벙 내려앉았다.

운동장에도 어느새 포탄이 떨어지고 아름드리 벗나무들이 쓰러진다.

왜 그랬을까, 나는 그 와중에도 교무실에 가서 내 담임반의 학적부를 거머쥐고 그길로 문산의 연대본부 앞에 세들어 있는 형수에게로 달려갔다. 별것 아닐 거라고 방심하고 있던 형수도 사색이 되어 안절부절못했다.

부대에선 군인 가족의 철수명령이 내리고 일단 안정될 때까지 서울로 피신하라고 했다.

형수와 나는 아무것도 챙기지 못한 채 문산역으로 나갔다. 그 밤 연대 막사는 화염에 싸여 전소해버리고 그 후 13연대는 영원히 국군사에서 그 이름이 지워졌다.

형은 낙오병과 함께 행주 나루로 한강을 넘어 수원지구 지연작전에 참전, 불운하게도 6·25 발발 1주일도 안 되어 전사했다.

계속 후퇴하는 바람에 시체도 가매장했던 유적을 찾아 전후 10년 만에 육군 소령으로 추서, 지금은 동작동 국립묘지에 안치되었다. 씨가 들었는지도 모르게 간 형의 유복녀가 1951년 2월에 부산 피난지에서 태어나 지금은 어언 60세, 성남시에서 중학교 교장이 되어 얼굴도 못 본 아버지 모습을 살아남은 작은아버지의 사랑에서 찾고 수절한 전쟁미망인 어머니에게 효도를 다하고 있다.

　1950년 6월 25일 삼팔선 최첨단에서 녹순 탱크를 몰고 평화에 잠든 고요한 일요일, 국군의 거의가 휴가 나간 빈 조국 강산을 침략한 잔악한 공산군의 모습을 나는 생생히, 제일 먼저 이렇게 목격하고 나도 부산에서 징집되어 동부전선에서 싸우다 휴전과 함께 제대, 근 반세기를 교육에 종사하다 미국에 와서 실로 10년 만에 제대로 된 6·25 소리를 찾는다.

50년 만의 해후

미국에 와서 여태 소식을 몰라 죽은 줄 알았던 사랑하는 제자를 50년 만에 만났다.

40여 년간 교육계에 몸담고 있었으니 초·중·대에 걸친 제자가 많게 마련이지만 유별나게 그를 생각하고 잊을 수 없는 것은 그가 나의 초임교사 시절에 담임했던 제자일 뿐더러 아내와 연애하던 때 사랑의 전령사 역할을 했기 때문이다.

'행복한 노년'이란 주제로 어느 복지센터에서 강의를 하고 나의 시집 몇 권을 기증하고 왔는데 그것이 해후의 발단이 됐다. 며칠 후 그곳을 찾은 그가 우연히 서가에 꽂힌 나의 책과 사진을 보고 전화로 확인해온 것이다.

"금촌 학교에 계시던 홍승주 선생님 맞습니까? 저, 박지영입니다. 기억나십니까, 선생님!"

그의 음성은 떨리고 있었다.

1953년 7월, 한국전쟁이 유엔군과 중공군에 의해 휴전협정이 체결되자 용케 살아남은 나는 군에서 빠져나와 경기도 금촌에서 초등학교 교사로 6학년 담임을 맡았다.

거기서 반장 박지영 군을 만났다. 야무진 입술과 빛나는 눈동자에 용모가 단정한 미소년으로 매우 인상적이었다.

이제나 저제나 한국 사람은 그 어려운 피난살이 속에서도 과외 공부는 거의 고질적 질환으로 필사적이었다. 몇몇 학부모들의 극성으로 우리는 다 무너져가는 어느 토호의 사랑채를 꾸려 진학반을 차리고 밤공부를 시작했다.

그 황량한 시절 내게는 장래를 약속한 약혼녀가 있었다. 서울서 공부하다 피난 내려온 그녀도 금촌에서 사오리 떨어진 조그마한 향리 학교에서 임시로 교편을 잡고 있었다. 주말이면 나는 밤공부를 뿌리치고 미수복지구를 무서운 줄 모르고 자전거를 타고 그녀에게로 갔다. 지영이는 매양 내게서 미리 받은 메모지와 돈으로 애인에게 줄 선물 꾸러미를 한 아름 장만해 가지고 하숙집 앞에 대령하곤 했다.

예상했던 대로 지영이는 서울의 명문 중학교에 합격되고 인사차 찾아온 어머니로부터 지영의 아버지가 6·25 때 빨갱이로 몰려 잘못되었다는 슬픈 이야기를 들었다. 그리고 나서 풍문에 그가 서울대 법대에 들어갔다는 말을 들었지만 묘연한 채 50년 만에 지영이가 내게로 돌아왔다.

지영이가 온다던 날, 나와 아내는 몹시 흥분해 있었다.

한 초로의 노인이 내가 거처하고 있는 토렌스 딸네 집에 어떤 젊은이와 함께 들어섰다.

"선생님 면목 없습니다, 지영입니다…"

그가 내 앞에 넙죽 엎드렸다.

"아버지가 중풍으로 몸이 불편합니다." 그의 아들이 거들고 있었다.

"어떻게 된 거냐, 난 네가 판검사가 된 줄 알았는데…"

"선생님, 제가 사법고시를 3번 봤는데 매번 예비고사엔 붙곤 했는데 본고사에서 번번이 낙방이에요. 대학 은사가 그러대요. 지영인 성적이 아무리 좋아도 안된다고…. 선생님 연좌제 아세요? 전 대한민국에선 취직 못한대요. 방황하다가 가까스로 미국에 이민 와서 돈도 벌고 이제 살 만하니까 이 지경이 되었습니다."

"부인도 같이 오지 않고 왜?"

"그 사람 고생하다 먼저 갔습니다…"

나는 더 이상 할 말이 없었다.

아내가 만둣국을 끓였으니 먹고 가라고 해도 그는 막무가내였다. 나중에 안 일이지만 노스승 앞에서 수족 떠는 모습을 보이기 싫어서였다고 한다. 누가 이 불운한 제자의 지나간 청춘을 보상해줄 것인가?

눈이 옵니다

세상엔 별난 전보도 다 있다.

어느 날 아침 학교에 출근을 했더니 숙직이었던 K교사로부터 이상야릇한 전보 한 통을 받았다. 청량리 우체국을 통해 밤중에, 그것도 지급으로 전갈되었다는 전문이다. 물론 전보용지 따위는 따로 없고 전화로 수신된 것이다.

50세가 넘으신 K선생이 희죽희죽 웃으시며 다가서더니,

"오래 살다보니 별 희한한 전볼 다 보겠소?"

하시며 메모해두셨던 전보 내용을 낭독하듯이 읽고 계셨다.

'눈이 옵니다'의 기상천외의 전문인데다가 발신지가 부산으로 적혀 있을 뿐 발신인은 통 밝혀 있지 않았다.

"뭐 집히는 데가 있소?"

옆에 모여 섰던 몇몇 동료들이 한 마디씩 거들기 시작한다.

"눈이 옵니다. 거 참 좋은데……"

"영화 제목 같애……"

"아니야, 접선 신호야 그건."

삽시간에 교무실은 노래의 윤창처럼 '눈이 옵니다'의 전문이 번져가기 시작했다.

나는 한동안 멍했다. 처음엔 K교사의 장난이거니 했지만, 근엄하신 선생

이 그런 허무맹랑한 말씀을 날조해낼 리는 없고……. 누굴까? 정말 이런 멋진 풍류의 전보를 쳐준 건? 그런 사람이 내게 있었던가? 가슴이 공연히 설레기 시작한다.

문맥으로 보아서 이건 남자의 소위는 아니다. 분명 여인의 고운 숨결이 담긴 전문임에 틀림이 없다.

아무리 흘러간 그리운 얼굴들을 찬찬히 더듬어봐도 도무지 그럴 만한 제자나 사람이 떠오르지 않는다. 그렇다고 내가 많은 여자 친구를 가지고 있는 것도 아닌데……. 두 번째의 창작집도 내고 했으니 미지의 독자에게서일까?

아무튼 기분은 매우 좋다. 뭔가 무지개 같은 낭만의 날개가 한꺼번에 내게로 와서 싸이는 것 같다.

누구일까? 어떤 사람일까?

그러니까 그게 아마 한 10년 전의 일로 기억된다.

그때 나는 명동의 어느 다방 한 구석에서 누군가를 기다리고 있었다. 누구였던지 도무지 생각이 나지 않지만 아무튼 약속 시간이 훨씬 넘기까지 사뭇 쪼그리고 앉아 있었다. 갑자기 한 여인이— 그땐 여인으로 느꼈지만 알고 보니 E대 학생이었다— 미소를 지으면서 내 탁자로 와 조용히 앉으면서 불쑥 메모지를 내밀었다.

'미안합니다. 선생님도 바람 맞은 것 같애요. 남자가 혼자 앉아 있는 건 좀 낫지만 여잔 창피해요. 저 조금만 더 기다려야겠는데 여기서 선생님의 동반자처럼 앉아 있다가 일어나면 안 되나요?'

대충 그런 내용의 글이 퍽 예쁘장하게 쓰여져 있었던 것으로 기억된다. 나는 그저 묵묵부답으로 고개만 끄덕거린 채 계속 눌러 앉아 있었다.

"뭘로 하시겠어요?"

그러고 보니 난 아직까지 레지들의 눈총을 받으면서 차를 주문하지 않고 있었다.

"커피로 하죠."

난 놀란 토끼처럼 대답하고 혼자 씁쓰레 웃으면서 그녀를 쳐다보았다.

퍽 영리하게 생긴 얼굴이다. 자존심도 강하게 생겼다. 귀염성스러웠다.

두 잔의 커피를 마실 때까지 그녀가 기다리는 그 사람이나, 내가 기다리던 그 사람은 한결같이 무슨 약속이나 한듯 나타나주지를 않았다.

"나가시죠, 선생님?"

무척 당돌한 여인이었다. 나는 겁이 덜컥 났다. 명동엔 나쁜 여자들이 많다는데 내가 당하는 게 아닌가 하고…….

우린 이름도 성도 아무것도 모르면서 다소는 젊음의 객기가 그걸 허용했는지 모른다. 명동서부터 호젓한 덕수궁의 담벼락을 끼고 돌면서 많은 얘길 나누었지만 생각이 나는 것은 하나도 없고 다만 산책하는 도중에 눈이 내리기 시작했다.

그녀는 손뼉을 치면서 좋아했다.

"선생님 눈이 와요, 첫눈이…….."

"……."

"첫눈은 행운이라면서요? 선생님은 안 좋으세요. 첫눈이…….."

그녀는 마치 강아지처럼 덩실덩실 뛰면서 좋아했다.

얼마 후 다시 다방에 마주앉은 그녀는 나에게 실로 어처구니없는 약속을 강요하고 말았다.

"선생님, 우리 첫눈이 내리는 날 이맘때 여기서 만나요."

그 후 나는 그녀를 못 보았다.

그 이듬해 아침에 일어나니까 간밤에 첫눈이 내려 마당을 하얗게 장식하고 있었다. 가슴을 두근거리면서 약속 시간에 맞추어 그 다방에 갔었지만 그녀는 없었다.

그리고 그 다음 해도, 또 그 다음 해도 계속 첫눈은 내렸지만 어떻게 된 건지 그녀는 한 번도 나타나지 않았다.

난 그때 그날의 일이 정말 있었던 일인지, 없었던 일인지 아니면 환각인지 세월이 갈수록 점점 자신이 없어진 채 훌쩍 10년이란 세월이 흘렀다.

분명 어제 초저녁부터 찬바람이 불고 날씨가 을씨년스럽더니 기어이 첫눈이 펄펄 날리기 시작했다. 난 저물어가는 창가에 서서 별다른 뜻 없이 눈을 보고 있었는데 오늘 아침 갑작스레 날아든 이 전보는 과연 10년 전의 그녀와 관계가 있는 것일까? 부질없는 친구의 장난일까?

'눈이 옵니다' 이젠 엄마가 다 된 그녀가 어디선가 회상의 첫눈을 보고 있다가 갑자기 전보가 치고 싶었던 것일까?

무턱대고 여기로 보낸 것일까? 내 딴에는 확인하고 싶은 충동에서 그럴 만한 사람을 만날 때마다 '네가 전보 쳤니?' '전보 네가 쳤지?' 하고 물어보곤 하지만 도무지 오리무중이다.

지금도 모른다. 어쩌면 일생동안 알지 못하는 수수께끼 속에 지낼는지는 몰라도 내년 첫눈 내리는 날을 고대해보는 수밖에 없다.

만약 10년 전, 이름 모를 다방에 마주앉아 새끼손가락을 걸던 그녀라면 얼마나 멋있는 낭만이며 기막힌 약속인가.

목련은 지고

몇 번인가 망설이던 끝에 서대문에 있는 서문의원에 들어섰다. 진찰권을 끊을 때 별명(別名)을 지어 쓸까도 했지만 그냥 본명을 밝혀 넣었다. 본명을 써봐야 그녀가 알 까닭이 없으리라는 생각에서였다.

그러니까 우리가 헤어진 것은 햇수로 꼭 34년만이 된다. 피차가 보통학교 6학년 때라 그때 우린 창씨명을 하고 있었기 때문에 서로 본명을 알 턱이 없었다. 물론 남녀 혼합반의 시골 학교이다.

진찰실에 안내되었다. 나이답지 않게 가슴이 두근거린다.

그녀는 금테 안경을 끼고 있었다.

"어디 아프시죠?"

"네, 귀가 좀 멍멍해서요."

"잘못 오셨습니다. 이비인후과로 가실 것을……"

그녀는 상냥하게 웃으면서 말했다.

나는 좀 당황했다.

"아, 아닙니다. 가슴이 울렁거려서요."

"그러세요. 어디 좀 봅시다."

그녀는 여의사답게 잔잔한 미소로 다가서면서 나의 가슴에 청진기를 갖다 대었다.

나는 창피스러운 생각이 들어서 실토해버릴까 생각했지만 꾹 참았다.

"별로 이상한 데가 없는데요. 뭣하면 X레이라도 찍어 보시겠습니까?"

"아, 아닙니다……"

그녀는 이상하다는 듯이 고개를 갸웃거리면서 또 한 번 천천히 나의 보잘것없는 허약한 가슴에다 청진기의 자국을 띄엄띄엄 내기 시작했다.

"기침 나세요?"

"아, 아니요."

"갱년기 현상이겠죠? 차라리 한약방에 가서서 보약이라도 잡수시죠?"

나는 그녀의 쌀쌀맞은 말투에서 어렸을 적의 단발머리 그녀를 연상하고 빙그레 웃었다.

"왜 웃으시죠?"

"아, 아닙니다. 그저……."

"그저라니요? 한약방(韓藥房)에 가보시라는 게 언짢으셨나?"

그녀의 새우퉁한 모습은 예전의 소녀 시절이나 지금의 중년기에 하나도 달라진 것이 없었다.

나는 용기를 냈다.

"전 박사님을 잘 아는데요!"

"네?"

"이름은 오하라 기미꼬. 고향은 평안북도 강계. 학교는 서문고녀에서 다시 연세대학. 그리고……."

이제야 그녀는 눈을 동그랗게 뜨고 나를 응시하고 있었다.

"누구십니까……."

"진찰권에 적힌 대로입니다."

그녀는 좀 화난 듯이 찬찬히 나를 뜯어보기 시작했다.

"혹시 아빠 친구이신가요?"

"훨씬 전입니다."

"그럼 대학 동창?"

"모르시는 걸 뭐라고 설명 드려야 하겠습니까?"

나는 다시 그녀의 어렸을 적 족보를 들추기 시작했다.

"할아버님은 키가 작달막한 분이시고, 할머니는 비대하셨죠? 집은 고래등 같았구⋯⋯."

나는 좀 신이 나서 장황하게 설명하기 시작하였다.

"제가 제일 부러웠던 것은 박사님께서 방학 때마다 귀성했을 때 영어 스펠링 외는 낭랑한 소리였답니다. 그게 담 너머까지 잘 들려왔으니까요. 그리고 전 미역국을 먹고 그해 재수를 하고 있었거든요."

그래도 그녀는 과학도답게 아직도 이 보통학교 시절의 동창을 인정하려 들지 않았다.

나는 좀 얄미운 생각이 들었다.

"며칠 전 군민회에 나오셨더군요? 그런데 거기서도 절 통 못 알아보시더군요!"

그제야 그녀는 생활 반경을 좁히고 뭔가 골똘히 생각하는가 싶더니

"직업은 뭣이죠, 선생님?"

"박사님의 상대가 될 만한 직업이라야 한다는 겁니까?"

"여전하시군요, 비꼬는 건."

"넷?"

이번엔 내 쪽의 말문이 막혔다. 장난기가 섞인 그녀는 나의 낭패에는 아랑곳없이

"너무 하셨어요, 시인 선생! 아니, 도요야마 구니오상, 호호호⋯⋯."

하면서 나의 손을 잡아 흔들기 시작했다.

어쩜 그녀는 내가 진찰실에 들어서면서부터 나를 눈치채고 있었던 것 같았다. 그러기에

"짓궂은 건 예나 지금이나 꼭 같으시군요."

하면서 잔주름이 간 고운 이마를 붉히고 있었다.

"아프신 데는요?"

그제야 그녀는 본연의 직업의식을 발동하듯 근심스럽게 물어왔다.

"보시다시피……. 덕택에 귀중한 상반신만 숙녀 앞에 노출시켰습니다."

"호호호……."

그녀는 손으로 얼굴을 가리고 수줍은 소녀처럼 밝게 웃고 있었다.

"간호원, 안에 들어가서 손님 오셨다고 해요. 아주 귀한……."

간호원은 나와 그녀를 번갈아 쳐다보면서

"굉장히 기쁘신가보죠? 원장 선생님께서 웃으실 때가 다 계시니 ……."

"그래, 맞다! 안 그래요? 도요야마 구니 아니지, (처방전을 넘겨다 보면서) 홍 선생님! 아마 한 40년 되죠?"

"그럼 우린 50년이 넘었게요?"

"그렇군요. 정확히 34년만이군요!"

그녀의 얼굴에 갑자기 우수의 그늘이 지기 시작했다.

나는 풍문에 들어 알고 있다. 그녀의 남편도 닥터였는데 군의관으로 파월되었다가 전사한 것을 …….

나는 그녀의 우울을 건져내듯이

"오하라 아니, 서문 선생, 우리 나가시죠? 34년만의 재회를 축하하는 뜻으로 쭈욱 한 잔 어떠세요?"

그녀는

"술은 못하지만 좋아요."

하면서 안으로 총총히 들어가고, 나는 계속 진찰실에 눌러 앉아서 34년 만에 되찾은 보통학교 동창을 통해 40년이 될지 50년이 될지 모르는 이북의 많은 보통학교 동창들과의 해후의 날을 생각하고 있었다.

모두들 죽지 않고 잘 있어줘야 할 텐데…….

명상에 잠기고 있을 때 그녀는 덤덤히 큰 액자 속의 부군의 사진을 들고 나왔다.

"우리 아빠 못 보셨죠? 아빠의 저녁 시간이 돼서 미안해요."

못 나가겠다는 걸께다.

이렇게 아름답고 멋진 여인이 한국 땅에도 있었을까?

나는 아무 말 없이 일어서 나왔다.

어느새 서녘 하늘이 붉게 물들어가고 어디선가 목련이 뚝 지고 있었다.

현대의 우화

물론 내가 직접 보고 겪은 일은 아니다. 그러나 그런대로 실감이 나고 공감이 가는 이야기다.

우화라고 붙일 것까지는 없겠지만 그래도 번잡한 종로 네거리에 진열되어 오고가는 인파의 시선을 끄는 '여인의 하체에다 물고기의 아가미를 단' 사진을 보는 것만큼 신비롭고 구미가 솟는 이야기임엔 틀림이 없다.

어느 날 해질 무렵 명동 유명한 보석상에 협수룩한 중년 부인 한 분이 찾아들었다.

화려한 보석과는 전혀 무관한 그런 타입의 여인이었다.

점원들은 아랑곳도 안했다.

마침 그때가 보석상으론 가장 한산한 때라 점원들은 모여 앉아서 주간지에 실린 너절하고 추잡한 화제에 꽃을 피우고 있었다.

그 부인도 역시 수인사하는 일도 없이 그저 진열장의 휘황찬란한 갖가지 보석을 훑어보고 있었다.

서성거리는 것도 아니요, 도취하는 눈빛도 아닌 그저 덤덤한 표정으로—.

이윽고 부인은 잠자코 손가락으로 보석 반지 한 개를 가리키더니,

"저거 얼마요?"

점원들의 대화는 중단되고 눈이 한꺼번에 휘둥그레졌다.

이건 확실히 번지수를 잘못 찾아든 것이다. 싸구려 반지로 착각하고 가격을 물은 것이 아닐까?

장난기가 좀 있는 점원 하나가 멸시와 다소 희롱이 섞인 어조로,

"이거 말입니까? 9백만 원인데요."

부인은 별로 놀라는 기색도 없이 턱으로 그걸 가리키며,

"어디 좀 봅시다."

점원들의 시선이 일제히 그 부인에게로 집중되어 갔다.

미친 여자가 아닐까?

좀 돈 여인이 아닐까?

순간 더듬거리고 당황하는 점원을 보더니 부인은 조용한 미소를 띠우면서

"좀 보자는데 왜들 그러세요?"

점원은 아무 말 없이 진열장에서 그 보석 반지를 꺼내어 부인 앞에 내놓았다. 그러면서 내심 보석을 감식할 줄 아는 그 부인의 높은 안목에 혀를 차면서 아무리 쳐다보아도 사장 부인 같지도 않고 고관 부인 같지도 않은 그 부인을 지켜본다는 것보다 감시한다는 표현이 옳았다.

반지를 받아들고 이리저리 살펴보던 부인은 이윽고 자연스럽게

"좀 비싸군요……."

"……."

점원은 도깨비에 홀린 듯한 어리둥절한 가슴을 가까스로 가라앉히면서 보석의 진가를 바로 맞히는 그 부인을 신비스러운 눈으로 쳐다보았다.

점원은 갑자기 당황하기 시작했다. 솔직히 말해서 이런 흥정은 처음인 것이다.

애잔하게 웃고 섰던 부인은,

"어떠세요? 한 7백이면."

"좋습니다, 원가에 드리는 겁니다."

어느 틈에 나왔는지 컬컬한 소리에 뒤를 돌아보았더니 주인 아저씨의 어깨 너머로 받는 대꾸였다.

점원의 등허리엔 어느새 축축한 식은땀이 흘러내리고 있었다.

"그럼 싸주세요."

하면서 그 부인이 내민 것에 점원들은 또 한 번 놀랐다.

천만 원짜리 보증수표였으니 말이다.

내미는 태도가 얼마나 자연스럽고 세련되었는지 오히려 받는 쪽이 어떤 위압감과 공포를 자아내게 했다.

"좀 기다리실까요? 그리고 뒷면에 서명을 해줬으면 하는데요?"

"가짤까 봐서요? 호호…….."

웃는 표정이 퍽 따스해보였다.

"아닙니다. 그저 상례가 되어서요."

"괜찮아요, 여기 앉아 있을 테니 은행에다 전화로 확인해보세요."

"아니 뭘요, 곧 잔액을 드리겠습니다."

주인은 잔액을 가지러 안에 들어가는 척 하면서 즉시 수표의 발행처로 되어 있는 은행으로 달려갔다. 마침 발행처의 은행이 가까이 있을 뿐만 아니라 거래처이기 때문에 마감 시간인데도 확인하는 데는 그다지 오랜 시간이 걸리지 않았다.

천만 원짜리 수표는 진짜였다.

총총히 돌아온 주인은 잔액 삼백만 원과 기다리게 한 사과를 정중히 드리고 받은 수표 이면에 이름이나 적어주시면 하는 요청을 했더니 부인은 서슴지 않고 달필로 자기 이름을 서명하고 나가려는 것을 주인이 다시,

"주소를 좀……."

이 말에 여인은 그렇게 온화하던 얼굴에 서릿발 같은 위엄을 나타내면서

"그만 두세요. 왜 이렇게 복잡해요. 은행에 가서 확인까지 했으면 그만이지, 이리 줘요. 다른 데로 가서 사겠어요."

주인은 그만 얼이 빠져서 백배사죄하여 가까스로 부인의 노여움을 풀어 보내는 데 성공했다.

삼백만 원짜리 거스름 수표를 아무렇지도 않게 그 사치스런 악어백도 아

닌 그저 수수한 기저귀가방 같은 백에 쑤욱 집어넣고 부인은 가게 문을 나서고 있었다.

주인은 그녀가 어떤 신분의 여자일까 하는 호기심과 다소는 걱정이 되는 마음에서 점원을 몰래 미행시켰더니 이윽고 부인은 어느 으슥한 골목에 대기시켰던 고급 세단차에 오르더라는 것이다.

점원은 재빨리 자가용 넘버를 메모해서 주인에게 보고했다.

이튿날 주인이 그 세단차의 소유주를 알아보았더니 놀랍게도 모 재벌 회장의 차였다고 한다.

솔직히 말해서 나는 이 신화 같은 이야기를 믿지 않는다.

아니 믿고 싶지 않다.

말의 출처를 확인할 수도 없다. 어쩜 지어낸 낭설인지도 모른다. 이리저리 분석해봐도 말의 조리나 앞뒤의 전개가 맞지 않는 데가 수두룩하다.

하지만 어쩌면 정말일지도 모른다는 생각도 든다. 신문지상에서 떠들던 보석 밀수사건에 얽힌 고관·재벌들의 후담도 있고 보면 이야기에 다소의 수식은 있어도 그 이야기의 핵심과 뼈대만은 얼마든지 있음직한 일이 아닌가 생각한다.

어쨌든 이건 한 토막의 현대적 신화가 아닐 수 없다.

말썽이 많고 눈이 무서운 세상이고 보면 보석 반지 하나 사는 데도 그런 세심한 가면극쯤 연출될 법하다.

아무튼 내가 슬픈 것은 천만 원짜리 수표를 호주머니에 들어 있는 화장지만큼 가볍게 꺼내는 이 현대의 만능을 통탄하고 싶다.

어쩌다 만 원짜리 수표 한 장을 호주머니에 넣고 다니면서도 하루에 두세 번씩 만져보고 확인하는 이 알량한 서민의 소심증을 한낱 소심증으로만 돌려야 하는 것일까?

언젠가 신문의 가십란에 어떤 유명한 정객이 오백만 원짜리 수표와 구백만 원짜리 수표를 뒤 호주머니에 넣었다가 잃어버렸다는 기사를 읽은 적이 있다.

얼마나 돈이 많으면, 또 얼마나 대수롭지 않은 돈이면 그런 막중한 수표를 손수건이나 휴지 다루듯 아무렇게나 호주머니에 넣고 다닐 수 있었을까?

시장에서 찬거리를 사가지고 돌아와서도 일일이 계산에 맞춰보고 십 원이 모자라느니 십 원이 더 왔다느니 하면서 희비의 쌍곡을 긋는 아내의 표정을 생각하면 이 얼마나 무모하고 무서운 현대의 신화들인가?

이런 우화들이 속출하는 세상에 미래를 기대할 수 없다.

좀 더 인간에 바탕을 두고 인간애가 살아 흐르는 전설 같은 그런 소박하고 아름다운 우화가 줄줄이 쏟아져 나왔으면 좋겠다.

내가 가난하고 서민이라서 그러는지는 몰라도 흐뭇한 이야기들이, 이웃을 사랑하는 우화들이 매일 신문 3면을 장식했으면 좋겠다.

그것이 없는 현대는 그래서 항상 고독하고, 우화가 비약하는 현대는 마냥 메말라 가기만 한다.

현대라는 이슈

나는 학생들을 교육하면서 가끔 딜레마에 빠지는 때가 있다.

도대체 현대란 무엇일까?

세대의 차이란 과연 있는 것일까?

내가 자라던 때의 일들과 너무나 달라진 교육적 상황 속에서 내가 잘못 이해하고 있는 건지, 아니면 지금 학생들의 가치관이 옳은 건지 갈피를 잡을 수가 없어 깊은 회의에 잠기곤 한다.

아무리 가치관이 달라졌다고는 하지만 인간을 만들어 내는 교육의 근본 정신에야 차질이 없다면 다만 교육하는 방법에 착오가 생겨난 것일까?

내 생각이 현대라는 세찬 물결에 휩쓸려 차츰 뒤떨어져 간 것일까?

아니면 교육 이념이 과학 문명과 함께 고도로 전진해온 탓일까?

걸핏하면 현대 의식을 부르짖는 학생들 앞에서, 나는 어쩔 수 없는 시대의 낙오자로, 퇴물로 화(化)해야 하는 것일까?

나날이 각박해가는 사제지정(師弟之情)을 통탄하면서 나는 그들이 내세우는, 아니면 은연중에 강습해 들어오는 현대라는 이슈를 생각해본다.

얼마 전의 일이다.

효창운동장에 전교생이 동원된 일이 있었다.

시간이 촉박하여 택시를 기다리고 있었다. 공교롭게도 빈 택시는 와 주지 않고 시간은 가고 무척 당황하던 참에 한 대의 택시가 브레이크를 밟으면서 내 앞에 와서 멎었다.

문을 열고 왁자지껄한 소리와 함께

"어서 타세요 선생님."

보니 중학교 1학년 학생들이었다.

거의 떼밀리다시피 하여 택시에 올라탔다. 무척 고맙고 대견스러웠다. 뒷자리에 앉은 어린 학생들을 돌아보면서 나는 오랜만에 스승된 긍지마저 느꼈다.

'기특한 놈들…… 택시 값은 내가 내야지.'

속으로 되뇌면서 혼자 흥겨워 하는 사이에 차는 어느덧 효창운동장 가까이 왔다.

요금표를 보니 오백오십 원이 걸려 있었다.

호주머니를 뒤적거려 돈을 꺼내려는데 뒤에 앉았던 학생이 벌떡 일어나서 나를 제지하더니

"오백오십 원을 다섯이서 쪼개면 얼마니? 백십 원이지, 선생님도 백십 원만 내세요."

그 순간 나는 무엇에 얻어맞은 듯 아찔하였다.

이게 도대체 어떻게 된 영문이냐?

청천 하늘에 날벼락도 분수가 있지 그래, 스승이라고 대접해서 태워준 것이 아니라 자기네 지출을 줄이려고 나를 물색했단 말인가? 그 덫에 내가 걸렸단 말이지! 스승이라는 이름의 나는 겨우 인원을 늘려 돈을 줄이는 주주(株主) 구실 밖에 안 된단 말인가?

슬그머니 괘씸한 생각이 든다. 속으로 불덩이 같은 노여움을 달래면서 나는 조용히 웃으며,

"애들아, 내가 다 낼게. 그냥들 내려라……."

했더니 뒤의 놈이 정색을 하며,

"그건 안 됩니다, 선생님. 다섯이서 탔으면 다섯이서 공정하게 쪼개는 것이 원칙입니다. 아무 소리 마시고 백십 원만 내세요."

무척 스승을 아끼는 듯한 어조에 그만 실소하고 말았다.

마침 잔돈도 없고 해서 오백 원권을 내어주었더니 이리 바꾸고 저리 제치며 거스름 삼백구십 원을 손안에 쥐어주는 것이었다. 그리곤 무슨 공정한 재판이나 치른듯 의기양양하게 뒤도 돌아보지 않고 운동장 입구로 쑤욱 기어들어가고 있었다.

나를 물끄러미 쳐다보고 있던 운전사의 눈길이 부끄러워서 나는 후딱 하늘의 뜬구름을 보고 있었다.

현대란 이런 것일까? 이 철저한 이해타산— 차갑도록 대범한 처리—.

이건 교육과는 무관한 것일까? 이 결과는 교육적으로 매듭지을 만한 가치가 없는 것일까? 어딘가 잘못되어 있는 것은 아닐까? 학생들이 생각하고 행동한 논리가 과연 옳은 것일까?

나는 차분히 현대란 놈을 붙들어놓고 나를 분석하기 시작하였다.

일단 자기네가 원해서 태워준 다음에야 요금은 끝까지 자기네가 전담하는 것이 온당하지 않을까? 내가 세워서 탄 것도 아니고, 내가 태워달라고 부탁한 것도 아닌 바에야, 더구나 스승이고 보면 아무리 어린 학생이라 하지만 최소한 스승에 대한 예절쯤은 지켜줘야 하지 않았을까? 아무렇지도 않은 일을 가지고 분개하고 이렇게 생각하는 것이 바로 구세대에 속해 있다는 증거가 아닐까?

어떻게 된 노릇인지 현대라는 베일 속에 현대는 바야흐로 무엇인가를 잃고 있다.

요새 학생들은 부끄러워할 줄을 모른다. 수줍어서 귓부리가 빨개지고 홍당무가 되었다는 얘길 듣지 못했다. 지각을 해도 태연하고, 숙제를 안 해와도 뻔뻔스럽고, 미안하다던가, 감사하다는 감정에서 점점 멀어져 간다. 이러한 미덕들을 앗아가는 바탕은 과연 무엇일까?

나는 오늘도 숱한 현대라는 이슈에 부딪치면서 현대 속에 이렇듯 홀로 격리되어 간다.

서울 촌놈

나는 촌놈이기를 원한다. 서울 한복판에 살면서도 어딘가 덜 떨어진 촌놈이기를 원한다.

원래 태생이 산간벽지라서 그러는지는 몰라도 촌놈에게는 때묻지 않은 순수성이 있어서 좋다. 기름독에 빠져 나온 것 같은 도시에 절어 있는 꼬락서닌 딱 질색이다.

어수룩한 촌놈 냄새─. 여기에는 미워할 수 없는 성실한 인간성이 엿보여서 좋고, 때로는 우직한 풍자가 섞여 나와서 더욱 좋다. 현대에 익숙지 못한 실수의 난발이 오히려 매력적이다.

며칠 전 나는 대구엘 갔었다. 양산 어디선가 낭떠러지에 굴러 떨어진 고속버스의 사고로 그쪽은 위험하다고 해서 결국 기차로 가기로 낙착이 되었다.

기차! 말만 들어도 가슴이 설레고 향수를 돋군다.

고속버스로 가는 것은 암만해도 관광 가는 기분이지 여행하는 기분은 안 난다. 그러고 보니 기차로 여행해보는 것도 20년 만의 일이다.

1·4 후퇴 때 유개차 꼭대기에 천연덕스럽게 올라앉아 며칠이고 가던 그때의 일은 생각만 해도 모골이 서늘하다.

차표 하면 또 이상한 저항을 느낀다.

정식으론 사기 어려운 것, 암표가 유행하는 것, 콩나물 같은 시루 속에 앉지도 못하고 서서 가는 것─. 아무튼 기차에 대한 인상을 별개로 치더라도 인식은 과히 좋지 않다.

전날 밤, 아내와 나는 서울역으로 나갔다. 미리 차표를 사두는 것이 좋다고 해서.

경부선 새마을호는 보통과 특실로 나누어져 있었다. 보통은 좌석이 없는 것으로 여기고 아내는 특실을 끊었다. 실상 따지고 보면 값만 오백 원이 더할 뿐 별 차이가 없었다. 비록 오백 원이 적은 돈은 아니지만 아내는 모처럼의 여행이니 이왕이면 다홍치마로 앉아서 편히 가라고 큰 선심을 내게 베푼 것이다.

차표를 못 살까봐, 앉아서 못 갈까봐 아내와 내가 서둘러 산 특실 1호—.

이튿날, 나는 역으로 나갔다. 미련한 촌 수탉처럼 대합실에 들어섰다. 모두가 미끈하다. 개찰을 받고 나갔다. 특실이 어디 붙었는지 알 수가 없다. 지나가는 역원에게 물어 겨우 특실에 올라탔다.

한 차량을 반으로 나눈 특실—.

이게 소위 옛날에 있었던 일등차가 아닌가!

결국 나는 고관대작들만 탔었던 일등차에 탄 셈이 되고 말았다. 그것도 특실 일호임에야…… 정말 돈키호테가 무색할 노릇이다.

좀 후에 현역 대위 한 분이 매우 위엄성(?) 있어 보이는 신사 한 분을 정중히 모시고 올라오더니 선반 위에 놓인 나의 여행가방(가방이라야 종이로 된 대봉투지만)을 밀어붙이고 그 자리에 007에 나오는 가방을 태연스레 얹어놓고 있었다.

"여보세요, 제 것도 중요한 겁니다."

현역 대원 아무 말 없이 나를 일별하더니

"댁은 그 위에다 올려놓으세요."

거의 억누르는 말투다.

"각하, 그럼……"

거수경례를 딱 붙이고 그는 사라져 나갔다. 내 옆에 앉은 사람은 장군이었다.

나는 그때부터 묘한 위축감 때문에 거의 안정을 잃고 있었다.

"당신은 아무래도 번지수가 다른 데 잘못 타신 거 아닙니까?"

하는 힐난의 눈빛들이 사방팔방에서 조여들기 시작했다. 모두들 특실엔 익
숙했다. 마치 자기 집 안방같이 스스럼없어 보였다. 꼭 수세식 변기에 처음
올라앉은 기분이다.

얼마 후 식당 웨이터가 커피를 날라왔다. 솔직히 말해서 나는 완전히 얼
어 있었다. 저게 한 잔에 얼마나 비쌀까 하고 아예 쳐다보지도 않았다. 옆자
리의 각하도, 건너의 사장도 너머의 귀부인도 아주 자연스럽게 받아 마시고
있었다. 유심히 그 귀추를 살폈더니 이건 또 웬일인가! 무료 커피일 줄이야
…….

후회 막급했지만 역시 그걸 재청구할 배짱도 없었다. 철저한 촌놈처럼
우직하지도 못했다.

옆자리의 장군은 의자를 뒤로 제쳐놓고 코를 골기 시작했다.

그 안에 갇힌 나는 조롱 속에 새가 되어 도통 바깥 경치가 하나도 눈에
들어오지 않았다. 홧김에 푸념이나 하자고 원고지를 꺼내놓고 몇 자 끄적
거렸지만 차는 흔들리고 글씨는 엉망이다.

장군은 보기가 안 되었던지 앞에 부착된 하얀 판대기를 잡아당겨 주었다.
조그마한 식탁이 펼쳐졌다. 거기엔 받쳐놓고 쓰면 편하다는 친절이리라.

나는 얼떨결에

"이런 것도 있군요."

"처음이군요, 기찬?"

나는 아내가 미워졌다.

삼등 인간이 분명한데 어쩌다 일등 인간 속에 밀어 넣어 이런 부자유를
느끼게 하는 건지.

기차가 아마 대전을 지나서쯤이었으리라. 식당 웨이터가 이번에는 쟁반
에 누르스름한 오렌지 주스를 담아가지고 나타났다. 별로 손을 내미는 사
람이 없었다.

절호의 기회를 놓칠세라 나는 한 잔을 청해 마셨다. 그럼에도 웨이터는 빈 컵을 들고 계속 서 있었다.

"왜 그러시죠?"

"이백 육십 원입니다……"

아차, 이건 공짜가 아니었구나! 덫에 걸린 기분이었다. 나는 씁쓰레한 기분으로 돈을 내어주었다.

달리는 기차 소리가 꼭 촌놈, 촌놈 하면서 지나가는 것 같았다.

나는 슬그머니 일어서서 봉투를 들고 보통실로 옮겨갔다. 마침 빈 자리가 있어서 거기 아무렇게나 앉아 긴 안도의 한숨을 내쉬었다. 이제사 마음이 좀 편했다. 얼굴들이 나와 비슷하다.

잠이 왔다. 우스웠다.

깨우는 통에 눈을 뜨니 차표 검사였다. 나는 차표를 꺼냈다.

"아니, 특실로 가시죠? 왜 이런 델?"

놀라는 금테 차장을 힐끗 쳐다보고 나는 이렇게 말했다.

"네, 전 여기가 더 편합니다……."

그리곤 이내 다시 잠을 들었다.

단풍이 물들 때

금네!

정확한 발음은 금녀(金女)다. 그러나 우리 고향에선 금녀라고 하지 않고 금네라고 부른다.

금네는 나의 바로 손위 누나의 친구다. 누나의 친구니까 누나를 만나러 오는 것이 당연하겠지만, 나는 지금도 그때의 금네 누나가 누나를 보러 오는 건지 아니면 내게서 빨갛게 물이 든 단풍잎을 선사받는 재미로 오는 건지 도무지 분명치 않다.

알아보려야 알아볼 길이 없다. 금네 누난 죽었으니까.

허지만 죽었다는 것부터가 그렇다. 서로 보지 못하면 대하지 못하는 그 시간만큼은 누구나 다 죽어 있는 상태의 시간이다.

이렇게 가을이 되어 온 산이 홍엽(紅葉)으로 덮일 때가 되면 금네 누나의 기억이 생생하게 살아오는 걸 보면 오히려 누난 죽은 것이 아니라 그저 멀리 떨어져서 서로 보지 못하는 것뿐인지도 모른다.

누난 유달리 단풍을 좋아했다.

하얗게 마른 얼굴이 주홍빛 단풍과 아주 썩 잘 어울렸다. 그래서 일찍 죽었는지는 몰라도 누난 그 많은 단풍 가운데서도 싯누렇게 병든 벌레 먹은 단풍을 유독 사랑했다.

한번은 이런 일이 있었다.

학교에서 돌아오는 길에 나는 일부러 동산에 들러 곱게 물든 단풍 두 잎을 따다가 마침 집에 놀러 온 금네 누나의 신발 바닥에 살그머니 깔아놓았다.

누나는 그것도 모르고 집에 가려고 신발을 신으려다가 소스라치게 놀라 발을 헛딛고 그만 발목을 삐었다.

그러면서도 누난 운동화 속의 단풍을 꺼내들고 종내 웃고 있었다.

내 낭만을 몰라주던 내 누인 머리에 몇 개의 군밤을 안겨주고 금네 누날 부축하여 데려다 주는 고역을 치르게 했었지만 사뭇 즐거운 시간이었다.

지금도 나는 그때의 금네 누나의 향긋한 냄새를 잊을 수가 없다.

아마 그게 나의 첫사랑인지도 모른다.

금네 누나의 집을 가려면 지름길로 조그마한 동산 하나가 나타난다. 거기서 누난 주저앉고 말았다.

가을이라 단풍이 눈부시게 아름다웠다. 더구나 저녁놀에 반사된 나뭇가지의 붉은 것, 노란 것의 단풍들은 정말 지금 생각해봐도 절경이었다.

누난 앉은 자리에서 요것, 조것, 눈짓, 손짓, 턱짓으로 단풍을 가리키면서 내가 그걸 거두어 올 때마다 환성을 지르곤 했다.

빨갛다 못해 무슨 진한 핏덩이가 한데 엉킨 것 같은 주홍의 빛깔—.

벌레로 해서 먹어 들어간 부분들이 꼭 불길이 타들어가다 만 것 같은 그을린 자욱—.

힘주어 잡으면 바삭바삭 소리 내어 부서질 것 같은 연약한 촉감—.

이제는 더 붉을 수가 없어서 성냥불만 대면 한꺼번에 연소해버릴 것 같은 연정—.

누난 한 잎, 두 잎 쌓이는 단풍을 보면서 더 나은 단풍을 모아오면 아쉬운 듯 고개를 갸우뚱거리며 뒤로 밀어놓곤 했다.

북극의 늦가을 저녁은 언제나 음산하게 춥기 마련이다.

어쩐 일인지 누나의 입술이 가끔씩 파랗게 떨리곤 했다.

가자고 했지만 웬일인지 누난 물끄러미 먼 산을 바라보다 날 한참이나 쳐다보곤 했다.

하얗게 질린 누나의 얼굴과 빨간 단풍 빛깔이 묘한 대조를 일으키면서 어린 나의 가슴을 짓누르고 있었다.

"가아 누나?"

나는 겁이 났다.

"너 무섭니?"

누나는 웃고 있었다.

"아아니……"

누난 아무 말 없이 일어섰다.

바로 그때다.

누난 갑자기 심한 기침을 두어 번 하더니 울컥 뜨거운 것을 내 소맷귀에 토하고 있었다.

훅 느꺼운 피비린내가 끼쳐왔다.

피다!

단풍 같은 진한 피다.

어느 것이 단풍이고 어느 것이 핀지 분간하기가 어려웠다.

나는 어떻게 해서 금네 누날 집에까지 데려다 주었는지 모른다.

며칠 후 나는 모든 것을 알았다.

집에 금네 누나가 오면 덜 좋아하던 어머니의 표정이며 누나가 반가워하지 않는 이유를 알았다.

금네 누난 그때 말로 폐병이었다.

결국 그 몹쓸 폐병으로 누난 도립병원에 입원했다가 죽었다.

나는 몇 번인가 몰래 병원엘 갔지만 들여보내 주지 않아 누날 영영 보지 못했다.

나중에 들은 말이지만 누난 하얀 병원 침대에다 그 숱한 단풍을 꺼내놓고 단풍을 보면서 임종했다고 한다.

그런데 그 많은 단풍 뒷면에는 날짜와 주운 장소와 준 사람의 이름이 또박또박 깨알 같은 글씨로 쓰여져 있었다고 한다.

그리고 누난 삔 발목의 붕대를 풀지 못하게 했었다고 한다.

그때 내 나이가 열네 살이었으니까 금네 누난 결국 열여섯 살밖에 못살고 단풍 속에 묻혀 철 이르게 물든 고운 단풍처럼 홀로 타다가 갔다.

분명 단풍의 빛깔은 붉다.

그런데도 나는 언제부턴지 빨간 단풍을 하얗게 보는 버릇이 생겼다.

단풍을 볼 때마다 일종의 전율을 느끼곤 한다.

자꾸만 어쩐지 엉킨 선혈 같은 피보라를 본다.

단풍과 금네 누나—.

어쩌면 이것은 내게 있어서 동일체인지도 모른다.

그래서 나는 빨강과 하양을 구별 못하는 색맹에 걸리고 말았다.

정통파 재래종

이만옥(李萬玉)이라는 사나이가 있다.

나의 중학교 동창이다.

내가 이 사나이에게 매력을 느끼게 된 것은 아주 최근의 일이다.

돈도 꽤 벌었다. 그 친구도 사장이요, 부인도 사장으로 별개의 업체를 따로따로 경영하고 있다. 흔히 돈 있는 자의 천박하거나 척하는 데라곤 한 군데도 없다.

부인도 마찬가지다. 코리아 라이프지엔가 달러 복스로 클로즈업 된 기사를 보면 줄잡아 두 내외분의 자본금은 몇 10억쯤은 되리라. 그런데 손톱에 그 흔한 매니큐어 하나 칠한 흔적이 없고 손가락 마디마디는 굵고, 그 둘레엔 싸구려 보석 반지 하나 끼지 않은 데 호감이 갔다.

말이 옆구리로 샜지만 이만옥이라는 이 친구, 철두철미한 이북 사나이다. 어디서나 어느 곳에서나 그는 한결같이 자기가 정통파 재래종임을 주장한다.

이를테면 순종이라는 것이다.

이 땅에 30년 가까이, 그것도 서울에서만 살았으면 조금은 간사한 표준어라든가 여기 풍토에 젖음직한데 도무지 그렇지가 않다. 좀 쉰 듯한 바리톤으로 '잇쌔끼' 할 땐 눈에서 불똥이 튄다. 어쩌다 동창회에서 누가 유창한 서울 말이라도 쓰는 날엔 청청하늘에 날벼락이 떨어진다.

"잇쌍 잰내비(원숭이) 같은 쌔끼, 자꾸 네레 덮얼댈래?"

그는 표준말을 쓰는 우릴 개량종으로 보고 변절자로 몰아친다.

그는 용하게도 고향 사투리를 하나도 잊어버리지 않았다. 누구는 애들에게 표준말을 일부러 가르친다지만 이 친구는 대학에 다니는 큰애, 작은놈을 끌어 앉혀놓고 사투리를 강의한다. 그의 입을 빌면 사투리가 아니라 정통파 순수 언어학을 강의한다는 것이다.

그러자니 자연 뒷구멍으로 자식놈들에게 토속학자, 방언학자라는 빈축을 산다.

"껑낭깐 아니?"

애들은 이제 어찌나 훈련이 잘 되고 주눅이 들었던지 대답도 청산유수다.

"아바지두 또 폼 잡우?"

"야레 날래 말하라구야."

"후후…… 화장실."

이쯤 되면 부자간의 대화는 징그럽다.

말도 투박하지만 배포도 야생적이다. 부동산으로도 한 밑천 단단히 잡은 친구지만 통일이 되면 한걸음에 달려가서 강계의 요지란 요소를 깡그리 사서 나누어주겠다는 거다. 고향 시가지의 청사진을 떠다놓고 우리들 보고 상가나 요지를 지목해두란다. 그리곤 그것을 일일이 메모해둔다. 어떤 땐 매매 계약서를 쓰자는 통에 아주 곤욕을 치르기도 한다.

참 멋있는 친구다.

이 친구 사업을 하다가 막히거나 좌절이 생기면 소주 한 병, 북어 한 마리 거머쥐고 아버지 산소에 찾아가서 대작을 한단다.

"자, 아버지 한 잔 하시라요."

"이번엔 내레 한 잔 받겠수다."

주거니 받거니 하면서 괘념의 일들을 말끔히 씻고 해결의 실마리를 찾아 가지고 내려온다고 한다.

있는 놈 치고 철학도 있고 골이 비어 있지 않아 좋다.

이제 돈도 벌 만큼 벌었으니 좀 뜻있게 살고 싶단다.

한 번도 넥타이를 매고 정장한 것을 보지 못했다. 항상 덥수룩한 잠바 차림에다 희끗희끗한 반백의 머리카락을 휘날리면서 일본으로 동남아로 잘도 돌아다니지만 자세히 뜯어보면 이 친구만큼 오밀조밀하게 구색을 갖추어 입은 멋쟁이도 없다.

게다가 굉장한 식도락이다. 백 평 남짓한 자기 집에 이북 강계를 재생시키고 있다. 망(맷돌)이 있는가 하면 국수틀이 있고, 나무로 된 떡판에다 떡메도 있다. 철마다 이북에서 해 먹던 별식을 만들어 고향 친지들을 초대한다. 때로는 제 맛이 나지 않는다고 두 번, 세 번 손수 물을 보고 간을 맞춘다. 그래도 식성이 안 풀리면 기구를 때려 엎고 몇 번이고 자기 차에 손님을 싣고 구파발에 있는 만포집이라는 냉면집으로 달려간다. 고향 강계에서 나는 개평풍이라는 식물을 찾아 설악산 일대를 누볐다니 가히 그의 집념을 알 만하다.

그는 또 자신을 가리켜 우국지사라고 한다.

그의 부인 말을 빌리면 어느 핸가 해외여행에서 귀국하는 날 마중 나온 식구들을 공항에 남겨놓고 행방이 묘연하더니 얼마 후 인형을 사가지고 나타나서 차 안에서 태연스레 한다는 말이

"남의 나라에 돈 뿌릴 게 없잖아. 막내하고 약속했거든, 인형 사주기로."

나는 이 친구를 자랑한다.

친구로서가 아니라 그의 정통파 재래종 기질을 연모한다.

태릉에 배밭을 사가지고 해마다 추석이 되면 그 수확물을 트럭에다 싣고 다니면서 한 상자씩 고향 친지들에게 나누어주는 그의 구수한 인간미와 소박한 의리, 야생마 같은 고구려 기질을 자랑한다.

철두철미한 이북의 사나이로 군림하는 이만옥—.

이 땅에 30년을 살면서도 이곳에 정붙이지 못하고 동화되지 못하는 이질감—. 그렇다고 저쪽을 목마르게 그리워하는 안타까운 향수도 없는 이 어중이 인간하고 얼마나 긍도가 다른가. 차원이 다른가!

향수의 광증(狂症)

현대에는 기인이 없다.

기인이 설 땅이 없는 것이다.

섣불리 기인 행세를 했다가는 광인 취급을 당하거나 당국에 붙잡혀 가서 고초를 받기가 일쑤이다.

어느 날 나는 기인이 되고 싶어서 서울역 광장에 서 있었다.

구정을 앞둔 서울역은 고향을 찾아가는 사람들의 행렬로 일대 아수라장이었다. 어느 노선, 개찰구마다 차표를 사고자 하는 귀성객들에 의해 장사진을 이루고 있었다.

나도 그 장사진 속에 끼여서 내 차례를 끈질기게 기다리고 있었다. 고향을 찾아가는 기분에 취하고, 향수에 젖고 싶었던 것이다.

밀리고 밀치는 실감나는 악다구니 속에 이윽고 내 차례가 왔다.

나는 오천 원짜리 지폐 한 장을 창구에 들이밀면서 자그마한 소리로

"평양이요."

하고 말했다.

"어디라구요?"

좀 거친 듯한 목소리가 안에서 새어 나왔다.

나는 겁 없이 재차

"평양이요."

이번엔 창구를 반쯤 열어 잡고 화난 듯한 사나이의 충혈된 눈이 철망 너머에서 나를 노려보고 있었다.

"다시 말해보세요, 어디랬죠?"

나는 태연하게 앵무새처럼 반복했다.

"평양이요……."

"당신 미쳤소?"

"평양 표는 없나요?"

이 말이 채 끝나기도 전에 '저 새끼 죽여라!' 하는 소리가 뒤에서 들리는가 싶더니 주먹이 날아오고 발길이 구르더니 울컥 쏟아지는 뜨거운 코피와 함께 갑자기 주위가 소란해졌다.

순경이 숨이 턱에 차서 달려왔다.

나라고 용빼는 재주는 없다. 역전 파출소로 끌려가서 무엇의 거물처럼 소장과 마주 앉았다.

나는 진지하게 말했다.

"30년간을 꿈에도 잊지 못하는 고향인데 이름 붙는 날에 미친 흉내 좀 내보면 안 되나요? 고향에 가고 싶다는 말과 평양에 가고 싶다는 말은 어떻게 다른가요?

고향에 간다고 저렇게 소용돌이치는 저 인산인해 속에 내가 좀 끼어서 기분 좀 내보면 안 되나요?

미치고 싶도록 안타까운 이 마음을 왜 모르십니까?"

다행히 소장의 고향도 동병상련의 이북 출신이었다.

충분히 이해는 하지만 공산당과 대결하고 있는 우리의 현실이 그런 기행을 용납할 때가 아니잖냐구 오히려 내 어깨를 껴안고 그도 우는 듯한 어두운 표정으로 나를 위로하고 있었다.

우린 곧 10년 지기처럼 친해졌다. 대폿집에서 빈대떡을 구워 먹으면서 대동강이며 모란봉 이야기로 술잔이 오고 가다가 김일성이가 죽은 후에나 고향 구경하게 될 거라며 김일성의 명일을 재촉하는 축배를 들고 있었다.

정신병원에 가면 정신이상자들을 많이 보지만 나는 이 광인들을 진짜 미친 사람으로 안 본다. 왜냐하면 미친 사람 가운데 더러 이북 사람들을 보지만 열이면 열 모두 두고 온 고향 이야기로 횡설수설하는 광인은 보지 못했다. 군대에선 더러 오발탄도 생기고 1년에 한 번씩은 만우절도 있는데 누구 하나 여기에 대해서만은 실수나 기행을 범하는 사람이 없다.

공산당이 그처럼 무섭고 악독한 놈들이기 때문일까.

지나 추석에 나는 망우리 공동묘지, 이름 모를 무덤 앞에 소주 한 병, 북어 한 마리 뜯어놓고 '어이어이' 소리 내어 울고 있었다.

망우리로 가는 중랑교 다리가 미어진다는데 나는 찾아갈 산소가 없었다. 사고무친인 것이 아이들에게 부끄러워서 이렇게 나온 것이다.

얼마를 그러고 있는데 상복을 입은 한 떼의 가족들이 몰려와서 나를 쫓아냈다.

"여기가 선생네 산소요?"

하고 다그쳐 묻는 통에 나는 끽 소리도 못하고 산을 내려오고 말았다.

나는 이제 산소가 없는 화풀이로 여기서 일대의 조상이 되련다.

후손들의 고독을 면해주기 위해서.

풍요한 추석과 한식날의 외롭잖은 차례를 위해서.

훗날, 족보에 오를 선조답게 성과 본관을 아예 창씨개명 해버릴까, 고독씨로.

잊지는 마세요

"잊지는 마세요, 우리 주님은 언제나 나를 주목하여 보고 계시니 항상 그대 가슴속에 주님의 말씀을 생각하세요.

잊지는 마세요, 강한 폭풍이 불어와 당신의 미소를 앗아간다 해도 항상 그대, 가슴속에 주님의 미소를 생각하세요.

잊지는 마세요. 언젠가 그대, 가슴속의 희망의 날이 오리라는 것을 흔들리지 말고 주님만 생각하세요.

잊지는 마세요, 아버지. 항상 주님을 믿고 기도하세요……."

LA에 있는 셋째딸로부터의 자상한 편지를 받고 나는 울었다.

구원을 받고 용기를 얻었기 때문이다.

누구든지 십자가를 메지 않고서는 주님께로 나갈 수가 없다고도 했다.

주님께서 언제나 우리의 앞날을 예비해놓고 계시니 염려하거나 두려워하지 말라고도 했다.

아주 미세한 것조차에게도 주님의 섭리와 계획이 있으니 매일, 매시, 매초, 지나는 모든 일들이 예사롭지 않다고도 했다. 딸의 기도는 그렇게 간절했다.

기쁜 때가 왔도다. 나는 주님의 부활을 나의 죽어 있던 영혼에 믿음의 불을 켠 데서부터 다시 보았다. 어둠에 드리웠던 나의 창가에 주님의 그림자가 부활되어 오신 것이다. 무지하고 오만한 나의 가슴속에 나를 용서하시는 주님의 자애로운 목소리가 들려온 것이다.

이 세상에 주님을 모르고 사는 사람은 불쌍하다.

이 세상에 주님을 잊고 사는 사람은 더욱 불쌍하다.

이 세상에 주님을 모르고 죽는 사람은 더더욱 안타깝고 슬프다.

외롭고 불행한 사람에게 주님은 항상 부활의 불을 지펴 보이려고 문전을 기웃거리시고 노심초사하고 계시다.

세상에 이처럼 관대하신 분이 어디 있을까……?

나는 기도하면서 가슴이 막혀와서 때때로 눈시울을 붉힌다. 그런 딱한 주님의 모습을 보기가 안쓰럽기 때문이다.

주님은 만백성을 위해 오시고 믿는 자라야만 주님의 모습이 보인다.

믿는 자에게만 주님의 말씀이 들린다.

믿음을 모른다는 것이 얼마나 무모하고 어리석은 일인가.

몇 해 전의 일이다.

나는 대학선배인 S교수와 함께 출간된 동인지, 경희문학을 들고 제작비 보조로 광고비를 청하려고 경희의료원장을 만나기로 약속이 되어 있었다.

병원 앞, 지하다방에서 회장인 S교수와 차를 나누는데 갑자기 왼팔에 이상이 왔다. 커피를 마시려고 찻잔을 들어올렸는데 그것이 자꾸 입언저리를 빗나가고 있었다.

참으로 괴이한 일이다. 그러나 별로 신경을 쓰지 않고 우린 일어나서 의료원 광장으로 들어가고 있었다.

뒤에 쳐져가던 나의 손목에서 맥없이 증정본이 미끄러지듯 뚝 떨어졌다.

"선배님, 이상해요, 손이……."

나는 앞서가던 S교수를 불렀다.

"왜 그래, 홍교장?"

S교수가 불쑥 돌아섰다.

"손에, 팔에 힘이 도무지 없어요……."

"올려봐, 팔을?"

팔이 부러진 것처럼 축 늘어지고 다리가 조금 후들거렸다.

순식간에 마비가 온 것이다. 나는 S교수의 부축을 받고 지척인 응급실로 끌려갔다.

혈압이 상승되고 있었다. 결국 나는 학교일 보랴, 책 만들랴, 글 쓰랴, 이중 삼중으로 겹친 과로에 쓰러진 것이다.

다행히 증세가 경미하여 20여 일 만에 퇴원했다. 체중이 9킬로그램이나 빠졌지만 회복이 빨라 정상과 다름없이 팔다리를 휘두르고 다녔으나 마음은 늘 불안했다.

그로부터 2년간 주님을 찾는 나의 새벽 미사는 여간해서는 거르는 일 없이 성당의 한 자리가 늘 나의 단골자리로 메꾸어져 갔다.

나의 기도는 거의 애원에 가깝도록 진지하고 간절했다.

"주님, 몇 해 안 남은 저의 정년퇴임의 그날까지 명예롭게 교장직을 다할 수 있도록 저를 지켜주시옵소서……"

주님을 잊고 있다가 내 한 몸의 불편으로 급해 맞으니까 주님을 애타게 부르짖는 이 얄팍하고 염치없는 믿음이 늘 부끄러워 주님 앞에 차마 고개를 들지 못하는 미사의 시간, 시간이었다.

'그래도 주님은 기쁜 때가 왔도다' 하시며 내게 부활의 모습을 보여주시고 십자가에 매달린 채 나의 청을 들어주셨다.

올봄에 나는 아주 건강한 몸으로 45년간의 교직을 마치고 주님의 은혜로 국민훈장 동백장을 타는 영광을 가졌다.

방황하는 갈대

문인협회 이사회에 참석하려고 막 인사동 골목을 돌아 나오는데 어떤 여자가 나를 불러 세웠다.

"저……"

"왜 그러시죠?"

퍽 난감한 표정이다.

"제게 2백 원만 꾸어 주실 수 없습니까?"

나는 당돌한 이 제의에 일말의 불안과 어떤 강렬한 호기심이 꿈틀거렸다.

"사실은요, 집이 인천인데요, 조금 전에 소매치길 당했거든요. 그래서 전철을 타고 갈 돈이 없어서 그래요."

핸드백의 밑 부분이 예리한 면도날 같은 것으로 한일자로 그어져 있었다. 하필이면 지나가는 많은 사람들을 제쳐놓고 나를 고른담? 내가 어수룩하게 보였을까? 아니면 선량하게 비추어졌을까? 야무지지 못하고 어딘가 무르게 보여서일까! 예의 그 탐색적인 기질이 또 발동을 걸어서 그 여자를 데리고 나는 가까운 다방으로 들어갔다. 차를 시켜놓고 어째서 그 영광스러운 선택의 화살이 내게 와서 꽂혔을까를 물었다. 내 딴에는 돈 2백 원보다는 그 여자의 선인안(選人眼)이 몇 갑절 더 듣고 싶었던 것이다. 이를테면 멋있어 보여서라든가, 미남이라든가, 매력적인 데가 있어서 그랬다든가, 뭔가 풍기는 게 있어서 끌렸다든가 하는 등등 그 여자의 낭만과 지성미 있는 얘기가 튕겨 나오기를 은근히 바랐던 것이다.

그런데 이 넉살좋은 기대는 보기 좋게 빗나가 버렸다.

"아저씬 마음이 좋은 분 같아서요."

나는 이 아저씨라는 호칭에 그만 여태껏 부풀었던 그 여자에 대한 이미지가 한꺼번에 무너져가는 것을 느꼈다. 선생님이라고만 해도 좋았을 텐데…….

이 아저씨라는 명칭은 확실히 좁혀지지 않는 어떤 간격의 한계점 같은 것을 말해주고 있었다. 갑자기 뜨겁게 달아오르던 마음에 찬물을 끼얹은 듯한 오솔한 기분이 들었다. 이 아저씨라고 불리는 대상자한테서는 설사 애원을 했다가 거절을 당해도 여자 쪽에선 아무런 정신적인 피해나 자존심의 손상 같은 부담을 느끼지 않아도 좋은 지극히 편이한 관계이니까.

따라서 이 아저씨라는 사회적인 공동명칭에 다다른 사람들의 거의가 젊은 여인이라면 오금을 못 펴는 형편에 놓여 있고 보면 아저씨처럼 협수룩하고 값싼 존재도 없다.

하기야 그쪽은 20대요, 이쪽은 40대고 보면 아저씨라는 호칭도 당연하다고 하겠지만, 그래도 나는 대학에서 20대의 많은 젊은 여인층과 대화가 있기 때문인지 누가 아저씨라고 부르면 참으로 생소하지 않을 수 없다.

그것은 환멸이었다. 그 여자에 대한 환멸인 동시에 자화상을 들여다본 나의 환멸이기도 했다. 나는 얼핏 천 원 한 장을 꺼내어 주고 그 자리를 피하듯 일어서 나왔다.

두 시간쯤 이사회를 마치고 나오는데 이게 어찌된 일인가! 눈을 비집고 아무리 쳐다봐도 벌써 인천 집에 가 있어야 할 그 여자가 아까 그 자리에 그 자세대로 오가는 사람들의 물결을 지켜보고 서 있는 것이 아닌가!

나는 급히 옆으로 비켜서서 좀 더 그 여자의 동정을 살피고 있었다.

얼마 후 그 여자는 내게 한 짓과 똑같은 동작으로 지나가는 중년 신사 한 분과 다방으로 사라졌다가 다시 나타났다.

나는 이번에 그 중년 신사를 따라 어떤 한적한 거리에까지 추적하여 말을 건넸다.

"어떻게 된 겁니까, 그 여자는?"

"넷……?"

"좀 전에 다방에서 만났던 그 여자 말입니다."

"그게 무슨 상관이죠, 선생하고?"

신사는 의아한 듯이 나를 훑어보고 있었다.

"저도 천 원 뜯겨서 말입니다."

"넷?"

신사는 얼마간 어이없이 나를 지켜보더니 쓴웃음을 지으며 실토하기 시작했다.

"세상엔 참 별 희한한 일도 다 있군요. 이러고 보니 우린 동지군요."

훌렁 뒤로 벗겨진 이마에 석양이 반사되어 더욱 중년의 초조함을 덧보이게 했다.

나는 다시 인사동에 돌아왔지만 그 여자는 아직도 그 진열장 앞에 그린 듯이 서 있었다.

해는 이미 떨어져서 어둑어둑했다.

얼마 후 고만 또래의 여자가 나타나더니 서로 손을 잡고 깡충깡충 뛰면서 인사동에서 사라져 갔다.

나는 계속 미행했다.

센트럴호텔 8층 고고클럽.

그들은 신나게 돌아가고 있었다. 줄잡아 한 여자의 수입이 5천 원이라면 둘의 합은 만 원, 그들은 다정한 동업자로 하루 저녁은 족히 놀 만한 자금이다. 힘 안 들이고 번 돈이다. 그들은 미친 듯이 허리를 비비 꼬며 가슴을 흔들고 있었다. 나는 그 옆에서 맥주를 마시면서 광란하는 현대의 고도의 기술이 엮어내는 고고춤을 보고 있었다.

그것은 흡사 생각하는 갈대가 아니라 방황하는, 내일이 없는 갈대의 힘없는 서걱거림이었다.

어느 여인의 이야기

사람은 누구나 한 가지씩은 비밀을 안고 산다고 한다.

그것이 추하거나 발설이 되어 곤혹을 겪는 일과는 관계가 없는 인간의 미덕과 연결이 되는 것일 때 그 비밀은 한층 돋보이게 마련이다.

마음속에 축축히 젖어들 수 있는 흐뭇한 이야기—.

누구에게도 말하고 싶지 않은, 누구에게 말하면 그 흐뭇한 이야기들의 흥취나 도수가 깨어지고 한결 감소될 것 같은 혼자만의 이야기를 간직하고 있다는 것은 얼마든지 마음을 살찌게 하는 삶의 에너지가 아닐 수 없다.

실로 긴 인생을 가는 동안 더러는 그런 한두 가지의 비밀을(비밀이 아닌 는지도 모르지만) 마음속에 챙기고 있다는 것은 인생의 그 어떤 윤택을 보여주는 것 같아서 즐거운 일이 아닐 수 없고, 그런 비밀의 한두 가지쯤 갖추지 못한대서야 인생이 너무 메마르지 않겠는가!

그런 속 깊이 사무친 이야기들을 아무런 부담이나 주저함이 없이 글로 써서 아름답게 작품화할 수 있다는 것은 문학인의 한 특권인지도 모른다.

며칠 전 미국에서 편지가 왔다.

발신 스탬프가 시카고로만 찍혀 있을 뿐 주소도 없고 발신인의 이름도 물론 없다.

그러나 받아 쥐는 순간 짜릿하게 마음에 감겨오는 전율 같은 것을 느꼈다.

또박또박 박아 쓴 예쁘장한 글씨—.

그녀로부터 온 것이다.

나는 한참을 망설였다.

항상 염두에서 떠나지 않는 그였고, 안부가 무척이나 걱정이 되던 가운데 거의 포기하다시피 한 체념 상태에서 그녀가 도미한 지도 벌써 4년이 되었다.

두 번째의 가을에는 귀국하겠노라고 장담을 하면서 김포 비행장을 떠났는데 네 번이나 단풍이 홀로 물들도록 크리스마스카드 한 장 없던 그녀였기 때문에 이 느닷없이 날아온 한 통의 편지를 나는 어떻게 맞이하고 해석해야 옳을까?

물론 그녀와 나는 서로 사랑하는 사이도 아니고, 다만 나이의 층하가 별로 두드러지지 않는 사제지간에서 퍽이나 아끼고 소중하게 여기던 그저 그런 막연하면서도 가까운 지점에서 몇 번이나 위험한 고비는 있었지만 그건 그녀가 도무지 결혼 같은 것을 생각하지 않는 데서 오는 그러한 불안이었다. 그러나 그녀는 좋은 신랑을 만나 식을 치르고 부랴부랴 함께 도미한 것이다.

마음 같아서는 사무실이 아닌 다른 조용한 휴게실에라도 가서 뜯어보고 싶었지만 왠지 자석에 얼어붙은 듯 자리를 뜰 수도 없고 고쳐 앉을 수도 없을 뿐더러 사무실의 모든 시선이 나의 일거일동을 넘겨다보는 것 같은 미묘한 긴박감—.

불행한 걸까?

아니면 무슨 불길한 소식이라도…….

제발 행복해 주었으면…….

거의 기원에 가까운 착잡한 자세에서 가쁜 숨결을 가라앉히고 나는 천천히 편지 겉봉을 뜯기 시작하였다.

깨알 글씨가 눈앞에 쏟아져 들어온다.

그녀와 나만이 나는 '아아'라는 첫 머리의 은어—. 이 은어를 가로 쓰고 다시 세로 세워 읽으면 묘하게도 나의 성인 '홍' 자가 되는 것으로 어지간한 사람이 아니고는 도저히 식별할 수 없는 비밀 기호이기도 하다.

읽어 내려가는 동안, 화끈 눈시울이 흥건히 젖어오는 것을 느꼈다. 고개를 숙이고 돌아앉아 얼마간 눈을 감고 그녀와 거닐던 명동의 거리거리를 생각하며 또 그녀가 걷고 있을 가보지 못한 시카고의 거리를 상상해본다.

외로운 타국에서 물론 사랑하는 남편과 함께 있기는 하지만 그쪽, 바람 부는 호숫가를 혼자 거닌다든지, 아기 엄마가 되기 위한 첫 산고에서 네 시간에 걸친 수술과 긴 병상 생활이라든지, 아직까지는 아기 엄마라는 실감이 나지 않는다는 등의 말들이 묘한 뉘앙스를 풍겨온다.

거기서 나는 그녀의 짙은 고독과 허탈감 같은 것을 느꼈다면 잘못일까?

그녀는 무척 나의 시를 아껴주었다. 나의 첫 시집을 출판하는 데도 도안이며 표지며 자질구레한 치다꺼리를 혼자서 도맡아 해주었다. 나의 시집이 남의 손에 가는 것이 싫다면서 자기가 몽땅 사겠다는 오기까지 부렸다.

그리고 도미해서는 ㅎ일보의 애독자가 된다면서 나의 시의 게재를 갈망하면서 갔는데 4년간 아무리 찾아도 찾는 이의 시는 눈에 띄지 않아 이제 ㅎ일보마저 끊어야겠다는 사연이었다.

나는 그날 '행복한 이별'이라는 시를 써서 ㅎ일보사를 찾았다.

발신주소가 없다는 것은 나의 직접적인 해답을 꺼리기 때문이요, 시로 ㅎ일보에다 해답을 대신해달라는 깊은 배려에서라고 생각한다.

웬만해서는 감정을 밖으로 노출시키는 일이 없던 그녀였는데 무척 마음이 아프다.

열흘 안으로 실어주겠다는 ㅎ기자의 말이긴 했지만 과연 나의 애절한 시가 그녀의 눈길을 언제 멈추게 할런지 조바심이 난다.

성급한 마음 같아서는 외신부의 친구를 찾으면 그녀의 정확한 주소를 어쩌면 알 것도 같지만 그건 그녀의 바람이 아닐 듯싶어 그만두기로 하고 우선 그녀의 가정에 행복이 깃들기를 비는 경건한 마음을 갖는다.

그때 그 사람 지금은 어디

우리 일행은 십칠 명의 대부대였다.

그것은 광명을 찾아가는 죽음의 행렬이었다. 굴비 두름 엮듯 허리에 끈을 매고 그것을 붙들고 전진하고 있었다.

캄캄한 밤이다. 비가 내리고 있었다. 아무도 기침소리 하나 내지 않았다.

밭고랑을 넘고 산기슭을 돌아 조그만 개울을 건너며 그저 안내자를 따라 선두의 허리끈이 끄는 대로 앞사람의 끈에 매달려 필사적으로 가고 있었다. 이 허리끈을 놓치면 죽는 것이다. 가끔씩 벌판에 괸 빗물이 허옇게 반사되어 우리를 오싹하게 했다.

더러 멀리서 총소리가 들려왔다. 그때마다 우린 발자국을 죽이고 사방을 살핀 뒤에 선두가 일어서 끄는 대로 다시 전진했다.

이것은 18세의 소년이 삼팔선을 넘어오던 때의 수난의 광경이다. 공산당의 독수에서 얼마만큼 멀어졌는지 아니면 얼마나 더 가야 자유의 천지에 다다르게 되는지 도무지 짐작할 수 없이 자꾸만 걸었다. 비는 속절없이 내려 속옷까지 스며 한기를 느낀다.

누군가가 참다못해 기침소리를 냈다.

그것은 속으로 먹어 삼키는 듯한 신소리였지만 이상하리만큼 공허한 삼팔선 일대에 크게 메아리쳐 갔다.

선두가 우뚝 섰다.

맨 꼬리에 나도 덩달아 섰다.

갑자기 저벅저벅한 군화소리가 들렸다.

선두가 그 자리에 납작 엎드렸다.

두 번째도 세 번째도 차례대로 감전된 사람들처럼 그렇게 엎드렸다.

나도 얼핏 잡았던 끈을 놓고 서너 걸음 물러선 자리에 포복했다.

두 놈이 따발총을 메고 다가왔다.

"일어나라, 이 반동새끼들아……."

투박한 함경도 사투리가 튀어나왔다.

놈은 총 개머리판을 휘두르며 발길질을 해가며 거머리처럼 용케도 한 사람씩 잡아 일으키고 있었다.

거의 다 색출되었다.

나는 죽은 듯이 그냥 누워 있었다.

'하나님, 제발 제 모습이 저놈들의 발길에 채이지 않게 지켜주십시오……'

"모두 몇 놈이야?"

아무도 대꾸하는 사람이 없었다. 한놈이 더듬거리며 내 쪽으로 오다가 나를 밟고 엉거주춤하게 몸이 기우뚱거렸다.

나는 이제 죽었구나 생각했다. 뱀 앞에 두꺼비처럼 오금이 저려 도무지 꼼짝할 수가 없었다.

언제 따발총이 불을 토하는가 싶어 눈을 감았다.

"뭐요, 동무?"

앞의 놈이 말했다.

놈은 다시 내게로 와서 발길로 한 번 내립다 세게 찼다.

나는 아찔했다.

"쌍놈의 돌뿌릴 찼잖아……."

"갑시다, 동무."

한 놈은 앞에서 몰고, 그 놈은 뒤에서 살피며 내 어두운 시야에서 서서히 사라져 갔다.

나는 벌떡 일어나 두 주먹을 불끈 쥐고 짐도 챙길 겨를 없이 그저 뛰었다.

어느 방향으로 가는지 알 수가 없었다. 동이 부옇게 트기 시작했다. 새까만 제복을 입은 사나이가 내게로 다가오고 있었다. 나는 직감적으로 그가 이남의 경찰관임을 알았다.

그는 내 어깨를 다정스레 잡으며,

"가족은?"

"……다 붙들렸어요."

그가 준 아침의 주먹밥 맛을 나는 지금도 잊을 수가 없고, 그땐 정말 어려서 내가 돌부리였거니 했지만 차차 나이 들면서 그날 밤의 나를 살려 자유의 땅으로 보내준 그날의 기억이 자꾸 떠오른다.

1948년 10월 18일 밤, 해주와 청단 사이에서 내게 제2의 생명을 안겨주었던 미지의 그 젊은 분은 지금 어디서 무엇을 하고 있을까.

어쩌면 나처럼 월남했을까.

통일 되는 날, 그 사람부터 찾고픈 마음이 올해 따라 유난히 간절하다.

시인의 고독

"뚝" 하고 신문 떨어지는 소리가 들려왔다.

여느 날 같으면 팬티바람으로 뛰어나가 대문가에 떨어진 조간신문을 주워 들고 대강 큼직큼직한 활자를 훑으며 천천히 들어오던 것을 오늘 아침엔 꾹 참고 아내의 눈치를 살폈다.

"신문 온 것 같던데요……."

아내가 평소와 달리 꾸물거리는 나를 보고, 이상스럽게 물었다.

"당신, 좀 나가봐요."

나는 시큰둥하게 대답하고 옆으로 돌아누웠다.

"어디 편찮으세요?"

아내가 근심스럽게 나를 쳐다보면서 웃옷을 걸치고 있었다.

나는 누워서 나간 아내의 타임을 재고 있었다. 언제 아내의 폭발적인 감탄사가 터져 나올 것인가 하고.

십여 일 전에 나는 한국일보사에 있는 H형에게 시 한 편을 보냈다. 제목이 「추석날에」이기 때문에 나는 추석날 아침에 실릴 것이라고 생각했다.

비록 짧은 시간이긴 했지만 밖으로 나간 아내는 함흥차사였다.

나는 조금 조바심이 나기 시작했다.

오늘 아침 조간은 추석명절이라 한국일보 시단이 빠졌거나 아니면 나보다 더 저명한 시인의 것이 실렸거나…….

"여보, 뭘 해요. 신문 안 가지고 오고?"

나는 버럭 화를 내면서 아내를 불렀다.

아내는 밖에서 마당을 쓸다가 신문을 가지고 황망히 들어왔다.

나는 공연히 마음이 떨렸다.

아내의 무표정한 표정으로 미루어서도 내 시가 안 난 것이 분명한데…….

좀 화가 났다.

추석날 아침에 실리지 않으면 그 시는 죽은 시가 되는 것이 아니겠는가.

그렇다고 아내의 정면에서 신문을 헤집고 확인할 수는 없잖은가.

슬그머니 방바닥에 놓인 신문을 들고 화장실로 갔다.

천천히(사실은 조급했지만) 문화 면을 들추던 내 눈은 강렬하게 한 군데에 못 박혀졌다.

나의 시는 거기 예쁘게 실려 있었던 것이다.

왜 아내는 그것을 못 보았을까.

많은 분량도 아닌 석 장, 십이 면에서 하필이면 자기의 가장 사랑하는 남편의 이름을 그냥 소홀히 넘길 수 있단 말인가.

아내가 본 신문의 면수는 과연 어떤 것일까.

나는 아내에게서 얻지 못한 기쁨을 아이들한테 기대할 수밖에 없었다.

화장실을 빠져나오면서 나는 아무렇지도 않게 신문을 아이들 방에 밀어 넣었다.

나는 밖으로 나와 쓸쓸한 추석날 아침의 빈 하늘을 쳐다보면서 아이들의 떠들썩한 반영을 기다릴 수밖에 없었다.

아내는 추석 차림을 하느라고 부엌에서 바쁘고,

큰애가 신문을 들고 화장실에 갔다 나오고,

둘째가 소파에 앉아서 신문을 뒤적거리고,

셋째가 텔레비전 프로를 보다가 신문을 팽개치고 안방으로 건너가고,

끝엣놈이 다시 누나들로부터 신문을 빼앗아 들고 화장실에 들어가서 오래도록 꾸물거린다.

분명, 저놈은 남자인데다가 학교에서도 가끔 백일장 대표로 뽑혀 나간다니까 용변을 미처 마치기도 전에 고의춤을 잡고 허겁지겁,

"엄마 엄마, 아빠 시 났어."

하면서 뛰어나오리라.

그러나 이런 나의 기대는 무참히 깨진 채 오전이 훌렁 지나갔다.

그동안도 아내는 몇 차례씩 무료한 듯 신문을 이리저리 넘기고, 아이들도 신문을 폈다 오므렸다 하는 눈치들이었는데 아무도 아빠의 시를 발견하여 답답한 아빠의 시름을 덜어주는 고마운 식구는 없었다.

나는 점점 실의에 빠져 들어가고 아침에 잘 먹은 토란국마저 뻐근하게 소화가 되지 않았다.

점심을 먹고 난 후, 빙 둘러앉아 과일을 깎아 먹으면서 나는 기어이 한마디를 거들고 말았다.

"야, 너희들 말이다. 오늘 아침부터 너희들 눈을 거쳐간 것 중에서 아빠를 기쁘게 해준 것을 찾는 사람은 일금 오천 원을 준다."

나는 호주머니에서 오천 원짜리 지폐 한 장을 기세 좋게 뽑아 들고 탁자 위에 올려놓았다.

"뭘까……."

"뭔데, 아빠?"

"알았다. 신문?"

끝엣놈이 용케도 나의 퀴즈 가까이까지 왔지만 결국은 코끼리 다리만 긁다가 만 격이 되어 버렸다.

나는 그 이상의 힌트를 더 줄 수는 없었다.

나도 체면이 있는 시인이 아닌가.

또 두 시간이 흘렀다.

나의 슬픔은 가속되어 갔다.

고독이 뼈마디 속을 쑤시고 깊숙이 스며들고 있었다.

이제는 까놓고 털어놓기에는 너무 늦었다.

"야, 너희들 참 너무했다. 아빨 좀 기쁘게 해줄 수 없겠니……."

나는 거의 울상이 되다시피 애소하면서 예의 현상금을 두 배로 올렸다.

"오늘 아침, 내 눈을 거쳐간 것이 뭘까, 두부장수?"

큰애가 고개를 갸우뚱거리며 물었다.

"―정신적인 거."

아이들은 또 제각기 왁자지껄하게 소란을 피웠지만 하나도 고독의 과녁을 뚫어 맞추는 아이가 없었다.

아내는 싱글벙글 웃으며

"난 알지. 난 알지……."

어떻게 보면 아내는 알고 있는 것 같기도 하고 전혀 모르는 미궁에서 내 흉중을 떠보는 작전 같기도 하고…….

이렇게 추석날의 짧은 해는 기울어져 갔다.

전화가 걸려왔다.

수화기를 통해서 고향 친구의 걸쭉한 사투리가 터져나왔다.

"야, 너 멋있는 시 썼더라……."

"그래도 네가 제일이구나!"

나는 갑자기 목이 콱 메어왔다.

그제서야 아이들이 우르르 쏟아지는 우박처럼 신문을 덮치고 나를 에워쌌다.

큰아이 가로되

"아빠. 나 이 시 봤어. 그리고 이 시인의 처지가 어쩜 우리 아빠하고 같은가 했지……."

그러자 끝엣놈이 소리를 지르면서

"나도 봤어. 그런데 한자가 좀 없었으면 좋겠다 싶었지……."

"난 이름까지 봤는데……."

셋째가 계면쩍게 고개를 숙였다.

아내는 괜히 눈알을 붉히면서

"여보, 미안해요……."

잘 익은 연시처럼 조금만 손을 대면 금방 터질 것 같은 얼굴로 안방으로 쫓기듯 들어가고 나는 어쩐지 자꾸 휘청거리는 마음으로 「추석날에」 시 한 구절을 읊조리고 있었다.

갈 수 있는 곳은 고향이 아니다.
1945년 8월 15일
따라지의 고향은 죽었다.

올 추석도 기다렸지만
고향에 못 갔다
아무도 가게 해주지 않았다.

할아버지 산소
어머님의 무덤 위
억세게 우거진 잡초를
누가 깎아 주었을까……

어떤 손목

어느 날 나는 고등학교 3학년 교실에서 미술시험 '이론'의 감독을 하고 있었다.

교실 뒷벽에 기대어 팔짱을 끼고 두 눈을 헤드라이트처럼 켜가지고 사방을 휘두르고 있었는데 교실 한가운데서 벌어지고 있는 두 학생의 석연치 않은 동작에 나의 시선은 딱 멈춰지고 말았다.

참 이상한 일이다.

앞에 앉은 학생이 책상 가장자리에 자기의 왼쪽 손목을 세워놓고 뒷자리에 앉은 학생은 또 그것을 열심히 보며 자꾸 베껴 쓰고 있었다.

'옳지! 컨닝이구나. 허지만 이건 너무 대담하지 않은가? 날 뭘로 알지!'

불쾌한 생각 같아서는 당장 인정사정없이 끌어내고 싶었지만 나도 이제 10여 년이 넘은 이 길의 베테랑, 학생들이 말하는 너구리가 다된 교사다.

"확증을 잡아야지, 꼼짝 못할……."

발소리를 죽여 가며 교실 모서리에 가서 다시 세밀히 관찰하기 시작했다.

틀림이 없었다. 나의 존재는 도시 안하무인으로 제시된 손목은 계속 부동의 자리에 있었고 뒤의 학생은 놓칠세라 연필을 휘두르는 데 열중하고 있었다.

저걸 어쩐다지? 적발해내면 지금까지의 시험은 물론 앞으로의 고사 과목까지 송두리째 나무아미타불인데다 정학 처분을 받는 것이 교칙이고 보면 나도 경솔히 굴 수는 없었다.

　사전경고나 할 요량으로 이번에는 뚜벅뚜벅 소리를 내어 교실 정면으로 나가 오뚝이처럼 발딱 서서 차가운 눈으로 두 학생의 일거일동을 훑고 있었지만, 어쩌랴 그들은 계속 공인된 만동을 멈추지 않았고, 다른 학생들은 그저 교실의 이변과는 아랑곳없이 각자 자기의 시간과 종이의 공백을 메우는데 여념이 없었다.

　'괘씸한 놈, 은사의 온정도 모르고……'

　속으로 치받쳐오는 불같은 분노를 삼키면서 잘못 건드렸다간 뒤처리가 어려울 것 같아서 나는 끝종과 함께 시험지를 거두면서 아무 일도 없었다는 듯이 다정(?)한 소리로,

　"35번 날 따라와"

하곤 교실 문을 나섰다. 마침 그 시간으로 그날의 시험은 끝이 나 있었다.

　나는 그가 솔직히 자백하고 전비를 뉘우치면 훈방이라도 할 요량으로 일부러 담임이 있는 교무실이나 생활 지도부를 피해 옥상의 상담실로 끌고 올라가서 주먹을 펴보게 했다. 아무것도 없었다. 손목 안팎으로 글자 하나 쓰여진 흔적이 없었다. 물론 지워버린 자국도 없었고,

　"어디다 숨겼지?"

　"뭘 말입니까 선생님?"

　"말해야 아나?"

　"글쎄요."

　"이게. 내가 해태 눈인 줄 알아."

　한 대 따귀를 올려붙였음에도 그는 고개를 숙인 채 끝내 말이 없었다.

　"정말 이럴래? 내 딴에는 생각하고 이리로 데리고 온거야."

　"압니다."

　"알면 내놔, 컨닝 페이퍼."

　나는 조금씩 이성을 잃어가고 있었다.

　"정직하지 못한 놈은 용서할 수가 없어. 대질시켜야 알겠니?"

그래도 그는 함구무언으로 닭똥 같은 눈물만 뚝뚝 흘리고 있었다.

"할 수 없군, 36번을 불러와야지."

나는 사환 아이를 부르려고 인터폰의 버튼을 눌렀다.

"선생님……."

그의 아주 절박한 음성으로 나의 손목을 잡고 애소의 눈길을 보내왔다.

"실토할래?"

"절 처벌해주십시오. 36번 학생은 아무 관계가 없습니다."

"친구는 용감하구나 했으면 좋겠는데……."

"할 말이 없습니다."

나는 자초지종이 알고파서 다시 인터폰의 수화기를 잡았다. 그러자 상담실의 문이 벼락같이 열리면서 36번인 임희수 군의 하얀 얼굴이 내 시야에 들어왔다.

"넌, 넌 왜 오니? 나가!"

35번의 울부짖는 듯한 노성이 내 귓가를 때렸다. 나는 사태가 심상치 않음을 느꼈다.

"너무해요, 선생님……."

35번의 숨가쁜 소리와 계단을 내려가는 거친 발소리를 함께 들으면서 나는 임희수와 마주 앉아 있었다.

36번의 임희수. 그는 왼쪽 손에 손목이 없는 불구의 학생이었다. 그날따라 이론을 곁들인 실기시험에 손목 데생이 겹쳐서 앞자리의 김 군이 자기의 손목을 모델로 임 군에게 제시하고 그것을 임 군이 열심히 데생하고 있었던 것이다.

물론 이 불구의 사실을 담임도 미술교사도 그 아무도 알고 있지 못했다. 35번만이 알고 있었던 아름다운 우정의 비밀이었다.

만약 나의 오기가 교실에서 발동했었으면 어떻게 됐을까 생각만 해도 오한이 끼친다.

한국인 바우

바우가 미국에서 돌아왔다.

누구나 자유로이 오고갈 수 있는 것을 유독 바우만이 고국에 돌아왔다고 강조하는 데는 그만한 이유가 있다.

바우는 일제하의 내 보통학교 동창이다. 불행히도 알파벳 한 자 모르는 무식쟁이(?)이다. 미국에서 10여 년을 살았는데도 ABC를 모르는 것을 보면 아직도 그의 옹고집은 꺾이지 않고 엔간히 괴팍하다는 것이 증명된다.

바우는 불우한 소년기를 보냈다. 입지 못하고, 먹지 못하고 문전걸식을 하다시피 했다. 영하 30도를 오르내리던 북녘땅 엄동설한에도 번번한 버선 한 켤레 제대로 얻어 신지 못하고 무릎이나 팔꿈치가 해지거나 더덕더덕 기운 것을 천연덕스럽게 입고 다녔다.

아버지는 꽤 이름난 독립투사였다.

사실인지 그 여부를 확인하지는 못했지만 잡어사(雜魚寺)라는 절에서 일시 중으로 피신하고 있으면서 친일하던 문호(文豪), 이광수에게 말린 똥을 우송했다는 일화가 고향에서 파다했다.

해방이 되자 부친은 일약 거물이 되었지만 바우는 그런 아버지를 거들떠보지도 않고 부친을 따라다니던 전속비서를 한주먹에 때려눕히고 단신 월남했다.

역시 혁명가의 피는 어쩔 수 없었던 모양이다.

월남해서 모두가 학벌을 위조해서 장교가 되거나 좋은 구직처를 마련했지만 바우는 줄곧 국졸(國卒)로 6·25 전쟁을 사병으로 전전하다가 몇 번인가 죽을 고비를 넘겨 살아남았다.

제대하고 나자 바우는 머무를 데가 별로 없었다. 막노동도 마다하지 않고 했다.

동두천에서 미장원 조수와 어찌어찌하다가 눈이 맞아 동거로 들어갔다. 그리고 처형되는 분이 미군부대에 있다가 미국 사병과 결혼하여 미국으로 떠났다. 그 처형의 초청으로 바우네 내외가 이민 가게 된 것이다.

고국을 떠나기 전날 바우가 느닷없이 내게로 왔다. 그의 얼굴은 몰라보게 수척해 있었다.

"처형이 말이야, 선물로 치마저고리 한 벌을 떠가지고 오랬는데 어쩌지?"

바우는 말꼬리를 흐리고 있었다.

"얼만데……?"

"만 원쯤."

나는 즉석에서 경리과로 달려가서 가불하고 바우의 마지막 밤을 진탕으로 마셨다.

바우는 워싱턴에서 페인트칠을 했다고 한다. 한 번은 겨울인데 고층 빌딩에서 내외가 철야 도장공사를 맡아 하다가 실내가 하도 더러워 런닝 바람으로 밖에 나와 잠시 담배를 꼬나물고 있는 차에 갑작스런 돌풍이 불어 문이 탕 하고 닫혔다고 한다.

열쇠도 없고 사람을 부를 수도 없고 해서 옹근 밤을 워싱턴 상공에서 와들와들 떨며 타잔처럼 울부짖다가 새벽녘에야 겨우 순찰차에 발견되어 구급차에 실려 갔다고 한다.

그가 지금은 워싱턴의 한국인 사회에서 유지(有志)가 되어 교포 상호 간의 친목이나 알력 같은 것을 중재하고 나서면 아무도 그의 판결에 이의를 삽입하는 자가 없다니 그의 면목이 약여(躍如)하다.

아들이 G·I로 한국에 나오는 편에 꽤 귀한 선물을 내게 전하라고 당부했다는데 그놈이 팔아먹고 그러는지 나를 못 찾았다고 하더라나…….

바우가 나를 롯데호텔로 초청했을 때 그는 내게 선물꾸러미를 멋쩍게 쑥 내밀었다.

"야, 네레 준 그때 돈, 난 지금도 잊을 수가 없다 이거야!"

바우는 연신 내 손을 흔들면서 감개무량해 있었다.

우리 집으로 가자는 내 간곡한 청을 굳이 뿌리치면서,

"야, 내레 이래봬두 대통령 초청으로 워싱턴 교포단을 이끌고 왔으니까 개인 행동할 수 있갔니?"

바우는 득의만면해 있었지만 내가 은근히 걱정하고 있는 것은 그가 비행기 안이나 공항에서 그 까다로운 외국 통관을 어떻게 치렀을까 하는 문제였다. 바우는 눈치 한 번 빨라 좋았다.

"나 말이야, 일본어도 잘 못하고 한글도 제대로 못 배운데다 영어 모르는 무식쟁이로 워싱턴 한국인 사회에선 파다히 아예 까놓고 살아. 출입국 수속, 그 왜 영어 잘한다고 까불어대는 아이새끼들 있지? 걔들이 다 밟아."

바우의 어깨가 으쓱 올라갔다.

바우의 고민은 과년한 딸에게 있는 모양이다.

"야, 너 아들 없니?"

"있지!"

"그럼, 나하고 사돈하자꾸나? 그놈의 간나, 그러다 코쟁이에게 먹히겠어."

"그런데, 아직 고등학생이야."

"잇새끼!"

바우는 주먹을 휘두르며 웃고 있었다.

안으로 들여다보이는 송곳니가 모두 양쪽에 빠져 있었다.

'돈을 벌었다면서 왜 그 흔한 틀니 하나 못해 끼었을까.'

문득 적막한 바람이 불었다.

"어떡헐래니, 너?"

"뭘?"

"미국서 아주 살래니?"

"악담하지 말아."

"그럼?"

"한 밑천 톡톡히 잡아가지고 있다가 통일됐다는 소식만 들려오면 그 때……."

"그때?"

"이북, 고향에 가서 살지!"

나는 갑자기 숨이 가빠지고 찡하게 저려왔다.

한국인, 바우는 그렇게 바람처럼 왔다가 안개처럼 사라져 갔다.

내가 선물로 싸보낸 한국화장품 한 세트의 진의를 바우의 딸아이가 과연 알아줄 것인가.

통일의 길은 오늘도 요원하고, 바우의 소식은 끊겼다.

두 번째의 가출

나는 청소년 시절에 두 번이나 가출했다.

두 번째는 영영 집으로 돌아가지 못한 슬픈 가출이 되고 말았지만……

첫 번째 가출은 16세 때의 일이다.

그때, 나는 인생에 대한 회의를 많이 느꼈다.

이 세상에 존재하는 것은 모두 목적이 있다는데 나는 무엇 때문에 태어났으며 어디서 왔을까, 어떻게 살 것이며 그러다 종국엔 어디로 갈 것인가…….

석가도 중생제도를 위해 출가했다지만 따지고 보면 그것도 가출이 아니겠는가.

그 시절, 나는 책도 많이 읽었다.

세계문학전집을 거의 다 읽었고, 염세철학의 쇼펜하우어도 읽었고, 니체의 『인간적인 너무나 인간적인』도 굶주린 사자처럼 의미도 제대로 새기지 못하면서 미친 듯이 탐독했다.

얼굴은 여드름투성이에다 꽤나 침울한 소년이 되어 있었다.

학교에서도 나를 '개똥철학자'라고 하면서 선생님이나 아이들이 경원했다.

결국, 다다른 결론이 더 크고 넓은 새 세상에 나가보자는 엉뚱한 생각이었다.

학교에 간다고 일찍이 집을 나선 나는 학교와는 반대로 평양 가는 급행

열차에 입장권만 한 장 사들고 올라탔다.

차표 검사할 땐 화장실 안에 들어가 숨었다.

용케 평양역을 빠져나오긴 했지만 갈 데가 없고 또 방법도 모르고 해서 그날 밤과 이틀 밤을 대합실에서 지새웠다.

배는 고프고, 노자는 떨어지고 하던 참에 무슨 인연이 닿았던지 역 구내에서 만난 탁발승을 따라 보통사라는 절엘 갔다.

거기서 밥을 실컷 얻어먹었다.

허기진 나를 한참 지켜보던 주지스님께서 물었다.

"밥은 왜 먹느뇨……?"

"배가 고파서요."

나는 모깃소리만 하게 대답했다.

"왜 고프냐?"

나는 말문이 콱 막히면서 정신이 번쩍 들었다.

지극히 쉬운 물음이었는데도 나는 배가 왜 고픈지 그 이유를 설명할 수가 없었다.

그제야 눈물이 펑펑 쏟아지며 집이 그립고, 어머니가 보고 싶고, 아버지의 엄한 얼굴이 떠올랐다.

"번뇌에 이겨야 하느니라, 집으로 돌아가거라……"

스님이 집으로 전보를 쳐주시고, 다음날 아버지가 죽은 자식 살아난 듯이 환한 얼굴로 평양으로 달려오셨다.

"동기만 진실하면 되느니라……"

아버지는 왜 집을 나왔느냐고 묻지 않고, 그 말만 하시면서 오히려 나를 위로해주셨다.

나는 한꺼번에 어둠의 벽이 걷혀가는 것을 느꼈다.

그것은 자아에 대한 발견이었다.

두 번째 가출은 해방이 된 1948년 10월에 있었다.

전자가 무단가출이었다면 이번은 묵인된 가출이었다고나 할까……

10대의 소년이 적수공권으로 자유천지를 찾아 마(魔)의 삼팔선을 넘은 것이다.

이남에는 일가친척도 없다.

그것은 오로지 자유에의 갈구이다.

신념과 의지의 행위였다.

서울역 대합실에서도 잤고, 장충단 공원에 있는 벤치에서 밤하늘의 별을 헤아리면서 주린 배를 채우기도 했다.

6·25 땐 내 키보다 긴 총대를 메고 조국을 지켰고, 부둣가에서 노동을 하면서 대학을 마쳤다.

내 손으로 장가도 가고 집도 마련하고, 소년 시절의 꿈이던 작가도 되고 교장도 되었지만 아버지 따라 집으로 돌아간 첫 번째 가출에 비해 두 번째 가출은 돌아가지 못하는 분단의 40년을 자수성가하여 살 만큼 되었는데 가출한 아들을 데리러 올 아버지의 모습은 영영 바랄 수가 없겠구나.

평론

약정된 소설적 체질에 접목된
운명과 섭리의 거점

— 연규호 단편소설집 『파도에 묻힌 비밀』에 부쳐

1. 연규호 소설의 본질

소설가를 흔히 이야기꾼이라고 한다.

연구호 소설가의 기상천외한 작품을 읽으면서 연규호야말로 천성으로 태어난 이야기꾼이라는 생각이 들며 그 기발한 발상과 능숙한 이야기 솜씨에 혀를 휘두르게 된다.

그의 손에 가면 세상만태가 다 이야깃거리가 되고 소설로 둔갑한다.

애초엔 아주 작고 하찮은 졸졸 흐르는 시냇물이었다가 중류에서부터 하류에 내려오면서 차츰 물량이 불어나 엄청난 대하가 되곤 한다.

미미하고 세세한 끄나풀이었다가 어느새 굵은 밧줄로 서로 엉켜 큰 배를 정박시키는 닻으로 내린다.

그의 손에 거치면 아무것도 아닌 아주 미세한 조그마한 일들이 태초부터 약정된 듯한 소설적 구조와 체질에 접목된 연환술(連環計)로 이야기라는 쇠코뚜레에 잡혀, 동여매어 요동치거나 응축되어 심오한 파란을 일으키며 의표를 찌르는 반전으로 변한다.

그는 무궁무진한 소재를 가지고 있으며 이야기를 끌어내는 이야기의 실타래를 뽑아내는 명수요 재주꾼으로 능숙한 물레이다.

그의 이야기 솜씨는 그칠 줄을 모르게 무한대하고 자유분방하다.

안 가는 데 없이 고대문명에서부터 사회 심층으로 불우한 시대적 갈등과 역경을 뚫고 들어간다.

어디서 그런 신비스러운 이야기의 광맥을 캐어내고 끌어오는지 그 보따리가 무궁무진하고 사뭇 불가사의하다.

소설이 독자에게 사랑을 받는가 아닌가 하는 것은 소설의 주인공이 얼마나 매력적으로 그려져 있는가에 달린다. 여기서 매력적이란 말은 뭔가 슈퍼맨 같은 큰 인물을 말하는 것이 아니라 흔히 우리 주변에 있는 불우한 군상(群像) 속에서 그 역학적인 하나를 찾아내어 그를 얼마만큼 생동감 넘치고 감동 있게 묘사해냈는가에 있다.

독자가 소설을 읽다가 도중에서 내어던지면 그건 작가의 패배다. 재미있게 즐겁게 끝까지 박진감 나게 읽힐 때 작가는 회심의 미소를 짓는다.

연규호는 이런 면에 묘수를 지닌 성공한 작가이다. 한 번 그의 소설을 대하면 끝장을 보고야 내려놓는다.

그는 비운의 혹은 비련의 운명적 소설적 주인공들을 잘 찾아내어 영합하는 미지의 탐험가와 같다. 신대륙을 발견한 콜럼버스와 같은……. 그래서 연규호에게 공통되는 작품의 이미지는 고독과 비련의 추구이다.

연규호는 과거에서 현실과 미래로 꼭짓점을 향하여 작품의 물레를 돌리는 작가이다.

그는 '비밀' 또는 '파도'라는 문자를 제명으로 쓰는 것을 유독 즐기고 좋아한다. 「파도에 묻힌 비밀」, 「풍란의 비밀」, 「돌풍의 비밀」, 「돌계단의 비밀」, 「근친혼의 비밀」, 「유전인자의 비밀」 등 일련의 유사한 작품의 타이틀이 그것을 증언한다.

작가는 자기의 생성과정에서 크게 벗어나지 못한다.

그는 의사이기에 그의 작품의 거의는 의사와 운명적으로 약조된 환자와의 기우(奇遇)에서 발단되고 규명되는 인과응보 속에 종말이 맺어지며 의학적으로 난치병인 암이나 희귀한 전문적 병명이 작품의 중심이 되고 심도를 높인다.

이에 병행하여 또 한 가지 특이한 것은 소설에 나오는 '닥터'가 일률적으로 이민 오기 전 고국에 비련과 장래를 약속한 여인을 두고 돌아가지 못한 객고 끝에 미국 여성과의 국제적 결혼으로 스트레스와 콤플렉스를 느끼며 열등 속에 산다. 긴 40여 년을 거친 만년에 와서야 비로소 뼈저리게 자기의 혼불을 찾는 데서 그의 소설이 시작되고 약동한다.

무릇 단편소설집에는 거기 수록된 단편소설 수만큼의 각기 다른 인생과 색다른 이야기들이 절취되고 압축된, 저마다의 독창적이고 이색적 이야기들이 꽉 차게 들어가 박히게 된다.

인생의 사는 패턴이란 각양각색이어서 화려하기도 하고 고독하기도 하고 미묘하기도 하고 슬프고 때로는 격렬하고 그리고 각각 처절한 악운에 밀려 억세게 살면서도 끝내 제 소리를 내고 제 페이스에 주저앉는 충만한 인생들을 우리는 그의 단편 요소요소에서 만나 작가의 틈새에서 그 요행을 엿보고 숨 쉬게 된다.

오죽하면 파란만장한 사람을 소설적 인생이라고 했겠는가…….

연규호의 소설 접근은 다른 작가들과 그 유형을 달리 한다.

연규호의 단편집 『파도에 묻힌 비밀』도 그 예외는 아니다.

이 작가의 즐겨 찾는 소설의 범주는 자신의 생성과정에 크게 좌우되고 그 지식이나 체험, 환경에서 벗어나지 못한다.

그건 작가가 무엇보다 이물 없이 잘 아는 주지의 세계요, 세상사요, 수월한 소재이기 때문이다.

그의 고향인 청주를 중심으로 하는 자연적·지리적·인간적 배경과 조그마한 마을에 교회의 종소리가 들리는 불우한 청소년 시절의 애환이 바탕이 되고 농밀하게 투영된다.

그의 작품 가운데는 미국에서 보잘것없는 한국인이 마침내 미국의 엘리트 의사로서 미국인 의사들과 어깨를 걸고 인종 차별과 멸시를 물리치고 미국 병원의 권위 있는 내·외과 의사로 환자들의 뜨거운 신망을 받는 모습이 도처에 나타난다. 미국 의사들의 질시 속에 굴하지 않는 불굴불요의 한국인 상(像)이 부각될 뿐만 아니라, 백인 의사들의 우월증과 갈등, 열등의식들이 도처에 나타나고 멸시 받는 소수의 황·흑색 인종을 끌어안는 연민과 저항이 휴머니티한 박애사상으로 구현된다.

의사로의 자리가 차차 잡히면서 백인 여성과의 결혼으로 안정이 되는 듯했으나 종내 문명의 차이, 문화의 충돌이 빈번해지며 파탄으로 치달아 가정의 불화를 초래하기에 이른다. 그러한 불화와 열등의식 등이 미묘하게 과거 회상의 진한 첫사랑과 향수로 타임머신을 타고 안타깝도록 진하게 되살아난다.

그에게 있어서 과거는 소설을 잉태하는 모태로 과거와 현재, 미래가 하나의 이야기로 부단히 밀착되어 윤회하며 탈출구를 찾게 한다.

그는 권선징악과 인과응보를 확신하는 어쩔 수 없는 동양적 윤리와 철학을 갖는다.

인종의 갈등과 문화의 충돌에서 인간의 본태적 외로움과 고독의 심층을 투시한다.

모순당착 속에서 작품을 만들어내며 우주공간을 유영한다.

어느 소설에서나 끈끈하게 깔린 일말의 불안과 회의가 종교적 연민을 도모하며 자비의 면모를 져버리지 못하게 강렬한 흡인력으로 그를 잡아끈다.

그에게 있어서 소설은 삶을 지탱하며 끄는 절체절명의 자석이요 원동력이다.

그는 침묵의 추적자요, 극적인 딜레마적 소설의 함정에 빠진다.

의사라는 본업은 허공에 그리는 꿈이요, 밤마다 인술의 가쁜 진맥의 손을 놓고 이야기의 키를 두들기는 절대치의 시간으로 문학에 몰두한다.

푸른 상공에 무수한 소설의 화살을 쏜다.

연규호의 단편소설집 『파도에 묻힌 비밀』도 그 범주에서 크게 벗어나지 못한다.

여기에 「풍란의 비밀」을 필두로 수록된 아홉 편의 단편에서 우리는 각기 다른 오묘한 '인생패턴'을 보게 된다.

단편소설은 아무래도 그의 몇 편의 장편소설보다 인상이 희박하지만, 그의 절박된 인생의 일단(一端) 또는 한 단면도를 절취(切取)해서 보여주는 인생의 심연, 운명의 희롱, 처절하도록 아름다운 애절함과 맞서게 하는 그의 노련한 단편적 기교에 놀라지 않을 수 없다.

그의 단편에는 일괄해서 눈물과 미소가 항상 공존한다. 천길 낭떠러지에서 구르는 잔인한 비운을 찾을 수가 없다. 언제나 종말의 뒤에는 훈훈한 후광이 보이고 먼 산의 무지개 같은 잔잔한 희망이 뜬다. 이것이 작가, 연규호의 매력이요, 종교적 심오한 사랑과 성찰, 믿음과, 소망의 결산이리라.

그리고 여기에 한 가지 흥미를 끌고 재미있는 것은 작가 연규호의 습벽, 알게 모르게 쓰여지는 고집이 그의 소설에 나오는 주인공, 닥터의 이름이 한결같이 '강석호'라는 데 놀라지 않을 수 없다.

2. 주목을 끄는 소설 제목

1) 「어느 미주 교포의 3일」

제목이 흥미를 끈다. 마치 「로마의 휴일」을 보는 듯한 착각에 빠지게 한다.

44년 만에 가는 어느 교포의 고국 방문, 그가 설정한 휴가의 사흘은 어떤 절박한 것일까….

'루이빌 의과대학' 병원의 저명한 폐암 박사가 폐암 말기에 걸려 시한부 인생을 살며 백인 아내의 반대를 무릅쓰고 44년 만에 고향 청주를 찾아간다.

철석같이 결혼을 약속했던 첫사랑의 여인, 김정선을 죽기 전에 한번 보고 싶어 그녀가 있는 '내수보건소' 언저리를 헤매다 끝내 3일간의 체류기간이 끝나 발길 돌린 김포공항에서 김정선의 환영을 보고 택시 기사더러

다시 '충청북도 내수보건소'로 가자고 외치는 강석호의 혼미한 환청각에 들려오는 김정선의 애절한 마지막 소리.

"석호, 미국에서 살다 언제고 힘들면 내게로 와. 설령 병들어 몸을 못 가눠도 내 곁으로 와. 나, 널 기다릴게…."

이 한 마디가 이 소설의 클라이맥스로 대미를 장식한다.

2) 「돌계단의 비밀」

삶의 오감(五感)과 꿈 같은 낭만의 색채가 톱니바퀴처럼 맞물려 돌아 새로운 한 궤로를 이루는 서사시 같은 아름다운 운율의 단편소설.

단편소설은 모파상이나 황순원 같은 명문을 효시라고 하지만 그의 동화 같은 신선한 문체가 생동감을 주고 소년 시절의 순진무구의 신비와 구슬같이 영롱한 한 단면도를 보여준다.

같은 동족의 의사라야 정신병 환자를 치유할 수 있다는 미국 의사들의 조언에 '로즈'의 주치의가 된 닥터 강석호.

여기서부터 소설의 모티브가 풀리고 거의 반세기 넘은 어린 시절의 한 공간이 환등기처럼 돌아간다.

청주에 있는 성공회, 신부 할아버지의 조실부모한 손녀 한해정, 44개의 돌계단을 손잡고 함께 오르내리던 석호 소년과 해정의 이야기가 이어지며 숱한 곤경을 넘은 이 우연의 만남을 하나님의 섭리로 받아 들이는 숭고한 종교애가 깊은 감동을 준다.

3) 「아내의 파란 눈동자에 비친 내 얼굴」

연규호의 소설적 허구 또는 상상력은 어디까지 가는 것일까.

전문미답의 이색적 소설이다. 맹인 부부를 주제나 소재로 한 소설을 필자는 한국 문단에서 아직 보지 못했다. 일본 추리소설에 '맹도견'을 다룬 단편은 있었지만 그건 일방적 맹인의 소설이다.

형님과 언니의 주선으로 맺어지는 두 맹인 남녀의 27년간에 걸친 인내와 연민의 결혼생활. 아내는 종내 남편이 맹인임을 모르고 남편의 얼굴을 만지고 쓰다듬고 하다가 간다.

사랑하는 아내, 백인 여자, '실비아'의 눈동자에 비친 남편인 내 얼굴은 어떤 것이었을까….

시각 장애인임을 아내에게 속인 석호의 자책과 일종의 사기결혼.

서로의 얼굴을 보지 못하고 마음의 눈으로만 보며 반평생을 산 부부간의 그리움·갈등·위기·질시가 화장한 아내의 재를 강물에 뿌리며 흘리는 한없는 속죄와 참회의 눈물이 무정하게 흘러가는 심도 깊은 내면을 드러낸 심리소설이다.

4) 「집시의 별」

파킨슨병에 걸려 손가락 감각을 잃고 연주 중 몇 번이고 음이 틀리고 끝내 활을 떨어뜨리는 치명상을 입는 40대의 바이올리니스트, 불운의 박정순을 재기시키고자 오케스트라의 지휘자 김현식 씨가 병석에 누운 박정순의 실의를 격려차 방문했다. 빈 침실에서 둘이 포옹하려다 떨어뜨리고 간 김현식의 조립식 지휘봉을 붙들고 백인 남편의 질시와 갈등 속에서 동족간의 연민과 사랑을 애절하고 목 타게 부르짖는 '하늘의 별'과 '집시의 별'로 비유하고 자학하는 극적인 비련을 담은 소설로 동족간의 어쩔 수 없는 향수가 짙게 묻어난다.

5) 「풍란의 비밀」

「풍란의 비밀」은 일종의 종교소설, 사회소설이다. 박애주의 '순애보' 같은 순수사랑으로 윤락녀를 구제하고 조폭과 범행자를 온몸으로 끌어안는 전직 형사, 후에 변신한 목사의 '쪽박촌'에서 침식을 같이 하며 하나님의 말씀을 전도하는 사랑의 비화를 적나라하게 드러낸 빈민굴의 순교자적 이야기를 주제로 했다.

슬픈 가족사와 서울시장으로부터 '사회봉사상'을 받는 김가형 목사의 순교정신이 아릿하고 밀도 있게 처음에서 끝까지 도도한 장편소설처럼 전개된다.

6)「회오리 바람(돌풍)의 비밀」

"처녀는 팔자가 드세네, 허허, 세 놈을 거쳐갈 팔자여, 세 놈을…"

사주팔자를 봐주던 복술인 할아버지의 예언대로 제1남, 제2남, 제3남을 거쳐가는 회오리 운명 속에 '전채리'라는 여인의 파란만장한 여로(女路)를 더듬고 추적한다.

청주에서부터 험난한 미국에까지 이제는 세 남자를 피해 아무도 모르는 미국 땅에서 홀로 고독과 시련과 싸우면서 은둔생활을 하는 박덕, 박복한 여자 앞에 천지 이변 같은 쓰나미와 돌풍이 몰아치는 공포의 사경 속에서도 세 남자의 사랑 끈을 놓지 않는 여인의 연약하고 집요한 마성이 보인다.

7)「사이엔 강의 사랑」과「마야의 별들」

사이엔 강에 사무친 애증의 고대사를 중심으로 펼쳐지는 사랑과 마야의 별은 이 작가의 오랜 숙연의 소설 과제이다.

고대문명에서 쇠락해간 인디언의 별. 쉐난도의 별을 찾아 구주 예수의 외롭고 박해 받은 수난의 길을 따라가는 한국인, 안성수 선교사의 십자가를 진 고고한 모습이 종교라는 강렬한 유대와 결속으로 역사관, 역사의식을 새롭게 일깨운다.

한국 전쟁에서 낙오자가 된 인디언 병사를 다락 속에 숨겨두고 부상을 치료하는 사이 사랑이 싹튼 한국인 처녀 성숙과의 밀애가 익어가고 인디언 병사를 탈출시키기 위해 금가락지를 감시병 인민군에게 뇌물로 주고 위기를 벗어나는 장면이 생생하고, 딸의 신혼생활을 보러 미국으로 간 김 노인

부부에게 청천벽력 같은 흉보, 딸의 교통사고….

작품이 단편다운 아슬아슬한 스릴을 시종일관 몰고 간다.

8) 「바닷물에 묻혀」

등대 빛도 없이 바다에 표류하는 정처 없는 사랑의 행로.

이루지 못한 사랑의 고혼들이 태평양 연안에서 또는 대서양 기슭에서 잃어버린 '반쪽 사과' '반쪽 인생'을 찾아 하나가 되기 위해 표류하고 방황하는 밀리고 밀리는 중생의 물결.

오묘하게 꼬여가는 사랑의 가시길.

흥남 철수시 공산군에 의해 부모가 학살되어 천애 고아가 된 김광수와 한정애의 남매 같은 사랑도 바닷물에 씻겨 내려가고 묻혀가고 불우한 운명의 농간에 말리는 전란의 희생자들의 적나라한 실상이 리얼하게 표출된다.

9) 「소록도로 가는 길」

천사 수녀의 손길이 소록도에서 문둥이를 소생시키는 기적을 낳는다.

천형(天刑)의 벌로 아무도 돌보지 않는 소록도, 나병 환자에게 가까이 다가서는 소설가 연규호의 사랑과 구도의 손길. 그의 작품은 어디에나 궁지를 비집고 들어가 작품으로 소생하고 양산한다. 작가의 생명력, 창조력, 위대한 작가정신을 보여준다.

문둥병에 걸린 시인 한하운의 시 "버드나무 밑에서 지까다비를 벗으면/ 발가락이 또 하나 없어졌다…"의 가도 가도 붉은 황톳길을 외면서 시작되는 문둥병을 둔 비운의 한 가정사가 냉혹하고 절묘한 필치로 사람의 폐부를 찌르며 이어진다.

작가 연규호에게 소록도는 눈물의 섬이요, 부활의 천지다.

3. 연규호 소설의 약조된 체질적 귀착점

소설가 연규호는 광대무변인 우주, 변화무쌍한 허공을 향해 무수한 소설의 화살을 쏘아대고 운명의 주사위를 던진다.

어쩌면 그는 이야기의 도발사요 투기꾼이요 희망의 등불로 소설의 교두보를 확보한다.

그는 불우한 인간들의 선천적 운명을 만들어내고 조정하며 삶의 표시판을 게시한다. 인간의 불행을 필사적으로 방지하고 종국에 이르러 막아서는 미화작업에 전념한다.

소설의 궁극적 한계에서 전지전능의 조물주에 기대기도 한다.

어디엔가 반드시 구명의 보트를 내리고 구명띠를 던진다.

모든 작중 인물들을 수면에 뜨게 한다.

그는 잔인한 익사나 액사를 도모하지 않는 고도의 휴머니스트요, 로맨티시스트다.

한줄기의 솟아오르는 요원한 빛줄기다

불운을 저작하고 곱게 세척하는 구원의 정화제를 뿌린다.

앞으로 그의 소설적 발동이 상상력 이상의 세상사, 인간사, 주변사로 비상하여 우리를 신비하게 사로잡을 것이다.

그의 아이러니하고 시니컬한 작가로의 마스크와 은은한 미소가 그 초능력적 작가의 소명을 다해줄 것이다.

출중한 삶의 회오(會悟)와
고전적 문학, 예술의 정화

— 최용완 첫 시집 『무등산, 가을 호랑이』에 부쳐

1. 서(緒) / 예술성과 인간적 근원

시인 최용완은 천하의 기인(奇人)이다.

고대 건축이 시, 연극과 함께 동시에 발생한 예술적 기원, 또는 연원으로 종국(終局)에 가선 미(美)의 극치로 용해(溶解), 승화되었음을 회득(會得), 청운의 뜻을 "건축과 시"의 접목에서 불꽃을 당긴 선각자적 선견지명을 갖는다.

그는 일찍이 서울대 건축과를 나와 젊은 나이에 국보 제1호인 남대문 중수공사 설계사로서 문교부 문화재전문위원으로서 한국 고대건축에 깊숙이 관여, 건축학도로서의 진가를 미국에 와서까지도 여실히 만유감없이 발휘했으며 후일 민족의 일대 불상사로 방화 소각된 "남대문 신축 복원공사"에 급거, 산 역사적 고증인으로 장인(匠人), 또는 동량(棟樑)으로 고국을 방문, 복원공사에 이바지했다.

그는 노년에 "시와 건축"의 일치성과 신묘한 연대성을 방증하기 위해 고대문명 발상지 순례, 답사(踏査)에 나선다. 4대 문명 발상지의 하나인 메소포타미아 문명의 티그리스강과 유프라테스강 유역에서부터 인더스 문명의 인더스강을 거쳐 황하 문명의 황허강 유역에서 공자와 맹자, 노자와 장자의 발자국을 더듬고 이집트 문명의 나일강 유역에서 유구한 피라미드의 신비한 왕의 고분을 보는 것으로 오묘한 천지창조의 섭리와 시(詩)의 오지(奧地)에 다다른다. 고대 문명과 현대 문화의 수천 년간의 격차를 좁히고 브리지 하는 숱한 기행문과 칼럼, 수필과 시의 세계를 유영(遊泳)한다.

"지혜와 사랑을 나누는 사람들의 모임"의 대표 간사가 되고 수필가인 부인 강정애 여사가 주관하는 사회자선사업의 일관인 "번민하는 이웃과 함께하는"이라는 슬로건의 "한미 가정상담소"에 봉사, 불행한 이민 가정에 갈등과 반목으로 불화한 부부에 사랑과 화목을 심어주고 불우 청소년에게 향학의 장학금을 수여하여 진학의 길을 터주는 한편, 미래의 비전을 제시하고 선도하는 인생 카운슬링의 나침반이 된다.

이러한 일관된 체제에 머무르거나 안일하지 않은 미래지향적인 그는 다시 「최용완의 "뉴포트 수상"」이라는 언론계의 고정란을 통하여 부단한 역사기행, 고고학적 문명의 고찰, 시사평론, 인생훈을 쓰는 한편 외로운 이민생활의 스트레스를 해소하는 "사랑의 글샘터"라는 문학동인그룹을 결성, 문학에 뜻을 두는 애호가들을 모아 "시와 수필, 소설" 작법의 길잡이가 되는 "정기 문학강좌"의 교실을 운영, 저명 문인 강사를 초빙, 창작의 매개체가 된다.

그의 문학적 아호는 도석(道石)이다.

노방(路傍)에 누구나 편하게 앉아 쉬어가는 흔한 길가의 돌이요, 바람에 나부끼는 노변의 무명초로 자부한다. 그는 좀체 겉으로 자기 모습이나 속내를 드러내지 않는다. 고향인 순천에서 자라 6·25를 전후한 숱한 민족적 비극과 문중의 슬픈 곡절과 질곡을 어린 나이에 손수 보고 가혹하게 겪어 새기면서 한 번도 소리 내어 울지 않았다.

그는 4개의 위장을 가진 소처럼 소년 시절의 희비애락을 멀뚱하게 응시하고 사정없이, 정신없이 주워 넣어 인적 끊어진 산비탈, 운둔의 그늘에 가서 다시 꺼내 저작하면서 소리없이 눈물을 많이 삼켰다. 비애를 안으로 삼키면서 얼굴은 늘 부처 같은 화상(和相)이어서 인근의 그를 아는 사람은 모두 "애늙은이"라고 경원(?)했다. 이 숙명적 피해망상증은 노년에 이른 지금도 떼어내지 못하는 후천성 고질의 그루터기와 후유증으로 남아 흔히들 그를 거사(居士), 처사(處士), 도사(道士), 선비라고 지칭한다.

나는 미국에 와서 어쩌다 문학하는 우연한 자리에서 그와 부인을 조우했다. 시와 수필을 쓰는 사람이라고 하면서 좀체 작품을 접하지 못한 채 오고 가는 길에 문학과 인생을 논의하고 담소하는 긴 세교가 된다. 그의 초청 때문에 가끔 시와 수필을 강의하는 자리에 나가 많은 수강생의 작품을 지도하면서도 그는 한 편의 시나 수필을 내놓지 않을 뿐더러 그런 시간이 있으면 하나라도 더 많이 목마른 회원들의 작품을 보고 강평을 해달라는 겸허하고 일관된 간청으로 좀체 그의 시문학을 접하지 못한 차 용해가 저물어 가는 12월, 어느날, 갑자기 그가 부부 동반하여 100여 편의 시초(詩抄)를 들고 방문, 첫 시집 출간의 뜻과 감수를 요청해 옴에 경천동지(驚天動地)의 심정, 처지에 빠지게 된다.

고독의 벽.
헤르만 헤세의 『데미안』에 이런 말이 나온다.
"새는 태어나기 위해서 알을 깨고 나와야 한다. 우리는 알을 부화하기 위해서 알껍질을 최초의 입부리로 피나게 부서져라 깨야 한다. 새는 알을 깨고 나오려고 전신으로 투쟁한다. 알은 세계이다. 태어나고자 하는 생명은 누구나 하나의 세계를 파괴하지 않으면 안 된다. 인간이 가진 비극의 숙명이요. 순환이요, 짊어진 빛짐이다. 그러므로 문학 또는 예술은 비(悲)로부터의 해탈이요, 일종의 쾌락이다." 이 말은 단적으로 시인, 수필가, 칼럼니스트, 사상가, 건축가, 사회사업가 최용완의 전모를 증언하는 데 적합하다.
프리즘을 관통하는 빛과 그늘, 또는 어둠과 밝음의 물리적 동화작용. 산란하는 나비의 비상. 시는 항상 새로운 것과 아름다운 과거의 것과의 상호

협력, 조화에 의해 탄생하므로 여기서 "상호 교부설"의 시론이 나오게 된다. 과거가 공존하지 않는 시는 죽어 있다. 그는 한 톨의 가식없는 진솔한 살아 있는 시를 일구어냈다. 한마디로 묵직한 과거와 중후한 오늘이 밀착된다. 삶의 역력한 피어린 자국을 딛고 그는 은인자중하게 일어섰다. 이것이 최용완 시인의 인간적, 문학적 고뇌의 바로미터요, 척도요, 복합적 적나라한 모습으로 조화되어 일체의 용서와 포섭, 포용에서 태연하고 초연하게 드러난다.

흐르고 날고 깨는 것이 어찌 사람이고 세월뿐이랴.

멈춰 있는 것은 하나도 없다. 숨 쉬는 것은 다 흐르고 변하고 날아간다. 진실과 열기는 사람을 움직인다. 길은 떠나기 위해서 있는 것이 아니라 돌아가기 위해서 존재하는 것이니 그는 오늘도 뜨거운 향수의 소리없는 빛고을의 무등산을 바라보며 어디서나 언제나 하염없이 고향을 부르고 어머니를 찾는 영원한 회한의 아들이 된다. 그러므로 그는 운명처럼 평생을 유형, 무형으로 무등산 나무에 매달려 피 부리로 알을 쪼고 깨는 한 마리의 연한 새가 된다.

2. 본(本) / 영육 간(靈肉間)에 벌어지는 치열한 무숙자(無宿者)의 노래

시인 최용완은 어찌하여 처녀시집의 제목을 "무등산, 가을 호랑이"라고 붙였을까…….

백두산, 한라산, 금강산 등의 명산이 많음에도 그는 더 높을 데 없는 무등산을 골라 꿰찼다.

무등산의 호랑이보다 몇 배나 더 기장하고 늠름한 맹호출림의 백두산 호랑이를 버리고 산마루턱에 앉아 등급없는 산의 수호신인 무등의 호랑이를 끌어안았다. 봄 호랑이, 여름 호랑이, 겨울 호랑이를 피하고 하필이면 "가을 호랑이"를 택했을까…….

여기에서 우리는 시인 최용완, 인간 최용완의 겸허한 참모습, 참인간의 참모습을 본다.

그의 무등산은 결코 한 지역의 고유명사 지명이나 이미지가 아니라 좀 더 광의적, 다목적, 계급 없는 민초, 민중의 상징임을 말한다.

봄의 양기(陽氣), 여름의 화기(火氣), 겨울의 늠기(凜氣) 등을 먹고 포효하는 백수의 왕이 아니라 그는 고집스레 만 가지 오뇌를 먹고 읊어대는 호젓한 고독의 "가을 호랑이"를 자부하고 자처하고 선택했던 것이다. 여기에 그의 철학적인 직선과 곡선이 어울리고 "꾸에이즘(coueism)"의 우울증을 치유하는 자기 최면술을 본다. 이하 그 실증적 편린을 시에서 살펴보기로 한다.

> 으르렁 산울림이 가을 맑음 불러와
> 성하의 화염, 겨울의 빙하, 봄마저 등지고
> 흰 구름 아래 높고 낮음, 크고 작음 없이
> 화합을 이루라, 포효하는 가을 호랑이
>
> —「무등산, 가을 호랑이」 전문

그는 서슴없이 금싸라기 같은 세 계절의 영화를 버리고 황야에서 홀로 서걱거리는 갈대의 고독을 통해 가을 호랑이의 처절하고 고결한 지조와 이미지를 대변했다.

> 막내딸 대학 졸업하길 기다려
> 아버지는 딸과 함께 비행 13시간
> 모국 방문길에 고향 광주를 찾았다
>
> 무등산에 올라 어릴 때 소풍 다니던 이야기
> 좋아하는 여학생과 노는 동안에
> 선생님과 학생들 모두 우리를 찾고 있었다는
> 아버지와 딸의 에피소드

산을 스치는 바람은 맑고 신선했다
초등학교를 찾아 미국에서 시인 되고 건축가 된
아버지의 어린 시절 소개하는 동안
딸에게는 아름다운 아버지의 고향

머릿속 한 곳에 잠겨 있는 기억
학교에 국군부대 주둔하고
무등산에 공산군 빨치산이 숨어 살고 있었다

총성이 요란하고 수류탄 폭음과
화염에 잠을 깬 어느 날 새벽,
살인, 싸움, 절규, 비명, 피에 젖은 아침 길
쓰러진 군인들의 시체를 치우고
포로 열 사람은 끈에 묶여 무등산 기슭에 이르렀다

헌병들은 포로들에게 삽을 주어 땅 구덩이를 파게 하고
한 사람씩 사살하여 자기가 판 구덩이에 쓰러지면
흙을 덮고 떠났다 잠시 후에
가족들이 찾아와 소리 내어 울며 시체를 흙 속에서
찾아내어 등에 메고 어디론가 사라졌다

— 「무등산 기슭」 부분

하나님이 창조한 우주 만상에 이토록 잔혹하고 무자비하고 요괴하고 인면수심의 참담한 일이 벌어질 수 있었을까…….

한 시대를 살면서 이런 목불인견의 일들이 한 소년의 눈을 통해 사정없이, 그리고 적나라하게 무슨 영화의 슬로모션처럼 노출되고 전개될 수 있었을까. 이제는 미국에 이민 와서 노년에 접어든 아버지와 딸이 고향 무등산 기슭에 앉아 흘러간 이야기처럼 하는 깊은 연못 속 피 어린 이야기를 이 시인은 일말의 감성도 없이 덤덤하게 토해냈다. 제 주검이 묻어질 구멍을 파면서 그날의 무등산의 하늘은 어떠했을까…….

머릿속에 지워지지 않는 영원한 한의 그루터기. 우리 민족사에 이처럼 치욕적인 비통한 일도 있었는가…… 낮엔 태극기요, 밤엔 인공기. 그 비극의 틈새에서 얼마나 많은 양민이 소리 없이 죽어 갔을까. 원한에 사무친 피아의 애애절절한 허공을 방황하는 무숙자의 고혼들…….

이제는 흘러간 60여 년의 참사로 망각의 피안으로 보내기엔 너무나 애절한 끊이지 않는 과거에의 집요한 끈 사슬.

최용완 시인은 본 대로 리얼한 필치로 절통의 과거를 덤덤하게 일말의 비평이나 편견 없이 한 토막의 우화처럼 무등산 기슭에 앉아 마귀할멈의 요술 동화처럼 부녀 간에 쏠쏠한 역사를 이야기하고 있다. 이에 더한 비극의 장면이 있을까…… 시는 음미하는 것이 아니라 단숨에 읽히고 가슴에 와 닿는 것이라면 이는 고금의 어떤 시인의 명작시보다도 지극히 직관적인 인간애시(人間哀詩)의 단편도이다.

3. 선명한 주제의식에 진한 삶의 피땀이 묻어나는 시의 뿌리 또는 혈맥(血脈)

시는 드라마와 같다. 보다 압축된 극적인 요소를 지녀야 한다.

간명하고 강렬한 인상을 주고 풍기는 절실한 대사와 같이 필요한 시어들만이 동원되어 한 편의 시라는 사건의 연과 행의 나열, 핵점의 요소들이 한 무대, 한 장면에 결집, 역동해야 한다. 그외의 수식이나 단역, 미사여구는 일체 생략, 터부가 된다. 어렵고 난삽한 말을 기피하고 친근한 말만 가려 간략하게 감칠맛 나게 구사한 것이 이 시인의 속 깊은 특징이다. 6부로 나누어 꾸며진 시의 편제 중 그 서두를 상징하고 대표하는 시들이 일관하여 하나의 통일된 시적 구조의 이야기와 이미지로 면면하게 옥구슬처럼 엮여 일맥상통됨에 경탄한다.

이하 각 부의 대표시를 선별, 그 맛과 멋에 겨워 젖어 본다.

해 뜨니 삶의 길 열리고
달 뜨니 새 꿈이 밝다

— 「새날」 전문

　새해에 부치는 노래다. 이토록 새해의 새 기상을 리드미컬한 경음악의 소절이나 아이디처럼 함축과 은유로 한 해를 끌어안는 시공의 상징과 압축이 어디 있겠는가…….

빛이 색을 만들어 세상을 본다
예수의 얼굴에 부처의 미소를 본다

— 「빛의 미소」 전문

　여기서 이 시인이 갖는 독특한 색소의 뉘앙스와 종교적 하모니를 본다. 예수의 얼굴에 오버랩되는 부처의 미소가 얼마나 정답게 보이는가.

갓난아기 울음소리
엄마가 들었는데

어른으로 자라서
소리 없는 울음
누가 듣고 있을까

— 「엄마의 귀」 전문

　고고의 울음소리를 내어 이 세상에 떨어져 나온 아이의 첫 울음소리. 수십 년 후에 노년이 되어 무엇으로 울까. 그 우는 소리, 누가 듣고 있을까. 빚진 원죄, 그는 속으로 예수의 십자가를 보고 있다.

　이 담백한 3편의 시가 주는 타임머신 같은 세월과 공간과 시간의 조리개를 한순간에 한 찰나로 몰아넣고 있는 시의 숙련사, 응결된 능숙한 메타포의 탄탄한 플롯을 본다…….

> 나무에서 떨어진 솔방울
> 마른 솔잎에 누워
> 마저 남은 잣을 말리니
> 솔향기 바람에 넘실거린다
>
> —「작은 솔방울」 전문

> 새벽빛에 눈을 뜨고
> 어둠 뒤에 오는 삶을 본다
>
> 가진 모든 것 비운 그릇에
> 저 푸른 하늘이 내려와 고인다
>
> —「내 안에 푸른 하늘」 전문

인생을 공수래 공수거라 했던가. 다 버린 빈 그릇에 저 하늘이 내려와 고이고 구름이 떠가고 새가 날아가는 초연한 자세, 새벽에 희망으로 눈을 떠서 황혼 속에 생의 종말을 보는 응시의 눈. 한 폭의 은은하고 삼라만상이 변화하는 제행무상의 산수화 같은 진맥을 본다.

어머니 손에서 떨어져 나간 솔방울을 보며 솔잎에 누워 흩어진 잣을 줍는 속에 오묘한 우주의 질서와 순리가 한눈에 들어온다.

> 걸어온 모든 길이 내 발에 멈췄고
> 살아갈 앞날이 내 팔에 안겼다
>
> —「지금 한순간」 전문

> 산에서 굴러온 바위의 뉘우침을
> 개울이 알아차려 발을 씻어준다
>
> —「회오」 전문

출중한 삶의 회오와 고전적 문학, 예술의 정화

343

이 두 시의 연쇄법으로 나타난 절묘한 인과법과 오묘한 대조법, 은은한 의인법, 간결한 활유법에서 이 시인의 겉으로 삐치지 않는 보자기 안에 싸인 비도(秘刀)를 본다. 무작정 걸어온 삶의 구곡간장 같은 한 생애가 손오공의 손바닥처럼 유연하게 흐른다. 산에서 굴러 내린 천 년 바위의 뉘우침을 졸졸 흐르는 조그만 개울이 씻어주는 이 무궁한 자연의 이치와 아량을 이 시인 아니고서는 감지 못하리라. 절묘한 연쇄법과 은유법, 간략한 하모니가 마치 하늘의 날개옷을 달고 비상하는 선녀를 방불케 한다.

> 살아 있는 목숨들
> 소리소리 질러 몰려왔다
> 조용히 물러나는
> 바다 숨소리
>
> —「파도 소리」 전문

아비규환으로 소리소리 지르는 군중의 노도 같은 거리의 데모와 절규, 이윽고 서서히 일장춘몽처럼 물러가는 허황하고 고요한 썰물의 숨소리, 희비애환이 한눈에 교차된다.

4. 어머니, 마르지 않는 샘, 그 사랑의 원천(源泉)

시인 최용완은 "인류의 생성, 감성, 지성"이라는 제목의 그의 「뉴포트 수상」에서 고고학적, 고전적 어머니상(像)을 이렇게 피력했다.

단세포 생명체가 아버지 몸에서 어머니 몸으로 옮겨지고 생명을 보호하는 모체 내의 환경이 조성되는 때 어머니의 사랑이 시작되고 새로운 복합세포 생명체가 어머니 체내에 성장한다. 출생될 때 공기에 노출되어 호흡을 시작한다. 하나의 인간으로서 자연 환경과 어머니의 사랑 안에 보호받으며 생성한다. 네 발로 기어 다니며 살았던 때의 모습, 그리고 드디어는 두 발로 서는 사람의 모습으로 과거의 인류 성장 과정을 재연하며 어머니의 사랑에 의지함은 인류가

신(神)의 환경에 의지하였음이며 지구상에 인류의 생성(종교)이 이루어진다.

여기서 그는 어머니에 대한 종교의식 같은 신비와 신앙, 사랑의 기원, 절대치, 완전무결한 순도 무구의 원액을 찾으며 시종일관 샤머니즘적 요원한 철학, 우상숭배에 몰아(沒我)한다. 다시 그 순고한 어머니상을 증언하기 위해 인류 발생학적 시 한 편을 본다.

그 옛날
철 따라 옮겨 다니며
풀잎 줍고 열매 따먹던 시절
돌칼로 사냥하여
동굴 안에 불 지피어 살았다지

바람에 울고 꽃으로 웃으며
하늘 비추는 개울물 마음

마마 다다 부르며
살을 비비던 아기 몸짓

자라나며 어른 되어
어머니 떠나신 날
아침 햇살에 처음 신(神)을 보았다지

—「원시인」 전문

그는 고고한 인류학적 고찰로 원시인의 구석기시대와 유목시대를 천렵, 풀잎으로 국지를 가리고 돌칼로 사냥하며 춤추고 동굴 안에서 불을 지펴 바람 소리에 울고 들꽃에 웃는 우상숭배의 인간 본태와 어머니 떠나신 날, 시신 속에서 원시적 신앙의 기원적 근원을 발견하고 축복받는다. 그 긍정적 혹은 부정적 설의법 양극에서 우리도 어쩔 수 없는 "마마 다다"의 무속적 저술과 도취에서 헤어나지 못하는 착잡한 현대의 아이러니, 신봉자가 된다.

그 아득한 상고시대의 환각 속에 비로소 영원불멸의 "어머니"라는 화신이 영겁으로 그의 가슴에 부활, 재생한다.

낮에는 흙 밭을 가꾸고
밤이면 멀어진 아이들 염려해
두 다리 펴지 못하고 잠드는 동안
안섶에 감춰온 처녀 적 꿈

아이들 끼니 찾아 주고
어머니 품 안에 잠들게 해
여섯 자식 젖을 물려 기르신 여윈 몸매
전쟁의 피난길에 메마른 손결

포성이 쾅쾅 마을 흔들던 밤
화약 냄새 검은 연기 아랑곳없이
우리네 뒤안길로 지나갔지요

사립문 열린 틈으로
박꽃 향기 찾아오던 날
내 마음 빈방에 다시 누우실 적마다
그날의 아랫목 기운 가슴을 적시니

내 가는 길에 어머니 마음 가고
오는 날에 먼저 와 계셔
그 사랑 안에 언제나 내가 살고 있지요

—「어머니 계신 곳」 부분

맘결, 몸결, 손결이 다함께 부드럽고 가련하게 아름다운 서경시적, 서사시적, 조화된 한 가정의 가난한 이야기가 품도 높은 서정시로 전개된다. 피난길에 마르고 쪼들리고 시든, 그래도 자식 위해 잊지 않는 어머니의 훈훈한 미소가 보여 이 시인의 고결한 휴머니티에 접한다. 바늘 가는 데 실 가듯이 올망졸망한 육남매에게 하나같이 젖줄을 물리는 어머니의 여윈 몸매가 눈시울에 아리고 뜨겁게 다가선다.

오는 아이들의 시간을 미리 재시고 동구 밖 처마 끝에서 기다리는 한 폭의 살아 있는 보살 같은 그림의 어머니 상. 움츠린 팔 안에 감추어 온 어머니의 처녀 적 풋풋한 꿈. 어머님 계신 곳을 하염없이 바라보는 모름지기 장자였을 이 시인의 다하지 못한 회한의 그리움과 불효와 어깨에 진 책임을 보는 듯하다.

그에게 있어서 어머니는 생명의 젖줄기요, 요원이요, 영원한 고향이요, 조국이다. 사막에서도 마르지 않는 오아시스 같은 사랑의 옹달샘이다. 그 영원한 생명수로 해서 그는 어머니와 무등산에서부터 미국에까지 전전하는 유랑의 서곡에서부터 벅찬 피날레를 날린다. 그러므로 어머니와 영원히 공존한다.

젖 먹던 날들을
까맣게 잊도록 자란 아이를
끝까지 어리게 안아주시고

자라는 동안 삶에 묻어오는
슬픔과 아픔을 여윈 몸에 담아
나를 대신하셨지요

내 나이 영글도록 찌들지 않고
그 손길에 기대어 살아왔기에

그리도 애틋하신 눈빛
아직도 옆에 계시는 듯
안달하는 마음

이제야 가엾은 아이는
목숨의 어머니 몸 조각 다시 찾고

사람들이 일어서 가는 까닭을
처음으로 깨달았습니다

— 「어머니」 전문

자식은 어머니의 분신. 어머니의 귀한 몸 조각. 사람들이 일어나 살아가는 까닭을 늘그막에 와서야 비로소 회오하는 아들의 피맺힌 한이 요소요소에서 가슴을 누르고 찡하게 찌른다. 아직도 곁에 계시는 듯한 이 아름다운 서정적 이미지의 사모곡. 삶에 묻어오는 온갖 슬픔을 자식들을 위해 맘과 몸을 바친 영원한 어머니의 헌신과 희생. 그는 그것을 "마르지 않는 엄마의 영원한 샘"이라 했다.

5. 결(結) / 작열하는 불꽃 속에서 음양의 이치와 펜타곤의 꼭지점을 찾는 주역(周易)의 시인

도석 최용완의 시에는 깊이가 있고, 무게가 있고, 삶의 철학이 있고, 산전수전을 다 겪은 인내의 미덕과 달관의 관조로 사물을 둥글게 갈고 다듬어진 노변의 한적한 돌, 한 포기의 풀이며, 한 움큼의 도랑의 물로 고여 반석의 뿌리로 대지에 뿌리박힌다. 온화한 미소 속에 번뜩이는 예지의 섬광과 고요한 명상으로 화석처럼 골동품처럼 내려앉은 자비로운 화상, 달마화상의 9년 좌선의 벽과의 치열한 싸움에서 그는 체념의 평화주의자가 된다.

일정한 룰과 고고한 모럴, 톤으로 어쩜 세상과 인생을 속으로 폄하하고 있는지도 모른다.

시니컬한 눈매와 아이러니컬한 이중창 속에서 그는 음양의 이치 따라 명암과 원근의 조리개와 앵글을 굴리며 삼원색의 조화를 보인다. 오행의 힘을 골고루 분산시켜 균형을 시도하며 건축학도로서의 건곤의 이치와 주역의 천리와 사주의 오행이 모두 배치되어 생과 극의 역학적 조화와 힘으로 물, 불, 나무, 쇠, 흙의 다섯 자리를 봉합한다.

그는 그 울안에서 결코 벗어나지 않는다. 인생을 깊이 회득하고 고요한 관조와 더러는 체관, 투철한 장인정신, 작가정신, 민중정신으로 사물의 근저와 인과를 수렴하는 수도자 같은 휴머니티한 서사시와 서정시를 창출한다. 우주의 오행, 오관, 오체, 오복을 투시하고 관조하는 시인, 사랑과 향수 안에서 부단히 조국을 찾고 어머니와 고향을 부르며 불행한 분단의 비극을 한 몸에 지고 가는 너무나 인간적인 냄새, 고뇌, 울분을 토해내는 시의 각박한 껍질을 깬다.

껍질이 깨어지는 아픔 없이는 숱한 만족의 애사를 보면서도 희비애락의 감성을 좀체 표면에 나타내지 않는 노방초(路傍草)의 시인, 수필가, 사상가, 지성인, 철인……. 그 안에 소리없이 앉아 홀로 오열하고 통분을 참아 이겨 낸 그 속내 구조는 어떤 것일까. 무엇이 깃들어 있을까. 미스터리 같은 깊은 동굴, 미궁(迷宮)적 시의 궁전. 여기에 과거와 현재와 미래를 오감하는 시인, 도석 최용완이 존재한다.

특히 그가 "가을 호랑이"를 붙들고 애린(愛隣)과 끈끈한 미련을 갖고 애정을 키우는 사연은 그가 십이지간 중 인년(寅年) 생의 호랑이띠로 여섯 번을 돈 연륜에 처해 있음에 첫 시집을 상재하는 최대의 의미를 부여하고 있다는 점이다.

끝으로 다 말하지 못한 아쉬움을 애자의 가슴에 와 닿는 함축성 있는 시들이 많았음에도 이를 뒤로 돌리며 하사의 글을 접는다.

— 2013년 초봄에 식(識)

이 아침에 삶의 갈증과 허기를 채워주는 사색의 원탁

— 김인자 시인의 칼럼 수상집에 부쳐

1. 서(緒)/김인자 시인, 그는 누구인가

10여 년 전 해변 문학제에서 김인자 시인을 처음 만났다.

나는 시 분과(詩分科)에서 주제를 발표하고 김 시인은 회의를 진행하는 간사로 원활한 질의응답의 처리와 총회에서의 간추린 분과 보고로 호평을 받은 기억이 지금도 생생하다.

훤칠한 키에 이글이글한 눈매와 문학과는 먼 약대 출신의 약제사라는 데 놀랐다.

그리고 10여 년 후에 어쩌다 미국에 와서 접한 김인자 시집 『심안으로 보는 길』을 통해 깊숙한 소리 없는 내면 성찰과 숙명적인 인간의 날금과 씨금, 문학을 향한 뜨거운 들숨과 날숨의 물결, 오케스트라 같은 화음과 조화의 정제(精製)된 서정시를 본다. 그리고 다시 몇 해 후 중앙일보와 한국일보, 양대지에 눈부시게 전개된 문화 칼럼, 「이 아침에」와 「삶과 생각」의 광장을 보며 객고(客孤)의 갈증과 허기를 채워 훈훈한 향수를 달래던 차 다시 날아온 낭보, 그간, 양대지에 수록된 150여 편의 칼럼과 수상, 단장 등을 한 권의 집대성으로 묶는다니 이 어찌 기쁘고 가상하지 않으랴……

아름다운 인연이란 잠시 두절되거나 다소 격조에 묻혔다가도 어떤 사연과 사유, 계기가 생기면 망각의 벽을 뚫고 재연(再燃)한다.

인간의 생존의 의미와 삶의 가치가 이런 데서 싹트고 유구(悠久)하다.

여기에 금상첨화(?) 격으로 나의 '축하의 글'을 책머리에 싣겠다니 이를 두고 고인(故人)이 '불감청이언정 고소원이라(不敢請 固所願)' 했던가.

겸허로 이 김인자 시인의 칼럼 수상집 상재에 축하와 치하, 격려의 글을 담는다.

글은 쓰는 이의 인격의 표상이요 품위라고 했다.

김인자 시인의 칼럼 내지 수상(隨想)이나 단장(斷章)은 각별한 뉘앙스를 풍긴다.

그것은 김인자 시인의 사상이요, 철학이요, 문학이요, 체험에서 오는 다양한 사색적 문화 산책이기 때문이다.

김인자 시인은 삼라만상의 사물을 시(詩)에서처럼 결코 직관으로 통하지 않는다.

일단 직관으로 들어온 사유(思惟)와 사유(事由)를 심안(心眼)의 앵글로 걸러내어 식별하고 검안(檢眼)하고 비로소 마련한 한 톨의 양식을 이른 아침, 우리네 외롭고 메마른 교포 식탁에 친숙하고 검소한 공동체의 '토양 메뉴'로 내려놓는다.

깔끔하게 될 수 있는 대로 언어를 절제하면서 정(情)에 치우치지 않고 지(智)에 흐르지 않고 각(角)이 서지 않게 일정한 톤을 유지하며 배출한다.

동서양의 박식한 지식과 문학, 철학, 다양한 일상의 애환과 한국적인 고유의 이미지, 감칠맛 도는 삽화나 일화, 과학에 이르는 세계에까지 소명의 메시지를 선명하고 간명하게, 때로는 수월하고 강렬한 필치로 일상을 풍요롭게 하는 기지(機智)와 재치, 친화력을 갖게 한다.

이를테면 문화 전달의 전도사로, 주방의 주부로, 편식이나 편애 없는 영양가 백 프로의 '쿡'의 진미 역할을 담당한다.

그뿐 아니라 '가화만사성'의 가훈으로 큰아들 내외는 의료전문기관의 변호사로 법률 사무소를 가지고 있으며, 큰딸은 약리학 박사로 이미 세 자녀의 엄마가 되었으며, 서랑은 뉴욕 굴지의 저명 제약회사의 부사장으로, 차남은 의과대학의 교수로 내과 전문의의 자부와 공동 연구에 몰두하는 '자식 농사'에도 풍작을 거둔 김인자 시인의 일종의 형이상학적인 정신 위생학적 문화식품이 날로 이렇게 해서 이민 교포사회의 명품이 된다.

이민 와서 풍상의 근 반세기.

문학으로 서걱거리면서, 의약품계에 매달리면서, 가정사에 사로잡히면서 사시사철, 사통팔달(四通八達), 인정의 기미와 애환을 조감하는 오관(五官)의 숙수(熟手)가 된다.

그는 이민족 간의 문명의 충돌에서, 문화적 갈등에서, 인종의 차별에서 무엇을 보고 느끼고 생각하고 어떻게 번민하며 위기를 극복하고 시사하는가…….

그의 혼에서 우러나는 야무지고 알찬 경고의 소리, 탈출의 메시지를 들여다본다.

2. 중(重)/김인자 시인, 그 해탈의 회로(回路)와 도약을 위한 피어린 착지

그는 이렇게 중용의 양비론을 언제나 어디서나 서슴없이 행하고 피로하며 간다.

'플라톤의 행복조건'에서 부(富)는 분뇨와 같아서 모아두면 구린내가 나고 고약하나 흐를 때는 토양을 살찌고 비옥하게 만든다는 음양의 이치와 오행상생(五行相生)과 오행상극(五行相剋)의 우주 섭리를 간파한다.

김인자의 주조(主調)는 두말없이 인간애에서 인류애까지로 확산되어 상처투성이의 지구를 연민으로 감싸고 다시 그런 광의의 것들을 수용하고 포괄하는 조국과 가족, 이웃 사랑으로 점강법(漸降法)의 수사학적 '축소미학'

으로 낙점하고 인간과의 접촉, 관계를 주시한다.

그는 우주의 진통을 자유와 평화, 사랑의 광맥을 캐는 데서부터 찾는 고도의 휴머니즘과 리얼리즘, 로맨티시즘을 봉합하며 치유의 손길을 편다.

그는 논리적 정공법과 회유의 양수 겸장으로 정설과 역설의 반전으로 유도한다.

"눈물 젖은 빵을 먹어보지 못한 사람과는 인생을 논하지 말라" 독일의 문호 괴테를 생각하며 게오르규의 명작 『25시』를 연상케 하는 불확실성 불안시대를 각성시킨다.

그는 4계절에서 하나를 더 보탠 5계절을 말하며 유년기의 역사적 상흔들을 저작(咀嚼)하면서 이민 2세들에게 "현재의 것이 내게 있는 모든 것이기에 현재에 자신을 맞추어 현재의 것을 소중히 여기고 간직하고 더욱 크게 자질을 키워나가는 것이 현재를 사는 삶의 지혜"라고 역설한다.

길은 어디에나 있어 두들기면 열리고, 머리는 높이 들어 하늘을 보고, 발은 땅에 굳건하게 뿌리 박혀 태연자약해야 한다고 했다.

희망과 꿈은 인간 최고의 이상이요 사상이라고 했다.

"한 번뿐인 것이다. 모든 것은 그저 한 번뿐인 것이다. 한 번뿐, 그리고 다시는 없다. 오직 한 번뿐이라 할지라도 이 세상의 것으로서 존재하였다는 것. 이 한 번만 존재하고 한 번만 만난다는 것. 한 번만의 기회라는 것……."

사랑은 어떻게 너에게로 왔는가. 꽃처럼 왔는가. 기도처럼 왔는가.

소크라테스의 설의법처럼 또는 릴케의 시를 인용하며 일기일회(一期一會)의 고사로 이민 2세를 깨우친다.

그는 매우 연약하면서도 섬세하고 강인한 의지와 당찬 여인상을 어필한다.

가정과 일을 겸전하는 아내의 고통, 위상, 엄마의 자리를 신묘하게 조화하는 여자를 말하고 유아교육의 절실함을 역설하는 교육론을 피력하기도 한다.

일하는 엄마의 자책, 자녀들의 잃어버린 정서와 가정의 부재를 말하며 가슴을 치고 뜨거운 눈물을 흘린다.

이 세상 도처에서 쉴 곳을 찾아보았으나 마침내 다다라 찾아낸 '책이 있는 구석방'보다 나은 곳이 없더라는, 책과 함께 도도하게 살아 이어온 귀한 과거를 돌아보며 문화와 역사가 하루아침에 무너지는 인터넷의 침식을 한탄하고 속물주의에 일침을 가한다.

김인자 시인은 물질문명, 배금주의에 젖은 세상에 대하여 뜨거운 화살을 던진다.

"밤하늘에 뜬 수십억의 별들이 묻고 있다. 지구는 안녕하신가…!?"

그는 끊임없이 자학과 해학, 풍자의 소리를 낸다.
그가 자문자답하는 천계(天啓)의 소리다.

일찍이 『사상계』에서 뵌 함석헌 선생의 "생각하는 백성이라야 산다"의 씨알 이야기가 그 어른의 탄생 110주년을 기리는 김인자 시인의 기념 추도 시, 「크신 바다」에서 여지없이 표출된다.

모든 것은 지구의 어머니 같은 '크신 바다'로 순리대로 흐르고, 물은 항시 낮은 데로 더 깊은 빈 곳을 찾아 스민다는 인생훈과 불멸의 얼, 씨알정신을 서사시로 토해냈다.

흐르는 것이 어찌 물만이랴… 거기서 지구의 정맥과 동맥을 감지한다.

시인이며 에세이스트, 칼럼리스트인 김인자 시인의 인생철학의 경지와 진면목을 보여주는 대목이다.

3. 종(鐘)/끝이 보이지 않는 생명 에너지에 대한 우려와 경구(警句)의 안전핀

끝 종(終)이 아니라 평생을 우리 곁에서 메마르고 외로운 사람들의 귀를 토닥거리고 즐겁게 울려 견문과 상식을 높여 주었다는 뜻에서 새북 종의 종(鐘)으로 표시하고 길게 오래 머물러 멀리까지 에코 되기를 바란다.

김인자는 세척의 명인이다. 늘 세속에 낀 때와 미망의 마음을 빨래한다.

끝이 보이지 않는 메가톤급의 섬세한 일상사, 세상사에 신선한 자극제, 각성제, 자성의 화(和)를 욕구한다.

복(伏)더위 속에 30여 편의 칼럼과 그간 '스크랩북' 해두었던 에세이와 단상, 시편들을 꺼내어 정독하면서 김인자 시인의 선지적(先知的) 감각, 예술적 심미감(審美感), 온유하면서도 질곡을 찌르는 신랄한 비평정신, 다양한 발상학적 주제의 착상과 구도, 세상 만태의 살상과 인심의 향방(向方)을 더듬는 동숙인(同宿人), 예리한 현실 참여와 미래 조감, 예술, 과학, 교육, 인터넷, 인성, 가정사, 시속(時俗), 관습, 광혼상제, 지구와 인류의 미래에까지 안 이른 데가 없이 천렵한 도량과 박식이 놀랍다.

그는 종교와 사랑과 문학을 종신의 소명으로 알고 가는 영원한 사역자다.

한국일보와 중앙일보 양대지에 삶의 등불인 「이 아침에」와 「삶과 생각」의 고정란이 존속되는 날까지 사랑의 샘처럼 달처럼 태양처럼 우리의 이민살이 주변에서 현판이 물 흐르는 듯한 필봉으로 위로와 용기, 일상의 양식과 지식을 공급하는 보고(寶庫)로서 따뜻한 길잡이, 교량, 향도역(嚮導役)으로 희비애락을 함께 나누는 인생살이, 세상살이의 멘토와 벗이 되어 주기를 바라며 축하의 글을 갈음한다.

내면에서 끊임없이 토해내는
삶의 질곡을 깨는 소리

— 김수영 수필집의 투영과 자아의식의 결정체(結晶體)에 부쳐

1. 서(序) / 김수영 작품에 나타난 수필론적 본질의 서설(緒說)

여자는 약하지만 어머니는 강하다.

인간은 허약하지만 신앙으로 다져진 사람은 무섭다.

위의 두 마디가 단적으로 수필가 김수영과 인간 김수영을 말하는 가장 적절한 표현으로 요약되고 정곡을 찌른다.

서로 상극되는 이 강약의 두 가지 요소를 하나의 동일체로 묶어 서로 맞물려 돌아가는 톱니바퀴의 한 축에서 또 다른 한 축으로 넘어가 새로운 동력을 창출하는데 수필가 김수영의 문학적 생명이 약동하고 성공한다.

내면에서 끊임없이 빚어내는 사랑과 구원의 빛줄기. 이것이 바로 김수영의 수필적 본질의 모태가 되고 거점(據占)이 된다.

일상의 가정사, 주변사, 다반사를 문학으로 발산시키고 승화했다. 세속적 세상을 살면서 모진 희비애락 속에 항시 사랑과 믿음, 그리고 소망의 등불을 켜들고 구원을 찾아 떠나는 수도자적 회개의 삶이 한층 그의 수필을 격상시켜 범사(凡事)를 초월하여 신앙적 미의식(美意識)에 접목된다.

그에 있어서 번민이나 고독은 고진감래나 권선징악의 고대 문학의 주제

와 상통하고 창세기의 원죄를 속죄하는 기독인(基督人)의 자리에 앉게 한다.

수필을 보면 대개 그 수필을 쓴 사람의 성향을 알게 된다. 수필을 쓴 사람의 인품과 교양, 지식과 사색의 언저리, 교육 수준을 통해 인생관 또는 가치관을 부지불식간에 접하게 된다. 수필 속에 그런 복합적 요소들이 은연중에 문학성과 결합하며 그대로 용해되어 용광로의 펄펄 끓는 쇳물처럼 흘러 강인한 철판으로 제련되어 나오기 때문이다. 삶에 대한 의지와 의식 등이 부족하거나 천박하거나 결여되어 있으면 그것이 그대로 수필 속에 드러나기 때문에 겉으로 아무리 미사여구로 단장되고 미화한 대도 결국 알맹이 없는 얄팍한 잡문이나 작문으로 추락된다.

수필은 글 잘 쓰는 사람의 소유나 능사가 아니다. 그래서 수필을 인격으로 도야되고 인품으로 빚어지는 진지하고 알찬 삶의 교훈이요, 지침이요, 체험이라 했던가. 때문에 인품이 훌륭한 사람에서 흘러나온 수필을 보면 깊은 교훈과 감명을 받게 이른다.

수필은 고귀한 체험에서 우러나오는 인격의 구현임을 두말할 나위가 없다. 그러므로 작품은 작가의 한 점 흐트러짐 없는 명경지수(明鏡止水)다.

수필은 정진정명(正眞正明), 인간적 행위의 사실을 적는 글이다. 시(詩)나 소설, 희곡이나 평론처럼 허구에 의해 이야기가 상상이나 독창력으로 만들어지는 것이 아니라 인간, 깊이에서 터져나오는 진한 소리이기 때문에 수필가는 자기 수필의 책임을 져야 한다.

시인이나 소설가는 별반 인격의 형성이나 사람됨의 유무 없이도 허구의 이야기를 무한대한 상상력으로 재미있게 만들어 내면 작가의 사람됨이 별로 문제되지 않는다. 인격과 사람됨이 직접적인 영향이나 밀접한 관계로 연루되지 않기 때문에 천의무봉 같은 자유분방의 시인이나 소설가는 비교적 쉽게 수필가처럼 인간의 척도나 기준에 무방위할 수 있고 허용이 된다. 그래서 20대의 시를 쓰고 30대에 소설을 쓰고 40대에 희곡을 쓰고 원숙해진 50대에 가서야 비로소 인생을 아는 지천명(知天命)의 수필을 쓴다고 했다. 이 말은 인생이 채 익지 않은 나이에 수필을 쓴다는 것이 얼마나 위험한가를 말해 준다.

자고로 신문학 시대의 작가들은 거의 시나 소설로 완성된 중년에서야 비로소 주옥같은 한두 편의 수필을 내어 놓아 젊은 층을 매료시키고 독자를 열광케 했다. 이광수의 「금강산 유기」, 최남선의 「백두산 근참기」, 김진섭의 「인생예찬」, 방정환의 「어린이 찬가」, 민태원의 「청춘예찬」, 피천득의 「장미 세 송이」, 김소운의 「외투와 목근통신」 등이 수필을 대하는 문학적 위상과 자세를 여실히 말해주고 있다.

이들은 아무도 목적 없는 수필을 쓰지 않았다. 진부해진 겨레의 얼을 진작시키고 민족의식을 고양하기 위해 수필에 심혈을 기울였다. 이러한 수필적 차원에 조심스럽고 신중한 김수영은 일찍이 글을 접고 연치가 찬 중년에 와서야 비로소 사려 깊고 연유가 깃든 목적 있는 수필을 쓰고 줄줄이 겸허하게 '자기 소리'를 내놓기 시작했다.

2. 중(重) / 뿌리 깊은 나무는 고갈하지 않고 깊은 우물은 마르지 않는다

김수영 수필가, 그는 누구인가.

일찍이 서울 사대 영어과를 졸업하고 한동안 '피바디 언어 연구소'에서 조교로 근무, 대학 교수의 원대한 꿈을 키우는 한편 수필계의 대가 피천득 교수의 수제자로서 미국 유학을 준비 중 불우의 병마로 꿈을 접은 후 미국으로 이민 와 저명한 남가주 신학 대학원에서 신학을 전공하고 마침내 목사의 안수를 받기에 이른다. 그리고 이순(耳順)의 노반을 벗어나면서부터 짊어진 무거운 삶의 짐들을 조금씩 내려놓고 소싯적 꿈이었던 문학의 길로 회귀(回歸)하여 못다 피운 문학의 애련한 꽃들을 한꺼번에 붙들고 일사불란하게 영혼의 불꽃을 지피기 시작한다. 그는 운명처럼 도래한 이 만년의 노정을 '문학수업'이라는 겸허한 마음으로 다독거리며 무섭도록 시와 수필에 매달렸다.

당나라 시인, 두보가 말한 "고래로 드물다는 고희(古稀)"를 안팎으로 대기만성의 문인으로 미주 문인협회 '수필 신인상'을 필두로 하여 '한국 창조문학 신문'이 주관한 신춘문예에 「성경수필」이 당선되고 미주 크리스찬 문학에 '수필 신인 문학상'으로 여타의 신인 문학상의 잇따른 수상 경력으로 늦은 세월을 눈부시게 추월하듯 두각을 나타내며 당당하게 미주와 한국 문단에 등단, 문인 반열에 서기에 이른다.

이렇듯 김수영의 수필의 늦나무는 항시 마르지 않는 푸른 잎과 무성한 열매를 달고 그 우거진 숲엔 늘 새가 날아오고 구름이 머물고 비바람이 지나가고 섬광처럼 노익장의 젊음이 요동친다.

그는 작은 진실, 조그마한 일상의 애환을 놓치지 않고 고요히 붙들어 둥지를 튼다.

시든 소설이든 희곡이든 평론이든 무릇 문학은 일정한 이야기를 갖는다. 이야기를 떠나서 문학은 존재하지 않는다. 그것이 장르에 따라 길고 짧을 뿐 어떤 이야기냐 하는 것이 문학의 첩경이요 생명이 된다.

김수영은 숱한 굴곡의 인생을 살아가면서 아무도 모르게 속 깊이 슬며시 가슴속 응어리지고 부대끼는 어떤 갈등이나 위기, 혹은 감동을 반딧불처럼 보석처럼 끌어안고 때로는 하얀 녹말처럼 밑으로 깔아 앉히며 궁극에 가선 뜨거운 간증으로 영육을 새긴다.

좋은 수필이 되기 위해선 문학성 있는 주제와 거기에 알맞은 소재가 일치되어야 하는데, 그는 이에 대한 식별을 오랜 인고의 연륜과 각고의 노력, 슬기로운 심미안으로 재료와 양념과 숙수(熟手)의 삼위일체를 일구어 조화하는 수필의 맛과 멋을 풍기는 조리사가 된다.

그는 시정간(市井間)의 잡담이나 풍경화를 기피하고 알뜰한 인간적 이야기에로 관심을 집중한다. 수필을 격조 높은 살아 움직이는 인간의 표상으로 갈파하고 '인간-공간-시간' 의 삼각함수에 주목한다. 이 세 원칙을 밀도 있게 농도 깊게 인간답게 신앙적 차원에로 승화하고 확산된 무게와 깊이, 너비에서 우리는 그의 진지한 문학적 성취도와 가치관을 주시하게 된다.

그의 수필은 오묘하게 짜여진 직물이다. 요란한 비단이 아니라 질박하고 검소한 무명임을 밝히면서 그의 80여 편의 수필을 대저 세 부분의 영역으로 대별해 살펴보기로 한다.

'꽁보리밥에 열무김치'를 배경으로 펼쳐지는 가슴 뭉클한 이야기와 야심(夜深)에 고부간이 마주앉아 강약과 완급으로 박자 맞추어 내리치는 '추억의 다듬이 소리'에 먼 길손이 등잔불이 간들거리는 사랑방을 찾아 한 밤의 잠자리를 찾는 듯한 여수(旅愁)의 환각을 느끼게 하는 한편 여인의 심층(心層)을 본다.

"어머니의 다듬이 소리가 살아있는 남편과 자식을 위한 사랑의 찬가라면 올케 언니의 다듬이 소리는 남편을 여읜 슬픔과 한(恨)이 어우러진 눈물의 만가(輓歌)였다"라고 한 마무리에서 수필의 야릇한 여운과 은은한 절정(絕頂)의 진미를 보여주며 미끈미끈한 꽁보리밥을 묽은 고추장에 한 양푼비벼 부뚜막에 둘러앉아 리듬처럼 숟가락을 놀리던 흐뭇한 춘궁기의 정경들이 눈 아프게 파노라마처럼 점철된다.

60년대의 굶주린 보릿고개를 겪은 사람은 이제 한 토막의 아름다운 전설이 되어버린 '보릿고개'를 잊을 수가 없어 미국에까지 와서 식도락 같은 입맛 순례를 찾는다.

지나간 이야기는 아무리 곤욕에 겨웠더라도 신기루처럼 아롱거리고 과거는 무지개처럼 아름답고 언제나 회상의 과녁이 된다.

그래서 나이 들면 과거에 산다고 했거늘, 김수영은 샛밥에 광주리 이고 논밭으로 나가는 촌아낙네의 소박한 풍경에서부터, 방축에서 수영하다 익사 직전이던 동생을 구해준, 지금은 고인이 된 언니에 대한 사무친 그리움으로 애써 찾은 보리밥을 먹다 목이 메는 아련한 옛 기억을 시름없이 내리는 가을비에 적시며 과거와 현재와 미래가 일직선으로 '오버랩' 된 무리 없는 구성에서 김수영의 만만치 않은 수필의 수법과 묘미를 본다.

모성애가 승화하는 「못 말리는 딸의 용기」와 구원의 메시지 「주전자 속의 개구리」에서는 어머니를 생각하는 마음보다 몇 배나 더 자식을 사랑하고 염려하는 어머니의 간절한 기원을 본다.

「못 말리는 딸의 용기」를 보면 대학에서 컴퓨터 사이언스를 전공하여 큰 종합병원의 회계사로 근무하던 엘리트 딸이 어느 날 갑자기 '다람쥐 쳇바퀴 돌리듯' 하는 생활이 지겹다며 사표를 내고 노스웨스트 항공 회사의 비행기 승무원이 된다. 승무원 가족이라는 무료 우대 항공권으로 고국을 방문하는 과정에서 일반석을 탔다가 승무원의 호의로 궐석된 일등석에 편승되지만 좀체 꾸어둔 보리자루처럼 낯설고 좀이 쑤시듯 안절부절 못하는 서민적 소박한 어머니상을 잘 그리고 있다.

그날부터 어머니의 과잉보호의 수심과 기우(杞憂)가 늘어나고 뉴욕 쌍둥이 무역센터의 테러 폭격으로 비행기 공포증이 가속되고 무척 잔소리가 심해진 어머니를 위해 소망이던 비행기에서 내리는 딸의 모습에서 갈등과 애정 어린 심적 과정을 섬세하게 잘 나타내어 감명을 준다.

「주전자 속의 개구리」에서 세속화된 현실 속에 안주하여 날로 쇠퇴해 가는 유럽 교회의 현상과 물질만능 시대에 공존하면서 끌려가는 미주 교인과 현대 교회의 폐습을, 영적으로 서서히 죽어가는 '주전자 속의 개구리'로 비유하고, 종교적 위기를 지구 온난화의 공통된 위기로 대조시키며 경구를 날린 일련의 날카로운 칼럼을 부드러운 에세이로 소화했다.

지구상의 위기 직전의 실증적 예화를 들어 입증하며 그는 수필의 말미에 덧붙인다.

주전자 속의 물이 서서히 데워질 때 개구리는 데워지는 줄도 모르고 기분 좋게 죽어가듯이 지구 온난화로 지구 기온이 서서히 올라가고 있지만 인류는 기온이 올라가는 위험을 체감하지 못하고 개구리처럼 서서히 죽음을 향해 달려가고 있는 것이다.

김수영은 교회와 인류를 향해 말세의 위기와 지구의 종말이 가깝다는 강렬한 메시지를 던진다. 그 안에는 구세주의 재림을 은근하게 암시하고 있는 것으로 게오르규의 『25시』와 마르틴 루터의 종교 개혁을 환기시키는 다목적 에세이로 불안시대를 연민으로 호소했다. 문득 "내일 지구의 종말이 온다 해도 나는 오늘, 한 그루의 사과나무를 심으리라"는 말이 떠오른다.

또 다른 글 「내가 사망의 음침한 골짜기를 다닐지라도」라는 성경 수필과 산문시 같은 율조의 「막다른 골목에서」를 보자.

「내가 사망의 음침한 골짜기로 다닐지라도」는 신앙 고백과 화마 속에서 살아나오는 종교적 체험이 간증을 통한 목사의 '성경 에세이'로, 비교적 장문에 속하는 이색적인 수필로 읽으면서 종교적 색채나 의식이 별로 작동하지 않아 딱딱하지 않고 부드럽게 읽히는 게 장점으로 한국 『창조문예』지의 연간 행사인 신춘문예의 성경수필로 당선된 이례적 작품으로 꼽힌다. 가뭄과 건조로 인해 일어난 산불과 산동네에 사는 집과 교회의 안부가 걱정되는 성도들의 기도 속에 하나님께서 바람의 방향을 바꾸어 주어 교회와 동네가 화마의 불길을 면한 아슬아슬한 장면을 성경 구절을 하나하나 들어가면서 고난을 벗어난 교인들의 숭고한 신앙과 강인한 의지, 참담한 현상이 일목요연하게 서술되어 있다.

「막다른 골목에서」는 산문시적인 내재율과 간명한 조목별의 신선함을 풍겨주는 교훈적 수필이다.

'자살'은 거꾸로 읽으면 '살자'가 된다. 그래서 삶과 죽음 사이에는 종이 한 장 차이가 있을 뿐이라고 말하는 해학과 풍자가 돋보이고 어떤 미풍 같은 잔잔한 분위기를 안겨준다. 어느 행복했던 노의사 내외의 불의의 비극이 부인의 한순간의 악마 같은 물욕의 유혹으로 환자들의 과다한 치료비

청구서의 날조로 법망에 걸려 일어난 돌발사로 의사로의 명예와 그간의 쌓은 두터운 신망을 순식간에 날려버려 끝내 부인을 자살로 몰고 간 가정의 비극사를 센티멘털이나 니힐에 빠지는 일 없이 리얼한 필체로 담담하게 그려냈다.

김수영은 "다시 실낙원에서 복낙원으로 바꾸는 유일한 길은 빛이신 예수님을 믿고 의지하는 것만이 오직 살아날 수 있는 유일한 길일 것이다"라고 담담한 어조로 무슨 전도나 설교가 아닌 이웃 간의 친숙하고 다정한 조언자로 삶을 어드바이스 하고 있다.

막다른 골목은 언제나 트이는 길로 연결됨을 제시하고 '막다른 골목'에서 김수영 목사는 '목마른 영혼'을 암시하고 변증한다.

3. 결(結) / 삼라만상의 진리와 섭리 속에 명상하는 김수영 작가의 천계(天啓)의 소리.

일본의 시인 시바다 도요는 망구(望九)의 나이 90에 150만 부를 돌파한 첫 시집, 『좌절하지 마세요』를 내고 그로부터 10년 후인 백 살에 역시 100만 부를 돌파 중인 『백세(百歲)』라는 제목의 제2시집을 출간하면서 다음과 같이 말했다.

> 쉽게 누구나 알아보고 기쁨이나 감동을 받는 글을 쓰고 싶다. 무엇이나 무슨 일이든 붙들면 끝까지 열심히 한다. 이것이 백 살까지 살아온 나의 생활신조요, 철학입니다.

얼마나 의미심장한 함축성 있는 말인가. 이 말을 수필가인 김수영에게 드리고 싶다.

무릇 작가는 작품으로 말한다. 이 땅에 시인이나 수필가로 행세하는 사람이 얼마나 많은가? 그 다량함, 다양함, 다채로움을 탓하고자 하는 것이 아니다. 누가 언제 어디서 무엇으로 어떤 경로를 통해 어떻게 왜 문단에 나왔는가. 그 육하원칙은 하등의 이유나 문제가 되지 않는다.

다만 문단 데뷔라는 공동의 출발점에 섰으면 도중에 중도반단이 되거나 추월당하지 말고 끝까지 작가의 레이스에서 벗어나지 않고 오래도록 길게 좋은 작품으로 역주하는, 정년 없는 현역 작가로 살아남는 것. 그것이 바로 작가의 과제요, 문제로서 그것을 극복하는 자가 진정한 작가요, 위대한 작가정신의 소유자이다.

작가의 격차나 우열은 하등의 관계가 없다. 문학은 철두철미하게 자기를 위해서 하는 일이요. 자기가 유일한 독자라는 삼매경에 도취되어야 한다.

이에 '미쳐야(狂) 미치게(及) 된다'는 격언이 나온다.

수필가 김수영은 70에 수필가가 되고 작가라는 타이틀을 땄다.

늦은 스타트에 이를 수줍어하지 않고 당당하게 작가의 소명처럼 스스로를 끌어안고 과감히 첫 수필집 간행에 강한 의욕으로 대시한다. 그건 용기 있는 문인의 사명이요, 참된 도전이다.

그의 수필은 그의 삶의 반려(伴侶)요, 반영(反映)이다. 인생과 사회와 인성에 대한 면밀한 관조와 깊은 종교, 때로는 신랄한 비평정신, 감미로운 낭만과 센티멘털, 휴머니즘, 해학과 풍자가 번쩍이는 샛별 같은 이야기들이 더 많이 믹스되고 하모니가 되는, 감칠맛 나고 읽어서 재미있고 훈훈한 눈물 어린 마음의 빵과 밑거름, 청량제가 되는 순백한 수필의 정수(精髓)로 정착되기를 바란다. 아직도 멀고 긴 창창한 문학의 길을 오늘, 고희 넘은 반려에서 첫 수필집을 상재하고 다시 희수에서 한 권, 산수(傘壽)에서 한 권, 미수(米壽)에서 한 권, 망구(望九)에서 한 권 출간하여 일본의 여류시인 시바다 도요의 시집 『백세(百歲)』의 기념비적 기네스북을 갈아치우는 금자탑 세우기를 희원하면서 필자 또한 장장한 그 세월에까지 간절하고 간곡한 '문예비평가'로서 동행되기를 바라며 축하와 평설의 붓을 놓는다.

◆평설

홍승주의 문학과 인생
— 시집 『넋새가 운다』, 『비익조』, 『백작일기』를 중심으로

홍 영 일
(교육가, 시사평론가, 문예비평가)

1. 서/하루에도 수없이 그리움은 발목에서 명치까지 차오른다

홍승주 작가가 회혼례 기념문집을 출간하신다고 하니 진심으로 축하합니
다. 회혼례도 흔히 있는 일이 아니지만, 홍 작가의 경우는 무엇보다도 단란
한 가정으로 귀감이 되는 회혼례이니 축하의 축하가 넘치게 되었다고 본다.

홍승주 작가의 글은 북에 두고 온 어머니에 대한 사모곡이 핵심을 이룬다.

지난 2009년 4월 23일 숙부 홍미현 장로의 친구분(백재수 사장, 이치순
감사, 홍승주 작가, 추은희 시인, 선우휘 작가 부인)들의 초대로 점심을 같
이하는 자리에서 홍승주 작가로부터 3권의 시집을 선물 받았다. 『넋새가
운다』(초판 2000, 디인미디어, 2004), 『비익조』(한영출판사, 2006), 『백작일
기』(푸른사상사, 2008)를 통해 홍승주 문학을 접하게 되었다.

그중에서 『백작일기』는 『홍승주 문학전집』 12권이 출간된 이후의 작
품으로 주로 미국 토렌스에서 쓴 최근작이다. 저자는 시, 소설, 희곡, 수필,
평론 등 만능 작가이다.

평소에 시(詩)라고 하면 난해하다는 선입감을 가지고 있었지만, 홍승주
작가가 머리글에서 재미있게 읽히는 이야기가 있는 시를 쓰고 싶었다는 말
에 용기를 얻어 읽기를 시작하였다. 작가의 말처럼 진솔하고 소박한 마음

홍승주의 문학과 인생

365

으로 숨김없이 자신을 드러낸 고백이라는 작가의 말은 정말이었다. 작가는 마음이 여리어 지나가는 바람소리에 놀라기도 하는 사람이다. 매사에 욕심 부리지 않고 주어진 현실에 주님께 감사드리며 산다.

우리 아버지는 하찮은 미물도
죽이는 걸 무척 싫어하신다.
어쩌다 날아들어 온 파리 한 마리도
내보내지 못해 창문을 열고 힘겨운 싸움을 벌이신다.
그냥 파리채로 잡으면 되는 것을

—「우리 아버지, 딸의 비망록」에서

그의 시 속에는 반세기 이상 고향에 두고 온 부모·형제에 대한 미안한 마음으로 꽉 메워져 있다. 월남하면서 어머니 사진 한 장 챙기지 못한 철부지라고(「어머니의 초상」) 밤마다 넋새가 되어 찢어질 듯이 통곡을 한다. 언젠가 고향으로 돌아가야만 할 영원한 피난민으로 자처하며 압록강변 강계에서 서울로, 서울에서 미국으로, D.D.T 허옇게 뒤집어쓰던 피난민 수용소를 잊지 못한다.

일본제국주의에 쫓기고
이북 공산주의에 쫓기고
이남 자유주의의 범람에 밀려
콜럼버스의 미국까지 왔네

—「피난민 1」

부모님이 돌아가시기 전에 반드시 고향으로 돌아가 불효를 용서 받아야 한다며 고향에 미친 사람처럼 절규한다. 이북에서 둘째라 불리던 작가에게는 누나가 셋, 형이 하나, 남동생 하나, 여동생 둘이 있다(「다섯째의 죽음」). 스스로 어머님을 버린 사람으로 낙인을 찍고 죄책감에 시달린다.

이미 기다림은 역사가 되어버리고
기다림은 누워 있는 고요한 화석이 되었다.

—「조용한 기다림 2」

고향은 중독 든 아편 같은 거
전신마취의 아련한 추억
어릴 때 놀던 산천이 그립고
핏줄기 맺힌 고향 동산에 가고 싶다.

—「고향엔 지금」

　전철에서 빈자리를 두리번거리는 노인의 모습, 엉뚱하게 금세 들어온 사
람에게 자리를 빼앗기고 속상해하는 모습이 남의 맘속을 빤히 들여다보는
것 같다.
　딸네 집에 살다보니 사위 걱정, 손녀 걱정 속에 바람 잘 날 없다며 차라
리 안 보고 둘이 살 때가 편하다는 고백이 실감이 난다. 그리고 눈꼴 사나
운 건 죽어도 못 보는 숨겨진 노인의 심리를 설명한다.

노후에 행복을 더듬거려 살핀다.
끽소리 말고 자식들을 따라가야 하는 건데
이 심술, 이 고집, 노망일까 두렵다.

—「두 양주」

노인이 되면
약을 무더기로 먹는다

—「약 천지」

아무것도 아닌 일에 고작 골을 품고
별스럽지 않은 일에 후딱 놀란다.
흐렸다 갰다 변덕스러운 노인의 마음

—「노심」

홍승주 작가의 부인은 6 · 25 전쟁으로 폐허가 된 문산 시골학교에서 작가와 동료교사로 재직하고 있었다. 어느 날 난롯가에서 열심히 뜨개질하고 있을 때, 홍 선생이 나타나 와락 껴안은 사랑의 프러포즈를 받아들여 결혼하게 된다(「사랑의 봉인」). 귀티 나게 아름다운 미모를 지닌 여성으로 작가보다 7살 연하, 명문가 최 부잣집 셋째 딸, 결사반대하는 장모님, 단식투쟁으로 1954년 1월 14일 결혼에 성공한다(「당신 그때 생각나오」).

작가는 쥐뿔도 없는 삼팔따라지라고 하지만, 문학소녀의 우상, 감동적인 시인인 주인공이 어찌 19세 처녀 여선생 마음을 사로잡지 못했을 것인가! 결혼 후에도 부인은 즐거운 마음으로 남편의 대학(경희대 국문과) 공부를 뒷바라지하여 작가로, 중 · 고등학교의 교장, 교수로 만든다.

슬하에 5남매, 막내가 3대 독자로 미국에서 목회(「행복이 무엇인가?」)를 하며, 손자가 열하나가 된다(「합이 열하나」). 2004년 4월, 금혼식을 치르고 멕시코로 7박 8일의 허니문여행을 다녀온다. 홍 작가는 1928년 4월 1일생, 부인은 1935년 2월 5일생이다(「로또 찬가」). 둘째 따님만 서울에 살고, 4남매가 미국에서 있으며, 작가 내외도 미국 시민권(「2005년 2월 24일 09:44」, 「정지된 시간」)을 얻었지만, 전경이 지하철 입구에 서 있지 않은 미국은 너무나 심심하다고 하며 지나칠 정도로 생동감이 넘쳐나는 서울을 생각하며 산다. 작가는 평등사상의 전도사이다.

> 뒤뜰 안 고양이 이마 만한 터 서리에
> 노 아내가 일군 채마 밭
> 조석으로 물을 뿌리는 노 남편
>
> —「노 아내」

> 집에서 김초밥 좀 싸가지고 물김치 병 꼭 막고
> 네댓 끼는 거뜬하다
> 돈 들 게 하나도 없다
>
> —「라스베이가스 기행」

미국 개는 꼬리를 흔들 줄 모른다.

—「미국 개」

광대하면서도 좁은 미국
전립선 환자는 오줌이 마려워 쩔쩔맨다.

—「미국 8」

목사도 수녀도 미스 코리아도
대통령도 면서기도
삼군을 호령 질타하는 사령관도
다 화장실에 가 앉는다.

—「노숙인」

호화롭게 살다 가는 사람
가는 도정 각기 달라도
끝내는 다 같아지는 것을……

—「다 같아지는 것을」

사람은
나서 평등하고
늙어서 평등하고
죽어서 평등하고

—「나이가 들면」

목욕탕 속에 들어가면 만인이 다 같다.
다 같아지는 것이 얼마나 다행한 일인가!

—「목욕탕」

역사의 증인으로 대하 희극 『황홀한 노예』를 썼다고 한다.
작가가 1948년부터 2001년 사이의 일어난 우리나라의 역사적인 사실을 바탕으로 남북의 갈등과 그 밑바탕에 흐르는 휴머니즘, 반동분자의 월남, 6·25 전쟁과 참혹상, 4·19 의거와 그 틈을 파고드는 남파 공작원의 책동, 5·16 혁명과 길어진 집권의 공과 실 등 산 역사를 기록하고 싶은 의도에서 대하 희극을 집필하였다고 한다. 반전의 반전을 거듭하는 사건의 경과, 끊어질 듯 이어지는 줄거리 속에서 독자를 흥분하게 만든다.

예비역 중장에 장관을 지낸 쟁쟁하던 장관성(80세)을 후실부인 황봉례(62세)가 집에 혼자 두고 나가는 것이 불안하다며 긴 쇠사슬이 달린 족쇄를 채우고 외출을 한다. 전 인민군 소위였던 가정부 이금례(66세)가 등장한다. 앞으로의 귀추가 주목이 된다.

> 반반이 서로 만나야만 날 수 있는 새가 비익조(比翼鳥)이다. 작가는 북쪽에 두고 온 한쪽 눈은 부모 형제요, 한쪽 날개는 북에 두고 온 고향 산천이다. 한쪽 날개로 한 쪽 눈으로는 도저히 날 수가 없다. 그래서 날지 못하는 반병신의 비익조의 신세로 한평생을 살아왔다고 한다. 세상에서 가장 무서운 병은 고독이요 우울처럼 난치병은 없다.
>
> ―「무서운 병」

> 내 시에는 눈물이 있고
> 내 시에는 피가 있고
> 내 시에는 고독이 있고
> 내 시에는 내 전부가 있다.
>
> ―「나의 시」

비록 보청기를 끼고(「파열음」) 연금에 감사하면서도 돌아가는 세상에 대해서도 날카로운 비평을 아끼지 않는다. 김정일에 퍼주고 노벨상을 받은 김대중, 천방지축 노무현, 두 번씩이나 미역국 먹은 이회창, 배신자 이인제, 도깨비 같은 김대업, 못난 이명박, 요사스런 박근혜 모두 허수아비같이 춤을 추고 있다고 한탄한다.

리승만이는 그렇게 해먹다 망하고
장면인 주체세력이 없어서 망하고
박정훤 치사하게 오래 해먹다 작살나고
전두환 노태우는 지독하게 긁어 모으다가 걸리고
김영삼 김대중인 허세 부리다가 세월 날리고
노무현 뭔가 뭔지 모르다 헛 구름 잡죠

— 「소재의 확인」

대통령은 누구나 가만히 앉아 있으면 한다.
백성을 사랑하는 일에만 전념하면 된다.
돈 안 먹고 권세 안 부리면 되는 쉬운 일이다.

— 「대통령」

문인들과 20여 일간 세계여행을 하면서 붙여진 '홍 백작' 이 마음에 들어 자신의 일기를 '백작일기' 라고 부른다. 무슨 일에나 나서지 말고 백작처럼 살기로 마음을 먹는다.

작가 홍승주는 1928년 일본의 식민지 조선에서 태어나서, 1945년 17세 해방, 1947년 19세 월남, 2003년 75세에 미국 사람이 되었다.

— 「자화상」

10년간 문학 강의를 듣던 창작반 반장 제자의 연락두절을 안타까워한다. (월요일에 오는 여자) 몸의 용도가 허약해 가면서 부부는 동갑내기가 좋겠다는 생각을 하면서도, 자기는 늙어 가도 7년 연하의 아내는 언제나 수줍고 고운 양귀비가 되길 바란다.

— 「아내」

나의 늙음을 엿보면서
아내가 슬금슬금 다가올 때마다
나의 부담은 눈송이처럼 부풀어
깎인 자존심이 여행(女行)을 거부하고
아직은 살아 있는 성깔이 꽥꽥 소리를 지른다.

— 「나이테」

사랑은
사랑을 하는 동안에는
그 귀함을 잊는다.

— 「사랑」

살다가 적절하게 간다는 것이
얼마나 다행한 일인가
버둥거리며 끝까지 안 간다면
얼마나 불행한 일이야

— 「미안하이」

마음은
그래서
하나님의 불가사의한 절대 창조물

— 「마음」

홍승주 작가는 행복한 사람이다. 옛날처럼 왕성하지 못한 것을 한탄하면서도, 명상에 잠기기도 하다가 떠오르는 생각을 정리해보면서 산다. 가깝던 사람들에게 초콜릿을 나누어주듯 시를 선물한다. 아직도 천천히 달리는 기차 속에서 글을 쓴다는 것은 감사한 일이다.

이 사람을 위해 뭔들 바쳐서
아까울 게 하나도 없지만
진종일 생각해 봐도 드릴 거란
한 사람을 위한 시밖에 없다.

— 「한 사람을 위한 시」

사람마다 먼저 좋은 포도주를 내고 취한 후에 낮은 것을 내거늘 그대는 지금까지 좋은 포도주를 두었도다

— 「요 2:10」

작가 연보

1928년 2월 22일 평안북도 강계읍에서 출생
1948년 10월 9일 자유 찾아 대한민국으로 월남
1950년 7월 3일 가형 홍승법 소령 수원 전투에서 전사. 국립현충원 제889
기. 유자녀 홍혜란 두다
1951년 1월 10일 국군 6사단에 입대
1954년 1월 14일 최연순 여사와 결혼(슬하에 熙, 實, 娥, 心, 植 5남매를 두다)
1959년 2월 23일 경희대학교 국문과 졸업
1959년 10월 10일 『자유문학』을 통해 문단 데뷔

한국문인협회 이사 및 부이사장, 희곡분과회장을 거쳐 현 고문
한국희곡작가협회 회장 · 명예회장을 거쳐 현 고문
국제펜클럽 한국본부 이사 역임
인권위원회 인권위원장 역임
경희대학교 병설 경희여자중 · 고등학교 교장 역임
경희대학교 강사 역임

수상

대한민국문학상, 현대문학상, 한국문학상, 예술문화대상, 한국펜문학상, 동
포문학상, 전쟁문학상 대상, 순수문학상 대상, 평안북도문화상, 대통령 녹조근
정훈장, 국민훈장 동백장 수훈

저서

제1시집 『비와 눈이 한꺼번에 쏟아질 때』
제2시집 『흘러가는 구름』
제3 · 4시집 『바람꽃』
제5시집 『실로 아무것도 아닌 것을』
제6시집 『넋새가 운다』
제7시집 『비익조』

제8시집『아름다운 삽화』
제9시집『백작일기』
제10시집『물소리 바람소리』

제1희곡집『목마른 태양』
제2희곡집『두 시대의 죽음』
제3희곡집『배반의 땅』
제4희곡집『노을은 어떻게 지는가』
제5희곡집『본능이라는 이름의 궤로』
제6희곡집『카인의 비극』
제7희곡집『마지막 시도』
장편희곡집 10부작『황홀한 노예』
장편소설『역부』(3부작)
　　　　『소리치는 계곡』
문학집 Ⅰ『지열』 Ⅱ『홍부(紅夫)와 졸부(猝富)』 Ⅲ『시와 드라마』
수필집『우리의 관계는 아직 끝나지 않았다』
　　　　『소녀와 기관사』
콩트집『교장의 아들』
평론집『희곡론』외 다수

2007년 4월 15일『홍승주 문학전집』전12권(시 · 소설 · 희곡 · 수필 · 평론) 출간
2014년 1월 14일 홍승주 · 최연순 회혼식 기념문학집(시 · 소설 · 희곡 · 수
　　　　　　　필 · 평론) 출간

미국주소
　　　6389 stanford Ct. Cypress, CA 90630 USA
　　　연락처. 714-226-9697
　　　e-mail. hong1010617@hanmail.net

사랑하는 말로 시작해서-애장 한정판

인쇄 2014년 1월 4일
발행 2014년 1월 14일

지은이 · 홍승주
펴낸이 · 한봉숙
펴낸곳 · 푸른사상사

등록 제2-2876호
주소 서울시 중구 충무로 29(초동) 아시아미디어타워 502호
대표전화 02) 2268-8706~7 | 팩시밀리 02) 2268-8708
이메일 prun21c@hanmail.net
홈페이지 www.prun21c.com

ⓒ 홍승주, 2014

ISBN 979-11-308-0003-5 03810

값 25,000원

이 도서의 국립중앙도서관 출판시도서목록(CIP)은 서지정보유통지원시스템 홈
페이지(http://seoji.nl.go.kr)와 국가자료공동목록시스템(http://www.nl.go.kr/kolisnet)
에서 이용하실 수 있습니다.(CIP제어번호: CIP2013014856)